Horst Michalowski



# Mondlicht auf den Gewässern der Heimat

Roman um eine Heimatvertriebene

ISENSEE VERLAG
OLDENBURG

Bibliografische Information Der Deutschen Bibliothek
Die Deutsche Bibliothek verzeichnet diese Publikation in der Deutschen Nationalbibliografie; detaillierte bibliografische Daten sind im Internet über <http://dnb.ddb.de> abrufbar.

ISBN 3-89598-903-7

2. Auflage 2002


Gedruckt bei Isensee in Oldenburg

# Vorwort

Das geweckte Interesse zahlreicher Leserinnen und Leser an meinem Werk „ Die Silberstraße“ versetzte mich in den Umstand, diese Fortsetzung des Daseins der Familie Kulinna, insbesondere der Protagonistin Susanne, hier niederzuschreiben. Für diese Anteilnahme und Beachtung danke ich auf diesem Wege Ihnen allen, liebe Leserinnen und Leser. Herzlichen Dank auch an dieser Stelle meiner lieben Ehefrau Siegrid für ihre aktive Unterstützung und ihr Mitwirken im Schaffen beider Werke. Auch an Frau Christa Ehlers von Varel herzlichen Dank für ihr Mitwirken an meinen Büchern. Es ist mir eine Ehre und Genugtuung, die Herzen so vieler Menschen mit meinen Erinnerungen bewegt zu haben, was mir gleichzeitig Kraft und Zuversicht für mein weiteres Schaffen verleiht. Indem ich diese Vergangenheit niederschreibe, bin ich ganz im Geschehen von damals. Und da diese Erlebnisse im Reiche prachtvoller Natur stattgefunden haben, konnten sie oftmals genauso schmerzlicher wie auch freudiger Beschaffenheit sein. Es tauchen in mir aus tiefer Vergangenheit Geschehnisse und Lebenserfahrungen auf, die lange vergessen schienen. Denn nicht selten sind wir in unseren Gedanken Sklaven geringer Gegenstände, die uns bedeutend scheinen und dadurch Großes an unserer Natur übersehen lassen. Im Betrachten unsres täglichen Daseins können wir diese Umstände immer wieder an uns entdecken.

Für Interessierte, die meinen ersten Band „Die Silberstraße“ noch nicht gelesen haben, sei bemerkt, dass ich darin das Schicksal der Familie Kulinna aus meinem Heimatdorf Selbongen im Masurenland beschreibe. Die Protagonistin Susanne wird als vierjähriges Kind kurze Zeit nach ihrer Mutter auch verschleppt. Ihre Großmutter mit Schwester Charlotte und Bruder Wolfgang wandert nach Usedom aus. Ein Vierteljahrhundert später kommt es zum lang ersehnten Treffen überlebender Familienangehöriger. Wie das Leben dieser Personen weitergeht, können Sie, liebe Leserinnen und Leser, in dieser Fortsetzung erfahren.

Ihr Horst Michalowski

# Kapitel 1 – Susanne

Ein dumpfer Schall riss Susanne aus dem Schlaf. Sie schnellte hoch, setzte sich auf die Bettkante, ihre Augen halb geschlossen überlegte sie, wo sie sich in diesem Augenblick befand. Zu tief war ihr Schlaf, zu weit ihr Geist vom Körper weg, um ihre jetzige Lage sofort zu begreifen. Langsam sich umschauend erkannte sie ihre Wohnung und begriff sofort, wo sie sich befand. Es war ihre Wohnung, in welcher sie oftmals auf unsanfte Art geweckt wurde. Mittlerweile hatte sich Susanne an die mauernahen Laute gewöhnt. Doch hatte sie auch schon überlegt, ob es nicht besser wäre, in ihrer Wohnung in der Danckelmannstraße zu bleiben. Hier war der Weg zum Theater zwar näher, doch das hatte leider seinen Preis. Vor einem halben Jahr, als die Silberstraße noch ihre nächtliche Begleiterin war, wurde sie von ihrem alten Wecker geweckt. Hier bei den grenznahen Unruhen brauchte sie keinen Wecker. Oftmals erinnerten sie die Schüsse von der Mauer an ihre Kindheit in Sibirien, wo solche Laute täglich zu vernehmen waren. Doch damals galten die Schüsse wilden Tieren und nur selten Grenzgängern. Hier fielen die Schüsse seltener, doch wenn sie fielen, hinderten oder töteten sie einen Flüchtling auf dem Wege zur Freiheit. Was für Gegensätze, überlegte die Geweckte, damals, tausende Kilometer von hier entfernt mitten in der Wildnis, wo Hunderte von Meilen kein Mensch anzutreffen war, heute, mitten in einer Weltstadt im Herzen Europas, wo ein Mensch dem anderen fast auf die Füße trat und getötet wurde hier und dort. Aber es gab auch hier wie dort kluge, weise und liebende Menschen, denen diese Praktiken zuwider waren. Es war doch merkwürdig, überlegte Susanne, wie viele Leute es gab, die der Meinung waren, mit bösen Taten Gutes zu erzeugen. Sei es bei Leuten aus der sogenannten breiten Masse oder aus den Reihen großer, hochstudierter Politiker oder ähnlicher Machthaber. Alle diese menschenähnlichen Wesen waren davon überzeugt, durch Tötung des anderen für sich oder seine Untertanen ein gutes Werk vollbracht zu haben. Dabei war es so einfach, das Gute und Wahre zu erkennen.

Während solcher Überlegungen erhob sich Susanne von der Bettkante, ging ans Fenster und öffnete es. Ein feuchter Lufthauch wehte ihr entgegen. Obgleich es noch früh am Tage war, lebte die Weltstadt Berlin mit ihren Bewohnern, die dieses Leben täglich neu begannen. Mit einem Blick auf die Straße stellte sie fest, dass dieses feuchte Herbstwetter für den Beginn des Tages nicht gerade erbauend war. So wurde das Fenster dann auch gleich wieder geschlossen und das Radio angestellt, aus dem es klang: „Sieben Uhr. Sie hören Nachrichten: Mit zwölf Turbinen und einer Gesamtleistung von sechs Millionen KW ist bei Krasnojarsk am

Jenisseifluss das größte Kraftwerk unserer Erde entstanden.“ Die darauf folgenden Nachrichten hatte die Zuhörerin kaum wahrgenommen. Zu tief in ihrem Innern waren die Erinnerungen an diese sibirische Region geborgen. Vieles hatte sie über den Bau dieses Werkes von direkt Beteiligten gehört. Groß, viel zu groß war der Preis, den die Menschen und die Natur dafür zahlen mussten und weiterhin würden zahlen müssen. Wie schnell und wie leicht doch die Menschheit durch Zahlen, verkündet durch die öffentlichen Medien, getäuscht werden konnten. Hinweggetäuscht über den Tod Tausender, oftmals Millionen von Menschen und unberechenbarer Schäden an der Natur, an unserer Erde, die uns ernährt und am Leben erhält. An dieser Stelle musste Susanne an das Gedicht von Novalis denken, welches ihr ihre Mutter in einem schönen Brief einmal mitgeteilt hatte. Sie suchte in ihren Unterlagen und fand auch gleich den gesuchten Brief, aus dem sie das Gedicht las:

Wenn nicht mehr Zahlen und Figuren
sind Schlüssel aller Kreaturen,
wenn die so singen oder küssen,
mehr als Tiefgelehrten wissen,
wenn sich die Welt ins freie Leben
und in die Welt wird zurückbegeben,
wenn sich dann wieder Licht und Schatten
in echte Klarheit werden gatten
und man in Märchen und Gedichten
erkennt die wahren Weltgeschichten,
dann fliegt vor einem geheimen Wort
das ganze verkehrte Wesen fort.

Ja, Novalis, überlegte die junge Frau, trotz seiner jungen Jahre, in denen er diese Erde verlassen musste, hatte er der Menschheit und der Welt so viel Wahres und Gutes hinterlassen. Während sie sich frisch machte und ankleidete, musste Susanne wieder an ihren Verlobten denken. Es war ihr unverständlich, wieso Georg kein Lebenszeichen von sich gab. Auch von ihrer Schwester, die mit Georg im gleichen Gebäude beschäftigt war, konnte sie bis dahin nichts erfahren.

Ins Theater musste sie erst um 15 Uhr zur Probe, so war noch genügend Zeit, um Lebensmitteleinkäufe zu tätigen. Als der Morgendunst den warmen Sonnenstrahlen weichen musste, zeigte sich der Tag von seiner angenehmen Seite. Es war ein warmer Altweibersommertag. Die Kronen der Bäume leuchteten goldgelb in der Sonnenpracht. Nur hier und dort segelten einzelne Laubblätter vom Mutterstamm der Erde entgegen. Die silbergrauen Fäden des Spätsommers verbanden und verwebten die Äste der Bäume und Sträucher, die Tropfen des Taus, die an diesen Fäden hingen, wirkten im Sonnenschein wie Perlenkettchen, die von Baum zu Baum, von Ast zu Ast alles verbanden. Scheinbar sorgenfrei schlenderte Susanne durch die Einkaufsstraßen, hier und dort ein Schaufenster betrachtend. Doch der Schein trog. Ihre Gedanken waren ganz woanders. In ihrem Herzen machten sich Wehmut und Kummer breit. Es war der zweite Herbst, den sie in dieser Großstadt erlebte. Damals waren alle ihre Fragen von Neugierde begleitet und jede Antwort war eine Bestätigung und oftmals Erfüllung ihrer Hoffnungen. Damals schien alles überwindbar und in heimlicher Zuversicht auch lösbar. Heute, nur ein Jahr weiter, war ihr Glauben an sich selbst bedeutend gesunken und damit auch die Heiterkeit. Der Kummer, den sie in sich trug, machte sie mürbe und die Hoffnung auf ein Wiedersehen mit ihrem Verlobten sank von Woche zu Woche, als würde davon ständig etwas abbröckeln, wenn auch seit ihrer Verlobung mit Georg erst vier Monate vergangen waren. Und dann wurde es ihr bewusst, es war nicht die Zeit, die ihr Sorgen bereitete, es war die Ungewissheit. Sehr gut kannte sie die Methoden der Staatssicherheitskräfte in diesem System. Ohne Familie Gurion wäre sie längst irgendwo in Sibirien oder Moskau untergegangen. Und wie vielen tausenden Menschen ist dieses Schicksal widerfahren? Mein Gott, überlegte die junge Frau, ich kann doch wirklich zufrieden sein. Mit solchen und ähnlichen Gedanken versuchte Susanne krampfhaft, alle Befürchtungen von sich zu schütteln. Doch so leicht loswerden konnte man diese Gedanken nicht, fast unbemerkt waren sie immer wieder da. Andererseits war auch Georg kein Anfänger in diesen Geheimdienstzentren. Der deutsche, der polnische und auch der russische Dienst waren ihm nicht unbekannt. Doch bekanntlich ertranken auch gute Schwimmer. Oder sollte sie sich in Georg wirklich getäuscht haben? Vielleicht war alles nur gespielt, um ihre Zuneigung zu gewinnen? Nein, nochmals nein, es musste etwas Außergewöhnliches vorgefallen sein. Auf dem Heimweg, in Gedanken versunken, an den Verkehrslärm der Großstadt gewohnt, hörte Susanne, und war dabei überrascht, Klänge einer Harmonika. Sie beschleunigt ihre Schritte, um den Ort des Geschehens schneller zu erreichen. Als dann die nächste Straßenecke hinter ihr war, erblickte die junge Frau einen Straßenmusikanten, der, angelehnt an der grauen Mauer des Hochhauses, sanft und wehmütig auf seiner Ziehharmonika die Melodie vom Baikalsee spielte. Zu gut kannte Susanne dieses Lied. Schon als Kind durfte sie über dieses Freud und Leid tragende Gewässer sehr viel erfahren. Während der langen, kalten sibirischen Abende hatte ihr Ziehvater Oleg Bromow über diesen See zahlreiche Geschichten erzählt. Und so näherte sie sich dem Künstler bis auf vier oder fünf Schritte und blieb etwas abseits stehen, um die gespielte Melodie genau zu erfassen. Als dieser die Aufmerksamkeit der Frau wahrnahm, verstummte sein Instrument. Er lächelte ihr zu und begann die Melodie von Anfang an zu spielen, dabei den Text des Liedes mit seiner durchdringenden Baritonstimme singend. Er sang die original-russische Version von einem Gefangenen auf der Flucht aus dem Lager, der in ein Fischerboot steigt, um am anderen Ufer die Freiheit zu erlangen. Auf dieser Flucht kräftig rudernd, singt der Ausreißer ein Lied über seine Heimat, wo die Menschen frei sind, wo die jungen Frauen bei strahlendem Sonnenschein das gemähte Gras auf den Wiesen wenden und die Lerchen mit ihrem Gesang dazu beitragen, dass Natur, Mensch und Tier auf dieser Erde ihren Platz haben, wo seine Geliebte ihm die Treue hält und immer noch auf ihn wartet, wo der Friede dauerhaft ist und von Göttern bestimmt wird. Wie angewurzelt stand Susanne da in Gedanken, lauschte dem gesungenen Text und ruderte mit ihren Empfindungen mit über den See. Dabei war ihr bewusst, dass der Flüchtling die erhoffte Heimat und die Freiheit nicht erlangen konnte. Das andere Ufer würde er wohl kaum erreichen. Dieses Gewässer mit einer Gesamtfläche von 31.000 Quadratkilometern und als tiefster See unserer Erde mit 1.600 Metern Tiefe konnten Menschenarme nur im Traum bezwingen. Und wer wollte es wissen, von welcher Freiheit der Mann im Boote sang und welche Heimat mit dem dauerhaften Frieden er meinte? Vielleicht wusste er auch, wohin er ruderte? Ein älterer, lang gewachsener Herr mit grauen Schläfen und einem Hut auf dem Kopfe, dessen breite Krempe wie ein Überdach wirkte, erweckte die Aufmerksamkeit der Zuhörerin. Auch er lauschte den gesungenen Worten des Liedes. Etwas ungeschickt und verstohlen zog er aus seiner linken Hosentasche ein schneeweißes Taschentuch, um sich damit die Tränen von den Wangen und aus den Augen zu wischen. Auch er schien zu ahnen, dass der Flüchtende die Fahrt ins Jenseits angetreten hatte. Gern hätte sie den Schluss des Liedes abgewartet, doch ein Blick auf die Uhr bestätigte ihre Vermutung, dass es an der Zeit war, ins Theater zur Probe zu eilen. Sie warf in den noch leeren Harmonikakasten ein Geldstück, dem Sänger dabei zulächelnd, was dieser mit einem freundlichen Kopfnicken erwiderte, und eilte mit raschen Schritten davon.

In ihrer Wohnung angekommen, ließ sich Susanne in einen ihrer Korbsessel fallen, um ihr Inneres zu ordnen. Nach kurzer Zeit schon spürte sie, dass die heutige Probe nicht viel bringen würde, so entschuldigte sich die Theatersängerin für ihr Ausbleiben telefonisch und blieb noch in ihrer Wohnung. Das Erlebnis der letzten Stunde hatte sie doch sehr ergriffen und bewegt. Es versetzte sie in eine

Vergangenheit, die längst vergessen schien. Während sie dem Lied lauschte, wanderten ihre Gedanken nach Sibirien zurück. Sie erinnerte sich an die Erzählungen ihrer Zieheltern. Über die tausend Verschleppten nach Sibirien. Wie viele waren es da nur allein aus Ostpreußen. Die 15jährigen Jungs und Mädels, von denen keiner wusste, wo sie geblieben waren. Wie viele hatten wohl einen Fluchtversuch unternommen, mit dem Gedanken an die gewaltlose Heimat? Sie alle wurden heute nicht einmal erwähnt. Sei es im Osten oder im Westen. Und wer kannte die Zahl derer, die sich aufgegeben hatten und ohne Hoffnung tausende Kilometer von ihrer Heimat entfernt dahinlebten? Dabei dachte sie zwangsläufig an Georg. Wo er wohl hoffte, sie wiederzusehen? Wie grausam doch die Menschheit sein konnte. Nach kurzer Zeit merkte Susanne, dass sie diese Wehmut nicht weiterbrachte. Nachdem sie sich etwas zu essen und auch frisch gemacht hatte, beschloss sie, ihren Bruder mit Familie zu besuchen. Und so saß die junge Frau eine halbe Stunde später in der U-Bahn.

Immer wenn ihr seelisches Befinden am Boden war, suchte Susanne ihren Bruder und dessen Familie auf, um dann gestärkt zurückzukommen. Besonders ihre Schwägerin war eine wunderbare Frau, der sie alle ihre Empfindungen und Angelegenheiten anvertrauten konnte. Und so fuhr sie auch heute hoffnungsvoll hin. In der U-Bahn sitzend, beschlich Susanne ein seltenes Empfinden. Sie hatte das Gefühl, beobachtet zu werden. Möglichst unauffällig versuchte sie, die Mitfahrenden zu beobachten. Bald war denn auch der stille Beobachter ausgemacht. Es war ein älterer Herr, der schräg gegenüber fast am Ende Platz genommen hatte. Als die Beobachtete selbstbewusst zu ihm hinüberschaute, wendete er seinen Blick dem Fenster zu, um gleich danach seinen Blick an der Mitfahrerin haften zu lassen. Während Susanne aus der Bahn ausstieg, schaute sie noch einmal in Richtung des merkwürdigen Herrn, der wie vorher sofort die Scheibe wählte. Und trotzdem bemerkte die junge Frau es nicht, dass auch er hier seine Endstation gewählt hatte. Bei Familie Kulinna eingetroffen, erfuhr die Besucherin eine freudige Nachricht. Mutter mit Großmutter von der Insel erhielten die Besuchserlaubnis, für eine Woche an den Weihnachtstagen Westberlin zu besuchen. Langsam, leise für sich, las Susanne den Brief von Zinnowitz, den ihr Maria soeben reichte. Ihre stille Hoffnung, dass im Brief eventuell von Georg eine Nachricht enthalten wäre, hatte sich leider nicht erfüllt. Somit war das Gesprächsthema an diesem Abend der Weihnachtsbesuch. Es wurde auch gleich beschlossen, dass Mutter in dieser Zeit bei Susanne und Großmutter bei Wolfgang und Maria wohnen sollte. „Und vielleicht wissen wir bis dahin auch über Georg Näheres“, bemerkte Wolfgang, seine Schwester anschauend. „So viel Gutes zu den Festtagen kann ich mir kaum vorstellen“, antwortete seine Schwester. Danach berichtete die Besucherin über ihren merkwürdigen Beobachter in der U-Bahn und über den Straßenmusikanten. Wolfgang berichtete über einen Krankenhauspatienten, der erst vor kaum zwei Jahren aus Ostpreußen nach Berlin umgesiedelt war. Dieser Mann hatte interessante Dinge über das tägliche Leben im Masurenland erzählt. „Die Wahrheit von einem Menschen zu erfahren, der von Geburt an bis vor zwei Jahren dort gelebt hat, ist eine ganz andere als die uns durch die Medien vermittelte", äußerte der junge Arzt und fügte hinzu: „Jetzt verstehe ich alle diese Menschen, die sich immer noch um die Auswanderung in den Westen bemühen. Es muss ja auch nicht einfach sein, im Geburtsland fremd zu sein. Da gehört schon eine gewisse Portion Intelligenz, Zurückhaltung und Entgegenkommen dazu, um friedlich miteinander zu leben. Denn obgleich die Kriegshandlungen vorüber sind, bleiben trotzdem die Parteien und Religionen, die doch immer vom Neuem Unruhen schüren. Glücklicherweise gibt es hier wie dort auch weise Menschen, die mit ihrem Denken und Handeln Wahres und Gutes erzeugen. Und solange es diese Menschen in der Überzahl geben wird, bleibt uns der Friede erhalten, sagt mein Patient", erklärt Wolfgang den Zuhörenden. Mittlerweile kann auch Benjamin schon laufen und zieht die Aufmerksamkeit der Anwesenden auf sich. Bald darauf verabschiedet sich Susanne und fährt in ihre Wohnung.

# Kapitel 2 – Die Damen in Zinnowitz

Seit dem Besuch in Ostpreußen waren bereits mehr als vier Monate vergangen. Anna und ihre Mutter kehrten mit neuen Erkenntnissen und Erfahrungen in ihre Wahlheimat zurück. Sie sind zufrieden, hier am schönen Ostseestrand eine neue Heimat gefunden zu haben. Besonders Anna war ihrer Mutter dankbar, dieses Fleckchen Erde für sich, für ihre Kinder und jetzt auch für sie aufgesucht zu haben. Denn hier konnte man Kraft fürs weitere Dasein schöpfen, und war man manches Mal auch noch so am Boden. Obgleich sie ihre Heimat sehr liebte, war es nicht ihr Wunsch, dorthin zurückzuziehen. Aus ihrem Heimatbesuch haben die Damen Erkenntnisse und Erfahrung in sich verewigt, die auch im weiteren Leben ihren Platz in ihrem Innern behielten. Für sie war das Wiedersehen der Heimat, verbunden mit dem Wiedersehen der Enkelkinder und Kinder, ein Erlebnis besonderer Art, welches weder in Worten noch in Schrift zu fassen war. Dazu das herzliche Treffen mit Erna, die ihnen die Vergangenheit und Gegenwart ihres Heimatdorfes mit allen Einzelheiten schilderte. All das hatten die beiden Damen noch nicht innerlich bewältigt und verarbeitet. Es kamen so viele neue Dinge auf sie zu, dass es noch Monate dauern würde, bis sie diese Eindrücke fest angenommen hatten. Und es waren auch neue Sorgen dazugekommen. Es waren die Gedanken an Susanne – wie lange sie wohl von ihrem Verlobten durch die Mauer getrennt blieb? Denn bis dahin war diese Sperre immer noch unüberwindbar. Und auch Charlotte würde es nicht leicht haben. Mit Jan würde sie wohl keine großen Schwierigkeiten haben, doch dessen religionsfanatische Eltern könnten zum unberechenbaren Hindernis werden. So gab es genügend Anlass zur Sorge. Auch die alte Heimat war jetzt eine andere. Dass am vertrauten Platz am Inulzer See jetzt an Stelle ihres Holzhäuschens ein großer Fliederstrauch wuchs, dass an Stelle der hölzernen Bank am Seeufer, von wo aus sie oftmals den aufgehenden Mond und die untergehende Sonne beobachtet hatten, jetzt ein Steinhaufen lag. Und das kaum befestigte Ufer, welches jetzt die Wellen bis an den Fliederstrauch schlagen ließ. Auch der Weg von der Straße bis zum Ufer war weder befestigt noch gepflegt. Das alles waren Dinge, die sonst kaum bedeutend wirkten, das Erinnerungsbild der Natur, oder besser gesagt der Heimat, veränderten. „Und hier können wir deutlich erkennen", äußerte Anna während eines Spazierganges am Strand zu ihrer Mutter, „dass alle Dinge von Menschen geschaffen, seien es große oder kleinere, vergänglich sind. Ob es unser Haus oder die Bank am Ufer war, ob es der schöne lange Steg überm Wasser oder der befestigte Weg zur Straße war, so wie viele, viele kleinere Sachen, all das war einmal. Aber der See ist genau wie damals geblieben. Er ruht, wenn die Lüfte ruhen, und tobt, wenn die Stürme toben. Im Winter starr und im Sommer beweglich. Der Mond geht genau wie damals auf und die Sonne endet ihren Lauf über Schnittken genau wie vor 30 Jahren. Sogar das junge Schilf am Seeufer hat die schöne, frische grüne Farbe wie im Mai vor 30 Jahren. Und somit ist für uns der Lebensraum immer noch so schön wie am ersten Tag. Und das zählt doch und ist für uns wichtig. Wenn die durch uns geschaffenen Dinge heute anders aussehen als damals, ist es ein ganz normaler täglicher Vorgang. Darüber traurig zu sein, wäre zu einfach und vielleicht auch ein bisschen naiv. Und weil Kosmos und Natur mit uns Menschen so nachsichtig sind und jedes Jahr aufs Neue die Pflanzenwelt sprießen, wachsen und blühen lässt, haben wir alle, auch die da vor uns waren und die da nach uns kommen, die Möglichkeit, stets neu zu schaffen, zu bauen, dabei Erkenntnisse zu erwerben, um uns weiter zu entwickeln.“

Der Zeitenlauf in unserem Leben
dient unserem Schicksal Tag für Tag
und Gottheit hat uns die Kraft gegeben,
stets drüber stehn, wie’s kommen mag.
Im Wandelgang sind wir allein,
obgleich um uns Gedränge,
mal sind wir groß, dann wieder klein,
dann frei und in der Enge.
Die Hoffnung und die Zuversicht
sind weisend unserm Dasein,
der Dunkelheit folgt immer Licht,
kann uns sehr fern und nah sein.

„Um auf unsere Heimat zurückzukommen“, fuhr Anna fort, „muss ich offenbaren, dass ich über das Naturbild des Waldes in der Johannisburger Heide sehr ergriffen bin. Das Fehlen der riesigen Kiefern hat tiefe Wunden im Land der dunklen Wälder hinterlassen. Der kreuz und quer zerwühlte Boden hat nicht mal Platz für Maiglöckchen und ähnliche Pflanzen. Wie uns Georg zu berichten wusste, sind unzählige Güterzüge, beladen mit Holzstämmen, in Richtung Osten gefahren. Dabei blieben auch die jüngeren Bäume nicht verschont, diese wurden als Stützen in Gruben unter Tage benötigt. Genau wie die Menschen, so wurden auch andere Reichtümer dieses Landes verschleppt. Das Merkwürdige ist aber, dass die Bevölkerung des riesigen eurasischen Landes, heute an größerer Not leidet als die Menschen im ausgeraubten Land.“ – „Das ist doch ein Zeichen, dass sich das

Ostpreußenland langsam erholt. Und so wird sich auch das Naturbild des Waldes langsam erholen. Vielleicht sollten wir das alles nicht so schwarz sehen", bemerkt Sophie und erzählt anknüpfend: „Hatte es nicht schon der griechische Philosoph Demokrit gesagt? Wir müssten beten, dass uns glückliche Erscheinungen oder Vorstellungen erfreuen, doch dieser lebte 360 vor Christus, ob er das auch heute noch sagen könnte, ist eine andere Frage. In unserer Zeit treten an glücklichen Erscheinungen meist anspruchsvolle Wünsche auf. Aber die Not, die Sorge um das tägliche Brot, zwingt uns immer wieder zu Ausgestaltung unserer Gedanken." In ihre Unterhaltung vertieft, bemerkten es die Damen kaum, dass ihnen seit fast zehn Minuten ein Herr folgte und jetzt nur noch einige Meter hinter den Spaziergängern war. Als er seine Schritte beschleunigte und die Frauen überholte, erkannten sie Herrn Falter, der die Damen auch sofort begrüßte. Etwas verdutzt und überrascht nahmen sie die Begrüßung an, aber solche Überraschungen waren ihnen bekannt. Und auch das war einer der Gründe, warum sich Anna zu einer festen Freundschaft mit diesem Herrn nicht entschließen konnte. Wieder mal war es eine Dienstreise, die Herrn Falter auf die Insel führte. Aus Anstand und Höflichkeitsgründen wurde der unangemeldete Besucher in die Wohnung gebeten. Bei Tee und Gebäck entwickelte sich ein nettes Gespräch. Unter anderem wurde darüber geredet, wie in der Vorweihnachtszeit im westlichen Teil die Straßen und Gebäude mit Weihnachtsbeleuchtung ausgestattet wurden. So äußerte der Besucher: „Wenn auch nicht alle Einwohner des westlichen Teils damit einverstanden sind und diesen Prunk als Verschwendung ansehen, so gab es auch Fälle, dass der große Weihnachtsbaum am Ernst-Reuter-Platz von Passanten mit Kugeln aus einer Pistole beschossen wurde, um diesen Schmuck zu vernichten. Aber das werdet ihr ja selber sehen oder hören, wenn ihr das Fest dort verbringt." Und so kam es zwischen den Damen und Herrn Falter zu Gesprächen, aus denen herauszuhören war, dass der Herr dem Ostteil doch zugetan war. Diese Tatsache störte weder Sophie noch Anna, es störte nur, wenn das Unwahre zu deutlich sichtbar und trotzdem als Wahrheit ausgelegt wurde. Wie immer bei solchen Begegnungen, so auch heute, äußerte der Besucher gegenüber Anna den Wunsch, ihn in Berlin zu besuchen. Und wie bis dahin, so auch diesmal, kam die gestandene Frau dieser Bitte nicht nach. Als sich der Besucher verabschiedete, war es später Nachmittag. „Ich vermute, dass meine Zurückhaltung dem Herrn gegenüber nicht unbegründet ist", äußerte Anna ihrer Mutter gegenüber, als die Tür hinter dem Besucher wieder verschlossen war. Fragend schaute Sophie ihre Tochter an und diese sagte weiter: „Hast du es mitbekommen, als er sagte, ihr werdet es selber sehen oder hören, wenn ihr das Fest dort verbringt? Wir haben ihm von unserem Besuch doch nichts erzählt. Woher ist ihm bekannt, dass wir in den Westen fahren?“ Jetzt wurde auch Sophie hellhörig und bestätigte die Vermutung ihrer Tochter. Spätestens ab dann war der angebliche Wissenschaftler für Sophie und Anna ein Rätsel. Bis sie zu Bett gingen, wurde noch viel darüber geredet.

In einer Woche kam Charlotte von Berlin und darüber herrschte im Hause ihrer Mutter und Großmutter Vorfreude. Am nächsten Tag fuhr Anna nach Wolgast zum Dienst im Krankenhaus und ihre Mutter beschäftigte sich mit dem Zweipersonenhaushalt, was ihr täglich Spaß und Freude am Leben brachte. Immerhin hatte sie das Gefühl, von anderen gebraucht zu werden und nicht zum alten Eisen zu gehören. Ein Brief an Susanne und an Wolfgang mit Maria und Benjamin sollte in den nächsten Tagen geschrieben werden, überlegte Sophie, während sie durch den Ort ging, um beim Bäcker Brot zu kaufen. Dabei erblickte sie zufällig in einer vorbeifahrenden Wolga-Limousine Herrn Falter, der eigentlich schon gestern Abend in die Hauptstadt der Deutschen Demokratischen Republik fahren wollte. „Nun werde ich selber unsicher“, dachte die Insulanerin und vergaß es.

# Kapitel 3 – Charlotte

Zweimal bereits hatte Charlotte beschlossen, ihre Mutter und Großmutter auf der Ostseeinsel zu besuchen, und immer war eine andere Angelegenheit dazwischengekommen. Doch nun war es so weit, übermorgen, am Freitag, sollte es wohl endgültig klappen. Ab morgen hatte die Mitarbeiterin des Innenministeriums frei, aber heute musste sie noch einiges von ihrem Schreibtisch erledigen und wegräumen. Und so ging sie heute schon um acht Uhr, statt um neun Uhr wie sonst, ins Büro. Der schöne goldene Oktober war längst vorbei und nur hier wie dort hing an den Bäumen vereinzelt gelbbraunes Laub. Nachdem sie ein kleines Frühstück zu sich genommen hatte, musste Charlotte den Regenschirm suchen, denn das nieselnde Nass würde sie ohne Schirm wohl kaum trocken am Arbeitsplatz erscheinen lassen. Und so ausgerüstet mit Schirm und Regenjacke, erreichte sie eine halbe Stunde später ihren Arbeitsplatz. Um diese Zeit waren erst einige Kolleginnen und Kollegen an ihrem Platze. In ihrem Büro eingetroffen, öffnete Charlotte das Fenster für eine Weile, denn der neu verlegte Teppichboden verbreitete eine giftige Luft – zum Umfallen. Es regnete immer noch in Strömen. Eine Viertelstunde später wurde das Fenster geschlossen, nicht nur der heftige Regen, sondern auch der Straßenlärm ließen eine Konzentration am Arbeitsplatz beim offenen Fenster kaum zu. Wieder mal musste in der Nähe ein größerer Unfall passiert sein, denn es war bereits der dritte Krankenwagen mit heulenden Sirenen unterwegs. Nachdem die Fenster geschlossen waren und ein heftiger Regen gegen die Scheiben peitschte, stand die Frühaufsteherin davor und beobachtete dieses Schauspiel der Natur. Ihr Blick blieb hier haften, um den herunterrollenden Regentropfen auf der Scheibe zuzusehen. Es war interessant, diese Dinge zu sehen und sie eine Zeit lang zu beobachten, die sich genau wie im Kleinen so auch im Großen abspielten und abwickelten. Wie unterschiedlich voneinander diese Tropfen von der oberen Fensterkante den Weg auf der Scheibe nach unten suchten und bewältigten. Einige dieser Tropfen waren so stark, dass sie die ganze Scheibe von oben nach unten in einem Zug durchquerten. Andere suchten sich den Weg mühsam zwischen kleineren und größeren Hindernissen, um endlich unten anzukommen. Wieder andere rissen alle auf dem Wege begegneten Hindernisse mit sich nach unten. Und einige begannen ihren Weg zögernd, schafften es vielleicht noch gerade, an einem Hindernis vorbeizukommen, um dann am nächsten hängen zu bleiben. Und besonders diese letzten waren ein Rätsel, überlegte die Beobachterin. Die blieben irgendwo auf dem Wege zum Ziel hängen, wurden von anderen Tropfen aufgefangen, dann von ihnen aufgesogen, als wären sie nie dagewesen. „Zu welchen dieser Tropfen gehöre ich wohl?", überlegte Charlotte, wandte sich vom Fenster ab und setzte sich auf ihren gewohnten Platz an ihrem Schreibtisch. Ihre übliche Tätigkeit konnte sie leider noch nicht beginnen. Ihre merkwürdige Beobachtung der winzigen Tropfen auf der Fensterscheibe – deren Verhalten und deren Verlauf – versetzten Charlotte in eine nachdenkliche Stimmung. Und da sie im Büro immer noch alleine war, ließ sie den Gedanken über ihr Leben freien Lauf. Ihr Studium der Politischen Wissenschaften sicherte ihr ihren Arbeitsplatz im Innenministerium. Mit Lust hatte sie weder studiert, noch übte sie hier diese Tätigkeit aus. Warum machte sie das eigentlich? Wieso übte sie eine Tätigkeit aus, die weder ihr persönlich noch der Gesellschaft von Nutzen war? Anfangs hatte sie gehofft, es würde sich mit der Zeit schon ergeben. Jetzt, wo sie den Einblick auch hinter die Kulissen ihrer Arbeit hatte, wurde es ihr immer deutlicher, sie war hier fehl am Platze. Es musste doch schön sein, eine Tätigkeit im Bereich der Kunst auszuüben. Irgendwas schaffen und der Welt etwas hinterlassen. Wie z. B. ihre Schwester in Westberlin. Was musste das für ein Gefühl sein, so vielen Menschen die Empfindung zu vermitteln, dass sie ihre Sorgen, wenn auch nur für kurze Zeit, vergaßen. Ganz davon abgesehen, was diese Menschen ihr selbst mit ihrem Beifall, ihren guten Wünschen und Gedanken gaben. Jeden Tag neu erleben und etwas Neues erschaffen. „Und ich, was mache ich z. B. heute? Polizeiberichte analysieren, vergleichen, Ausschreitungen Jugendlicher schriftlich festhalten und die Zahl der Teilnehmer vergleichen, Statistiken aufstellen, anfertigen und bei der nächsten Dienstbesprechung vortragen. Dabei darauf achten, dass die Partei immer recht hat. Ja, das ist ihre Arbeit und ihre Beschäftigung, der sie bereits jahrelang nachgeht." Verbittert über sich selbst stand Charlotte vom Stuhl auf und schaute nochmals zum Fenster hinaus, in der Hoffnung, mit einem Blick ins Freie eventuell neue, gute Gedanken zu fassen. Leider war auch das nicht der Fall, denn dieses nasse, trübe Novemberwetter trug auch nicht zur Heiterkeit bei. Sie wandte sich vom Fenster ab und im Zimmer auf und ab schreitend vergrub sich die junge Frau weiterhin in der Vergangenheit. Sie dachte an den schönen vergangenen Sommer, an den Heimatbesuch in Ostpreußen, an die prachtvolle Natur, die vielen Seen und bunten Wiesen und Felder, an die Bekanntschaft mit Jan, der sie auch jetzt zum Weihnachtsfest zu seinen Eltern ins Masurenland eingeladen hatte. Jan hatte ihr oftmals über die Sitten und Bräuche am Weihnachtsfest erzählt und so fuhr Charlotte mehr aus Neugier als aus Liebe zu Weihnachten dorthin. Es würde kein zu großes Vergnügen werden, eher wohl ein Krampf. Die religionsfanatischen Eltern von Jan waren schon harte Brocken. Jan hatte das Konservative teilweise abgelegt. Ob es für ein späteres Zusammenleben ausreichte, würde sich zeigen.

Ihre Schwester im westlichen Teil der Stadt hatte es auch nicht viel leichter in dieser Beziehung. Ihren Verlobten, der hier im Ministerium beschäftigt war, hatte Charlotte seit Wochen nicht gesehen. Irgendwas war nicht in Ordnung. Eine Dienstreise konnte es nicht sein, denn dafür würde maximal eine Woche benötigt. Susanne hatte bereits zweimal im Brief über Georg angefragt, doch wollte Charlotte ihrer Schwester das Leben nicht noch schwerer machen, so versuchte sie im Brief an der Oberfläche zu bleiben. Irgendwann vor zwei oder drei Monaten hatte Georg ihr eine Telefonnummer gegeben, dort sollte Charlotte anfragen, wenn er über längere Zeit nicht anwesend war. Sie nutzte jetzt diese Möglichkeit, doch als sie den Herrn am anderen Ende über Georgs Verbleib fragte, erhielt sie eine ablehnende Antwort, welche sie zum Auflegen des Hörers brachte. „Schade“, spricht sie zu sich selbst, „auch hier keine Hoffnung.“ Und doch hatte sie das Empfinden, diese Stimme bereits irgendwo gehört zu haben. Es könnte auch sein, dass es ein ehemaliger Dienstkollege von Georg war. Dabei hatte sie den ganzen Tag auf dieses Gespräch so gehofft, zumindest etwas zu erfahren. Erschrocken und überrascht blieb Charlotte stehen, als ein Taxi neben ihr hielt und eine bekannte Stimme sie zum Einsteigen aufforderte. „Wenn Ihr Weg zum Alexanderplatz führt, nehmen wir Sie gern mit“, ruft ein Herr aus dem Taxiinneren, in dem die junge Frau Herrn Falter erkannte. In Gedanken versunken, konnte Charlotte nicht sofort antworten und zögerte einige Sekunden. Als Herr Falter seine Aufforderung in Kurzform wiederholte, stieg die Angesprochene ein, denn es war ihre Richtung. In einem kurzen Gespräch mit dem Wissenschaftler äußerte sie ihre Sorgen um Georg nur andeutend. Doch dieses Thema interessierte den Herrn anscheinend wenig. Geschickt lenkte er die Unterhaltung über das herbstliche Wetter auf Charlottes Mutter und Großmutter, indem er sich nach deren Befinden erkundigte. Als die Mitfahrerin verriet, dass sie am nächsten Tag die Damen besuchen wolle, fehlte es nicht an lobenden Bemerkungen über ihre Mutter, die sie besonders herzlich grüßen sollte. Nachdem sich die junge Frau am Alex von Herrn Falter verabschiedet hatte, überlegte sie, wie lange sie ihn vorher nicht gesehen hatte. Es musste noch vor der Reise nach Ostpreußen gewesen sein und trotzdem kam ihr die Stimme recht vertraut vor.

Am nächsten Tage wurde die Reisetasche gepackt und Charlotte fuhr zum Bahnhof. Dort angekommen, hörte sie durch den Lautsprecher die Ansage, dass ihr Zug mit einer halben Stunde Verspätung eintreffen würde. So wurde die Reiselustige ungewollt Zeugin eines interessanten Gespräches. Als sie aus dem Munde der älteren Dame den Ortsnamen Nikolaiken vernommen hatte, rückte sie möglichst unauffällig näher und bekam das ganze Gespräch der sich unterhaltenden älteren

Damen mit. „Es ist in der heutigen Welt vieles anders als zu unserer Jugendzeit und das müssen wir verstehen." Worauf die andere antwortete: „Es ist wohl wahr, dass man das verstehen sollte. Es lässt sich aber schneller verstehen und ertragen, wenn es weit entfernt ist. Betrifft ein Fall einen selber oder eine andere Person, ist es schon schwieriger. Vordergründig stehen Religion und Nationalität. Als meine Tochter mit Stanislaw verlobt war, schien es auf dem Wege der Zweisamkeit keine Hindernisse zu geben. Nach der Hochzeit ging es dann los. Bei jeder Feier oder Zusammenkunft gab es immer zwei Gruppen oder wie man es auch nennen will. Und so geht es denn weiter das ganze Leben. Und wenn die Betroffenen beide noch so beständig und rücksichtsvoll sind, gelingt es überwiegend, diese Harmonie von außen zu zerstören. Es sei denn, das Paar lebt auf einer seelenlosen Insel. Und auch dann klappt es nicht immer, weil jeder der beiden eine andere Erziehung genossen hatte. Die bewährte Eigenschaft bleibt immer noch, seines zu bewahren und das der anderen achten." Dieses Gespräch der beiden Frauen blieb der Zuhörerin in Erinnerung. Während der Fahrt mit dem Zug wurde sie nachdenklich, ob sie nicht doch von Jan lassen sollte, bevor es zu spät war. Auf der Insel eingetroffen, wurde Charlotte von ihrer Großmutter am Bahnhof empfangen. „Mutter ist noch im Dienst im Krankenhaus und kommt erst abends nach Hause." Um diese Jahreszeit schien die Insel zu schlafen. Nur das Meer und der Kiefernwald rauschten ihr altes Lied der Treue. Es war auch Musik für Charlottes Ohren. Obgleich es etwas kalt und nass durch die Lüfte wehte, war es ein anderes Atmen als im Gewühle der Großstadt.

Als abends alle beisammen waren, bestellte die Berlinerin von Herrn Falter Grüße. „Wo hast du denn den aufgestöbert?", scherzte Anna ihrer Tochter zu. „Besser gesagt, er hat mich entdeckt", antwortete Charlotte und berichtete über ihre Begegnung mit dem Herrn im Taxi. „Ich hoffe, du hast ihm nicht gleich deine Anschrift verraten, nicht dass er auch dir noch auf den Wecker geht", fuhr Anna fort. „Besucht er euch immer noch so häufig?", hakte Charlotte ein, um mehr über Herrn Falter zu erfahren. „Er gibt es nicht auf und die Abstände zwischen den Besuchen werden immer kürzer", antwortete Sophie ihrer Enkeltochter und fuhr fort: „Fehlerlose Menschen wird es auf dieser Welt wohl kaum geben." Bis in die Nacht hinein wurde geplaudert und Neuigkeiten ausgetauscht. Mutter und Großmutter äußerten ihre Vorfreude über ihren bevorstehenden Weihnachtsbesuch in Westberlin. Charlotte im Gegenzug berichtete über ihre geplante Reise nach Ostpreußen. Ob sie dies als Vorfreude bezeichnen konnte, wäre wohl nicht die ganze Wahrheit. Es würde vieles zu klären und mit Jan zu besprechen sein. „Nun mal ganz offen, liebe Charlotte, fährst du auch dieses Mal gerne ins Masurenland?", wandte sich Anna an ihre Tochter, worauf die Gefragte auch sofort antwortete: „Diese Frage kann ich dir, liebe Mutter, spontan weder mit ja noch mit nein beantworten. Ich fahre in mein Geburtsland. Ich fahre dorthin und bin fremd. Außer meinen Freund kenne ich nicht die Menschen, die dort wohnen, ich kenne weder deren Sprache noch die Sitten und Bräuche. Ob meine Freundschaft mit Jan ausreichen wird, um sich dort wohl zu fühlen, ist eine Frage. Das Einzige, was mich dort fest verbindet, ist die Natur. Doch um die Winterzeit, wenn die Natur ruht, kann ich auch von dieser keine Unterstützung erwarten. Trotzdem bin ich guter Dinge und glaube an mich selbst. Wie es auch kommen sollte, wenn ich denn am späten Abend in der Weihnachtszeit die Möglichkeit habe, auf dem starren See zu wandern und dabei den sternklaren Himmel zu beobachten, dabei meine Sorgen und Freuden diesen himmlischen Wesen mitteilen kann, bin ich zufrieden. Und darauf freue ich mich eigentlich am meisten. Das ist einer meiner innigen Wünsche."

# Kapitel 4 – Das Weihnachtsfest

Monate, Wochen und dann nur noch Tage der Vorfreude auf den Besuch nach Westberlin. Der Westen, das verbotene Land, das, nur einige hundert Kilometer entfernt, durch politische Hetzpropaganda einige tausend Kilometer weit war. Weder Sophie noch Anna hatten dieses Land gesehen. Den gestellten Fernsehbildern schenkten die Damen nicht den geringsten Glauben, somit freuten sie sich heute, endlich im Zug die Fahrt dorthin angetreten zu haben. Es war der Heilige Abend vor dem Weihnachtsfest. Der Zug war restlos überfüllt, aber die Damen genossen Vorzüge aufgrund ihres Alters und durften auf den Plätzen am Fenster sitzen. Zeitig waren sie schon von der Insel abgereist, um am frühen Nachmittag bei Kindern und Enkelkindern in Berlin zu sein. Das Wetter, trüb und trotzdem schön, vermittelte den Reisenden die fehlende Festtagsstimmung. Durch das Fenster schauend sahen sie hier und dort einen Mann mit dem Fahrrad und einem Weihnachtsbaum hintendrauf. Die Erde war leicht gefroren und es herrschten im Freien vielleicht zwei Grad Kälte. An den wenigen Haltestellen stiegen bedeutend mehr Leute ein als aus. Fast alle waren in Richtung Berlin orientiert. Es war ein Rätsel, wo die vielen Zusteiger im Zug Platz fanden und doch blieb keiner auf dem Bahnsteig stehen. Noch zwei Haltestationen bis zum Ziel. Sophie und Anna wurden immer aufgeregter, sie hatten schon vieles über die Grenzkontrollen gehört. Kurz vor Berlin fing es an zu schneien. Schade, dass die Damen dieses Naturschauspiel nicht so recht wahrnehmen konnten. Sie warteten auf die Grenzkontrolle, mit zitternden Händen den Reisepass haltend. Und endlich war es so weit. Es ging alles viel schneller und einfacher, als die Besucher befürchtet hatten. Und dann das große Aufatmen auf dem Bahnsteig im Westen. Sie standen sich gegenüber, schauten sich an und fühlten, wie eine Last aus ihrem Körper wich. Da entdeckten sie auch schon Susanne und Wolfgang, die auf sie zukamen. Es schneite immer noch und führte somit das Weihnachtsfest immer näher. Es fand eine äußerst herzliche Begrüßung statt, mit Empfindungen innerer Verbundenheit von beiden Seiten. Besucher und Gastgeber bewegten sich langsam in Richtung Taxistand. Aus dem Straßenlärm hob sich deutlich der Klang einer Weihnachtsmelodie hervor. Sie stammte aus einem Leierkasten und wurde mehr als gewünscht wiederholt. Bevor die kleine Gesellschaft in ein Taxi stieg, schaute sich Anna noch einmal um mit den Worten: „Das ist also der Westen …“ Während der Taxifahrt bemüht zu sein einen festen Gedanken zu fassen, war nur schwer durchführbar. Und so ließen sich die Damen oberflächlich betrachtend vom Treiben der Großstadt erfassen.

In der Danckelmannstraße eingetroffen, wurden sie von Maria und dem kleinen Benjamin begrüßt. Während der Begrüßungszeremonie und auch später, als die Besucher die Wohnung betraten, wurde nicht viel gesprochen oder gar geredet. Außer Benjamin wussten die Anwesenden, dass vieles Gerede die Empfindungen einer Begegnung dieser Art zerstören und durcheinander bringen konnte. „Dass ihr in unserem Heim herzlich willkommen seid, brauche ich wohl nicht groß zu betonen, nur möchte ich hinzufügen, denkt daran, auch ihr seid hier zu Hause“, äußerte Maria, indem sie die Garderobe ihrer Gäste entgegennahm. Während der Kaffeerunde am Tisch konnten es weder Sophie noch Anna begreifen, hier in Westberlin zu sein. Das Unerreichbare war plötzlich da. Obgleich sie sich auf diesen Besuch Wochen, ja sogar Monate vorbereitet hatten, war es trotzdem zu plötzlich. Die Vorfreude war erfüllt und sie waren hier. Hier wurde den Damen der Unterschied zwischen Denken und Tun deutlich. Immer wieder schaute Anna mit tiefgreifender Freude auf ihre Schwiegertochter und auch Benjamin erinnerte von Zeit zu Zeit seine Großmutter daran, dass er anwesend war, indem er sie kräftig an den Haaren zog. Doch dieses Spiel nahm Oma gern in Kauf und auch ihr Herz schlug bei diesen Späßchen höher. Leider wurde diese Zusammenkunft von einem Wermutstropfen begleitet. Es war die Ungewissheit über Georg. In stiller Hoffnung hatte Susanne über ihre Mutter eine Nachricht von Charlotte erwartet, doch diese Hoffnung blieb offen. Ein Zeichen, dass ihre Schwester auch sonst über Georg nicht mehr wusste, als sie in ihren Briefen schrieb. Wie mochte es wohl Charlotte in der Heimat ergehen? Es war doch eine recht unüberschaubare Sache. Hoffentlich stand sie über den Dingen und ging den richtigen Weg, überlegte Susanne die Lage ihrer Schwester, indem sie ihre eigenen Sorgen in den Hintergrund schob, was ihr auch teilweise gelang. Als Wolfgang seiner Großmutter und seiner Mutter eine kleine Schlafpause empfahl, wurde diese von den Frauen gern angenommen. Die Reise und die Aufregung waren doch etwas anstrengend gewesen, so wurde dieser Vorschlag auch sofort in die Tat umgesetzt. Susanne und Maria bereiteten indessen das Festmahl vor und Wolfgang mit Benjamin schmückten den Weihnachtsbaum, wobei der Kleine aufgeregt hin und her lief.

Währenddessen erinnerte sich Maria an die Weihnachtsfeste in ihrem Elternhaus in Lindow. „Immer wieder werden bei solchen Anlässen Erinnerungen wach. Trotz Armut waren es immer schöne Feste“, wusste Maria zu berichten und erzählte: „Spät am Heiligen Abend, wenn es draußen ganz ruhig war und nicht mal ein Hund in der Stadt bellte, bin ich mit meinem Vater zu gerne spazieren gegangen. Ob an diesen Abenden Schnee lag oder auch nicht, der Sternenhimmel war immer da. So kann ich mich noch heute erinnern, wie er mir über die Sterne Geschichten erzählte. Er erklärte mir, wo die Milchstraße zu suchen ist, am Ende mit der Königin Kassiopeia, der

Mutter von Andromeda. Er zeigte mir den Bären, in den sich ein Zauberer verwandelt hatte. In diesem Zusammenhang konnte ich auch über König Artus Geschichten hören, ich wusste, dass der Polarstern den Norden anzeigt und vielen Seemännern die Richtung gewiesen hatte. Wir wanderten durch die ganze Stadt, dabei in das Himmelszelt schauend. Danach konnte ich immer tief und lange schlafen. Oft möchte ich nochmals Kind sein", äußerte Maria abschließend über ihre Gedankenreise in die Vergangenheit.

„Da kann ich dich gut verstehen, liebe Maria. Bei solcher Kindheit würde ich mir das auch wünschen. Leider ist meine Kindheit andere Wege gelaufen und so bin ich froh, diese Pfade nicht mehr gehen zu müssen. Es waren oft Straßen der Verzweiflung und oftmals hatte ich das Gefühl, auch bei meinen Zieheltern in Sibirien ein Fremdkörper zu sein", äußerte Susanne und fügte hinzu: „Weihnachten hatte es dort auch so nicht gegeben, so wusste ich auch nichts von einem Fest. Den klaren Himmel mit den vielen Sternen und oftmals mit Vollmond habe ich dort zu Genüge gesehen. Leider waren es überwiegend Momente der Verzweiflung, wenn ich zum Himmel schaute. Das passierte überwiegend im Winter. Wenn am späten Nachmittag mein Ziehvater noch nicht vom Dienst zurück war, ist Ziehmutter Olga auf der Straße gewesen, damit er nicht irgendwo unterwegs betrunken erfriert. Dieser verdammte Alkohol ließ schon so manchen erfrieren, ohne dass groß einer danach gefragt hätte. Die Behörden in Krasnojarsk wurden benachrichtigt und es wurde ein neuer Grenzsoldat geschickt. An solchen Tagen schaute ich zu den Sternen, obgleich ich deren Namen nicht kannte, habe ich zu ihnen gebetet, diesem Spuk ein Ende zu machen. Der Frost war erbarmungslos und aus meinen Tränen wurden Eiszapfen. Und heute weiß ich, dass mein Flehen erhört wurde, sonst wäre ich heute nicht hier mit so einer lieben Schwägerin zusammen."

„Danke dir, Susanne", erwiderte Maria gerührt. Wolfgang mit Benjamin meldeten indessen, dass der Weihnachtsbaum fertig sei.

Eine Stunde später besuchten die Damen einen Gottesdienst. Wie üblich war auch an diesem Abend die Kirche bis zum Rande mit Sitzenden und Stehenden gefüllt. Somit blieben die vier Frauen zwangsläufig dicht am Eingang stehen. Besonders Sophie und Anna erwarteten und hofften, im Hause Gottes Geborgenheit und Zusammengehörigkeit zu spüren. Leider mussten sie dieses Gebäude genauso leer verlassen, wie sie gekommen waren. Der Gesang, die Gottesdienstordnung, die Predigt sowie das Beten, es war nichts, was sie an ihre Heimat erinnerte. Im Ostteil wurde für diese Abweichungen der Kommunismus verantwortlich gemacht. „Wer trug denn für diese Änderungen die Schuld?", fragten sich Anna und Sophie. Maria und Susanne konnten dazu nicht viel sagen, weil sie nur diese Art kannten.

„Oder ist das der Fortschritt, dem wir nicht folgen können?", überlegten die Damen auf dem Nachhauseweg. Inzwischen hörte es auf zu schneien und der heruntergefallene Schnee wurde durch den Straßenverkehr in Wasser und Matsch verwandelt. Auf den umliegenden Feldern blieb die Schneedecke liegen und verwandelte die Landschaft in ein winterliches Weihnachtsbild. Die schneebedeckten Tannen im Park hingen nach unten und glitzerten im Scheine der Straßenbeleuchtung. Und hoch oben vom Himmelszelt leuchteten die Sterne liebevoll auf die Erde hinunter. Inzwischen hatten auch die eifrigsten Geschäftsleute ihre Läden geschlossen und alles unruhige Treiben kam für einige Stunden zur Ruhe. Auch die Lautsprecher auf den Straßen waren verstummt und nur hier und dort war noch ein Taxi unterwegs. Mittlerweile waren auch die Gottesdienstbesucher an der Wohnung angelangt. Durch die rege Unterhaltung verlief der Rückweg bedeutend schneller. Das Läuten der Kirchenglocken war immer noch zu hören. Doch auch das war ein anderer als der Klang der Heimatglocken. Dafür war es bei Maria und Wolfgang in der Wohnung so richtig gemütlich und weihnachtlich. Hier fühlten sich die Besucher gut aufgehoben und heimatlich. Dazwischen Benjamin, der aufgeregt hin und her lief und den leuchtenden Weihnachtsbaum bewunderte.

Nachdem das jüngste Familienmitglied in seinem Bettchen untergebracht war, wurden Erinnerungen wach, die auch geäußert wurden. So erzählte Anna davon, als sie an diesen Abenden meist im Krankenhaus Dienst hatte. So war auch keine Zeit zum Nachdenken. Schlimmer war es, an diesen Abenden in der Wohnung zu sein. Mehrmals lagen Patienten auf ihrer Station, die wussten, dass sie Christin war und das Weihnachtsfest feierte. Von denen oder deren Angehörigen wurde Anna mit Kleinigkeiten und Süßigkeiten beschenkt. Es passierte auch schon mal, dass sie das Fest vergessen hatte. So war es an einem Heiligabend, als sie spät vom Krankenhaus nach Hause ging, ohne zu ahnen, dass es Weihnachten war. Auf der huckeligen, eisbedeckten Straße war sie ausgerutscht und hatte sich dabei am Arm verletzt. Als sie an die Tür des nächsten Hauses klopfte, um den verletzten Arm zu versorgen, erblickte sie überraschend ein geschmücktes Bäumchen. So lernte Anna eine Familie kennen, die wie sie auch dorthin verschleppt worden war und nicht zurück durfte.

Auch Susanne konnte aus ihrer dunklen Sibirienzeit einiges erzählen. Leider waren es überwiegend traurige Erlebnisse. Doch wie es auch gewesen war, sie wusste ihre jetzige Freiheit zu schätzen und verstand damit umzugehen. Obwohl die Sorge um ihren Verlobten es ihr nicht leicht machte, in dieser Ungewissheit zu leben. Eine Überbrückung dieser Sorgen war ihr Berufsleben. Wenn sie auf der Bühne im Schauspielhaus sang, waren alle anderen Dinge von hier weit entfernt.

So freute sich die Schauspielerin schon heute auf ihren Auftritt am zweiten Weihnachtstag, wo doch Mutter und Großmutter unter den Zuschauern sitzen würden. Mittlerweile hatte sich Susanne auch hier etabliert und fühlte sich am Theater zu Hause. Die Vielfalt der beschäftigen Künstler, die unterschiedliche Hautfarbe und Kulturen hatten es ihr besonders am Anfang leicht gemacht, sich einzufügen. Viele von denen, die sie kennen gelernt hatte, hatten ihr Land verlassen, um in der Fremde zu betteln, erzählte Susanne, auf ihre Tätigkeit als Sängerin hin angesprochen. Und sie fügte weiter hinzu: „Es ist immer wieder interessant, Näheres über die Kulturen und Lebensgewohnheiten anderer Völker zu hören. So gehen unsere Unterhaltungen nach der Vorstellung nicht selten bis in die Nacht hinein, wobei ich diesen Menschen über meine Erfahrungen und Erkenntnisse auch vieles erzählen kann. Übrigens machen sie mir viel Freude, diese Unterhaltungen. Inzwischen lerne ich von euch, über längst vergessene Kulturen Kenntnis zu nehmen, wovon auch meine Heimat stark betroffen ist.“

„Ja, meine liebe Susanne“, ergriff Anna das Wort und äußerte anschließend: „Die Vergangenheit eine schöne Zeit zu nennen, wäre gelogen. Doch es gab wertvolle Sitten und gesetzte Grenzen im täglichen Dasein, an denen sich die Personen orientieren konnten, die ohne diese Gewohnheiten nur schwer leben konnten. Oftmals waren solche Bräuche lebenswert. Doch wie es auch sein mag, die Kultur, die Sitten und das Brauchtum der Masuren ist endgültig und unwiderruflich untergegangen. Die dort neugeborenen Generationen der Masuren haben wie überall in Europa oder auch in der Welt den Faden zur Erde verloren. Sie haben weder Leit- noch Vorbilder der Gegenwart. Und alles, was früher war, ist nicht annehmbar. In Städten entstehen Ballungsgebiete und sehr viele Leute wissen nicht einmal, was sie essen und trinken. Menschen, die noch auf dem Lande bleiben, werden als minderwertige Arbeitskräfte betrachtet. In schlechten Zeiten aber warten diese Leute bei den Bauern vor der Tür und betteln.“

„Ich habe Ähnliches erlebt und gesehen. Und weiß auch, wovon ich spreche. In schweren Kriegszeiten suchen die so genannten Reichen Schutz bei der armen Bevölkerung. So war es im Ersten Weltkrieg, so war es im Zweiten, auch während der Französischen und der Russischen Revolution. Das ist eben das einfache und doch so wenigen bekannte Gesetz der Natur. Ihr habt es noch teilweise mitbekommen oder hört es von uns, wie die Getreidesorten oder andere Bodenfrüchte gesät und geerntet werden. Was für ein Zusammenspiel Mensch mit Erde dazu erforderlich ist, damit auch in Zukunft auf diesem Boden geerntet werden kann, das werden die nächsten Generationen allenfalls auf dem Bildschirm sehen. Doch das wird für die Zukunft wohl kaum genügen“, äußerte Anna abschließend über ihre

Erkenntnisse und Erfahrungen. Danach erzählte Wolfgang einige interessante Erlebnisse aus seinem Berufsleben im Krankenhaus und Maria schloss den gemütlichen Abend mit der Schilderung ihrer Flucht aus dem Osten mit Wolfgang in einer sternklaren Nacht. Da es eine Reise eventuell auf Leben und Tod war, gab es sehr spannende Momente und die Anwesenden hielten an einigen Stellen den Atem an, um das Zuhören nicht zu stören.

Es wurde spät, oder besser gesagt früh, als Susanne mit ihrer Mutter zum Taxistand ging, um in Susannes Wohnung zu fahren. Auf dem Wege dorthin gingen die Frauen an einer Bank vorbei, auf der ein Herr, vielleicht Mitte Vierzig, frierend, nur mit Hemd und Hose sowie Sportschuhen bekleidet ist, saß. Als er die beiden Frauen sah, bat er sie, ob sie für ihn an seinen Bruder in den Osten einen kurzen Brief schreiben könnten. Er habe wohl Papier und Kugelschreiber, könne aber nicht schreiben. Als sie dicht neben ihm standen, merkten die Frauen, dass er den Abend wohl in einer Kneipe verbracht hatte. Trotzdem setzte sich Susanne zu ihm, ließ sich das Schreibzeug geben und schrieb, was der Mann ihr diktierte. Er bat seinen Bruder um Rat, ob er nicht doch in den Osten zurückkommen solle, hier würde er mit dem Leben nicht fertig. Als die Schreiberin seinen Wunsch erfüllt hatte, bedankte sich der Mann. Darauf gab sie ihm ein Stück Kuchen, das ihr ihre Schwägerin mitgegeben hatte, zog ihren warmen Pullover aus, sie hatte ja noch einen Mantel darüber, gab ihm das Kleidungsstück mit den Worten: „Diesen Pulli tragen und nicht verkaufen“, und verabschiedete sich von dem seltsamen Straßenmann.

Mitternacht war längst vorbei, als die Damen in Susannes Wohnung eintrafen. Während der ganzen Unterhaltung mit dem Straßengast hatte Anna kein Wort gesagt. Jetzt in der Wohnung schien sie aufzutauen, indem sie äußerte: „Du könntest es nicht leugnen, meine Tochter zu sein. Ich hätte es soeben auf der Straße genauso gemacht, wie du gehandelt hast. Und das ist gut so. Natürlich wäre es vielleicht gewagt für eine einzelne Frau, stehen zu bleiben. Aber dem schaute nichts Böses aus den Augen.“

Zufrieden, hier zu sein, und auch etwas müde schaute sich Anna die Wohnung ihrer Tochter an. Dabei erklärte Susanne, welche Teile sie sich aus dem abgestellten Sperrmüll hergeschleppt hatte und welche im Laden gekauft wurden. Außerdem war die junge Frau froh darüber, ihre Mutter ganz für sich zu haben. Sie saßen bis fast in den Morgen hinein in ihre Unterhaltung vertieft. Trotzdem war die grausame Vergangenheit der beiden Frauen noch nicht ganz durchgenommen worden. Wie sich im Gespräch herausstellte, waren sie in Sibirien nur um einige Kilometer voneinander entfernt, ohne es zu wissen. Und so vergingen mehr als 20 Jahre. Auch ihre Ängste und Gefühle über Georg konnte Susanne ihrer Mutter restlos ausschütten. Dennoch war ihr bewusst, dass weder sie noch ihre Mutter an dem Zustand etwas ändern konnten. Und die vielen Jahre der harten Schule des täglichen Daseins gaben ihr so viel Kraft, dass sie sich in Empfindungen, Träumereien und Gefühle vertiefen konnte, sich denen aber nicht hingab und genau zu unterscheiden wusste, wo die Grenzen der Wirklichkeit sowie der Träume anfingen und endeten, wenn es auch oftmals schmerzhaft war. So schien es denn auch mit Georg. Sollte sie erfahren, dass ihr Verlobter ein Zusammenkommen nicht anstrebte, wäre es für sie zwecklos, krampfhaft darum zu kämpfen. „Das ganze Leben eventuell hinter einem Menschen hinterherzulaufen, um dessen Zuneigung zu gewinnen, das wäre weder mit meinem Charakter noch mit meiner Natur im Einklang“, äußerte die Gastgeberin am Schluss der Unterhaltung ihrer Mutter gegenüber.

Während des Frühstücks am ersten Weihnachtstag erkundigte sich Susanne bei Anna, wie ihr Verhältnis zu Herrn Falter sei. Als Anna aus ihrer Handtasche einige Fotos hervorholte, erkannte die junge Frau in Herrn Falter ihren Beobachter aus der Straßenbahn. Sie war fest davon überzeugt, dass er es war, was ihre Mutter doch sehr nachdenklich stimmte. Aus Unterhaltungen mit dem Herrn war Anna dessen Einstellung dem Westen gegenüber bekannt, darum ihre Zweifel am Besuch im Westen. Dann aber musste sie an den letzten Besuch des Herrn Falter denken bzgl. dessen Kenntnisse über ihr Vorhaben, in den Westen zu fahren. Also irgendwas bestand hier, wovon sie alle nichts wussten. So war ihre Zurückhaltung diesem Herrn gegenüber vielleicht doch berechtigt.

Susanne war glücklich, ihre Mutter bei sich zu haben, die richtige Mutter, der man alles anvertrauen konnte. Die in jeder Hinsicht Bescheid wusste und für alles Verständnis hatte und offen war. Mit Herrn Falter wollte Anna beim nächsten Treffen reden, es sollte ja nichts Außergewöhnliches sein, ihn im Westen zu sehen. Nun wurde schnell das Essen bereitet, denn Familie Kulinna mit Großmutter waren zu Tisch geladen. Am Nachmittag wurde ein ausgiebiger Spaziergang um den Lietzensee unternommen, um den Damen von der Insel auch die Schönheiten der Stadt Berlin zu zeigen. Es war um null Grad, somit ideales Spazierwetter. Abends bei Familie Kulinna am Weihnachtsbaum gab es noch viel zu erzählen, es wurde wieder ein langer und lehrreicher Abend.

Am zweiten Weihnachtstag hatte Wolfgang ab sieben Uhr morgens Dienst im Krankenhaus. Susanne ging um drei Uhr am Nachmittag zur Generalprobe und abends um sieben Uhr war es dann so weit. Festlich gekleidet, etwas nervös und vielleicht auch aufgeregt fuhren die Damen zum Theater. Wolfgang mit Benjamin blieben heute bewusst zu Hause, damit Maria ihren Gästen einiges erklären und zeigen konnte und damit Mutter und Großmutter Susannes Auftritt bewusst erlebten. Die Sängerin selbst war bereits am Ort des Geschehens. Die Atmosphäre im Schauspielhaus versetzte alle drei Frauen in eine außergewöhnlich feierliche Stimmung. Obgleich die Zuschauerränge bis an den Rand gefüllt schienen, strömten immer noch Besucher ins Innere und fanden auch sofort ihren Platz. Vor Jahren hatte Anna das Theater in Krasnojarsk besucht, es war aber mit diesem hier nicht zu vergleichen. Ohne irgendeine Wertung oder Vergleich vorzunehmen, es war einfach anders. Bis zum Beginn des Musicals vergingen nur noch wenige Minuten. Die Lampen leuchteten noch hell und die Zuschauer unterhielten sich mit leiser, halblauter Stimme. Maria erklärte den Gästen einige Besonderheiten an diesem Schauspielhaus, erzählte auch, dass sie oftmals von Susanne hierher eingeladen wurde. Und dann wurde das Licht auf den Rängen gedämpft, bis es fast dunkel war, die Unterhaltungsmusik wurde leiser, bis sie irgendwann ganz verstummte. Einige Sekunden herrschte unheimliche Stille, und … dann ging der Vorhang auf, die Vielfalt der sanften Farben trug die Zuschauer in eine andere Welt. In eine Welt der Träume, Phantasie, Sehnsucht und heimlichen Wünsche. Für Sophie und Anna ein Ereignis, dem sie in dieser Art, Größe und Stimmung zum ersten Mal in ihrem Leben beiwohnten.

„Wir alle haben unseren Platz im Leben, auf dem wir unsere Aufgaben erfüllen müssen“, überlegte die Großmutter der Sängerin Susanne, „aber das hier ist etwas ganz Anderes und Neues für mich. Wie kostbar, wahr und schön kann doch die Welt der Kunst sein! Die so vielen Menschen außer Vergnügen auch Kraft und Mut für das tägliche Leben gibt, oftmals Mut zum Leben und Überleben.“ Dass sie hier dabei sein, diese Stunden gemeinsam mit Tochter und Enkeltochter erleben durfte! Unglaublich, es klingt wie ein Märchen und ist so wahr. Beide Frauen waren von Dankbarkeit erfüllt. Alle Sorgen und Befürchtungen sind in weite Ferne gerückt. Nach einigen wechselnden Tanz- und Gesangsszenen erschien auf der Bühne die Sängerin Susanne. Im Raum und auf den Rängen herrschte Stille, als hätten die Zuschauer den Atem angehalten. Aufgerichtet, mit kurzem, selbstbewusstem Schritt bewegte sich die Künstlerin in Richtung Publikum. Ihr langes, vielfarbiges und trotzdem schlichtes Gewand verlieh der Sängerin im Lichte der Scheinwerfer ein himmlisches Aussehen. Sie blieb erst stehen, ging dann lächelnd zwei oder drei Schritte zurück. Diesen Anblick würden Großmutter und Mutter zeitlebens nicht vergessen. Das Orchester begann erst leise, steigerte dann die Lautstärke, um anschließend die Musik wieder zu drosseln. Und dann die zarte, sanfte Stimme der Sängerin, die das Innere des Schauspielhauses und das der Zuschauer mit ihrer ganzen Kraft und Schönheit durchdrang, und sie sang:

Ewig unter Linden, schworen wir uns Treue,
Wasser, Luft und Feuer waren auch dabei,
diese schönen Stunden werd ich nie bereuen,
wenn ich daran denke, springt mein Herz entzwei.

Über uns die Wolken mit dem Winde zogen
und sie sahen unser beider großes Glück,
mit den leichten Wolken wilde Gänse flogen,
riefen zu uns nieder, wann kommt ihr zurück.
Seitdem sind Wochen, Monate vergangen,
meine tiefe Sehnsucht wartet noch auf dich,
bist du wirklich von mir fortgegangen,
ach, so werde glücklich, denke auch an mich.

Maria, die diese Aufführung kannte, beobachtete zeitweise ihre Besucher mit innerer Zufriedenheit und Anteilnahme. Erst der tosende Beifall holte die Damen in die Wirklichkeit zurück. Nach der Vorstellung wurden alle drei Frauen von Susanne in eine fröhliche Runde der Schauspieler eingeladen. So lernten Sophie und Anna auch das Umfeld von Susanne kennen. Sie wurden von Schauspielern und Musikern in eine nette Gesprächsrunde einbezogen und es entwickelte sich eine Unterhaltung, die den Damen noch ganz lange in Erinnerung blieb. Als dann das Taxi erst spät vor Susannes Wohnung hielt, äußerte Sophie als Gutenachtspruch: „Für unser Herz gehört eben solche Klasse!“ Die übrigen lachten herzlich über Sophies heiteren Spruch, die Türen vom Fahrzeug wurden zugeschlagen, Anna und Susanne blieben zurück, während die anderen weiterfuhren. Ein Tag ging zu Ende, ein Tag voller Erlebnisse, Erkenntnisse und Güte, ein Tag, den man nie vergessen würde. „Woher ist das schöne Lied denn entstanden?“, fragte Anna ihre Tochter, in der Wohnung angekommen. „Es ist aus meiner Idee und auf meinen Wunsch komponiert worden. Gedichtet habe ich es selbst aus meiner Erinnerung an unsere Verlobung auf der Insel mit den schönen Linden, deren lange Zweige bis tief ins Wasser hinunterhingen. Und da dieser Moment für mich die Ewigkeit ist, habe ich gesungen: Ewig unter Linden.“ Danach gab es noch viel zu erzählen, es wurde aber nicht auf die Uhr geschaut. Der alte Wecker trieb erbarmungslos die Zeit voran, so waren auch die Frauen irgendwann müde und gingen zu Bett.

# Kapitel 5 – Die wahre Geschichte

Die Zeit vergeht und mit ihr vergehen Stunden, Tage, Wochen und Monate. In den letzten Monaten sind in Europa keine bedeutenden Änderungen eingetreten, weder im Osten noch im Westen. Willy Brandt ist intensiv um eine Entspannungspolitik bemüht, so hoffen viele Menschen beider deutscher Staaten auf Erleichterungen im Reiseverkehr aus dem Osten. Diese treten aber nur krümelweise in Kraft. Andererseits werden Transitreisende umso mehr kontrolliert und verunsichert. Die Grenzanlagen von ostdeutscher Seite werden immer mehr gefestigt und mit Minenfeldern bestückt. Die Berliner Mauer wird ständig verbessert, damit ja nicht irgendwo ein Schlupfloch entsteht. Aufgrund dieser Entwicklung versuchen unzählige Menschen auf eigene Faust, diesen Vorhang zu durchbrechen, dabei nicht selten ihr Leben aufs Spiel setzend. Auf diese Weise hatte auch Wolfgang mit Maria Westberlin erreicht. Heute ist es für sie Vergangenheit, doch damals waren es schreckliche Stunden, der Weg in die Freiheit. Und wie viele Menschen sind auf diesem Wege auf der Strecke geblieben.

Heute war der 17. Juni, Wolfgang und Maria hatten zu einer kleinen Runde geladen, um damit diesen Tages zu gedenken. Natürlich war auch Susanne dabei, denn sie war auch hier zu Hause. Als die Runde vollzählig anwesend war, kündigte der Hausherr an: „Heute wird es besonders interessant. Ich habe einen Herrn eingeladen, der nur zwei Jahre älter ist als ich und Ende der sechziger Jahre von Nikolaiken in den Westen ausgewandert ist. Er wird uns eine interessante Lebensgeschichte erzählen, die mir bereits bekannt ist. Doch wenn ich diese Geschichte schildern würde, wäre sie längst nicht so identisch. Schon bei seinen ersten Worten werdet ihr erkennen, dass seine Heimat, das Masurenland, unverkennbar ist. Er hat hier in Berlin Verwandte, die er von Zeit zu Zeit besucht, und so lernte ich ihn zufällig kennen. Heute ist er auch wieder mal in Berlin und ließ sich von mir breitschlagen, bei uns vorbeizuschauen. Mal sehen, ob dieser Masure auch sein Versprechen hält.“ Doch kaum hatte Wolfgang den letzten Satz beendet, da schellte es auch schon an der Tür. Der Gast trat ein, stellte sich mit seinem Vornamen Martin vor, jedem der Anwesenden dabei die Hand reichend. „Bei diesem Händedruck ist ihre Herkunft nicht zu verkennen“, bemerkte Maria, dem Gast dabei einen Sitzplatz anbietend. Nach einem Begrüßungs-Bärenfang und einigen lobenden Willkommenssprüchen an seine Gäste wandte sich Wolfgang an Martin mit der Bitte, die Anwesenden nicht zu lange in Neugier verweilen zu lassen und mit seiner angekündigten Geschichte zu beginnen.

„Ja“, begann Martin, „wenn mir in diesem Kreise die Rolle des Erzählers zugedacht ist, so will ich sie auch nutzen. Der Protagonist in meiner Erzählung ist der Bruder meiner Ehefrau und heißt Dieter Dombrowski. Er war ein gut aussehender junger Mann des Jahrganges 1943. Aufgrund der genannten Tatsachen war Dieter sehr beliebt, besonders in der Welt der jungen Frauen. Nach Schulabschluss war Dieter nicht besonders interessiert, eine Lehrstelle zu suchen, ihm schwebte was anderes vor. Und als dann sein bester Freund Piotr in Küstrin an der Oder die Leitung eines Bauvorhabens übernahm, war auch er in Küstrin zu finden. Beschäftigt im Bauunternehmen unter Leitung seines Freundes, fing Dieter an, die Gegend zu erkunden. Dafür nutzte er seine Freizeit nach Feierabend und die Feiertage. Er besuchte Gaststätten, Diskotheken und andere Stellen, wo Grenzschutzsoldaten und Offiziere anzutreffen waren. Dazu gehörten auch Offizierskasinos. Angst hatte Dieter keine. Sein bisheriges Leben hatte ihm jegliche Angst genommen, wenn er sie überhaupt irgendwann hatte. Dazu muss ich kurz eine Erläuterung geben: Seine Eltern kannte Dieter nur vom Foto her. Sein Vater ist kurz nach seiner Geburt bei Stalingrad gefallen, die Mutter haben russische Soldaten für immer nach Sibirien verschleppt, als Dieter gerade zwei Jahre alt war. Und so ist er mit seinen vier minderjährigen Geschwistern im Masurenland aufgewachsen. Dieses nur zu eurem Verständnis über seine Einstellung und sein Handeln. Bei diesen Erkundigungen war oftmals äußerste Vorsicht geboten, denn es waren auch zahlreiche Geheimagenten im Grenzgebiet tätig. So konnte er schon nach mehrwöchigen Recherchen erfahren, welche Grenzabschnitte leichter und welche schwieriger zu überwinden waren. Und nicht nur das, er wusste mittlerweile, welche Abschnitte zeitweise von polnischer Seite gar nicht überwacht wurden. Auch Namen einiger Grenzschutzsoldaten und Offiziere waren ihm geläufig. Schriftlich wurde nichts festgehalten. Es musste alles im Kopf sitzen und es saß auch. Doch um die Gewohnheiten der ostdeutschen Grenzschützer zu erfahren, war das alles noch nicht genug. Die polnischen Grenzbewacher wussten nur wenig über ihre Kollegen von der westlichen Oderseite. So musste versucht werden, über andere Bekanntschaften diese Dinge zu erfahren. Doch diese Recherchen waren schwierig und zeitaufwendig. Inzwischen ist sein Freund Piotr von der Bauleitung aufgestiegen und avancierte zum nicht unwichtigen Parteifunktionär. So konnte der heimliche Auskundschaftler auch über wichtige politische Beschlüsse der Behörden in der Grenzregion erfahren. Auch diese Tatsachen waren ihm wichtig, denn schließlich wollte er so schnell wie möglich in den Westen zu seiner Großmutter und den Verwandten. Nach mehreren Absagen, auf legalem Wege mit seinen Geschwistern auszureisen, versuchte er es nun auf eigene Faust. Am Anfang seines Aufenthaltes in Küstrin hatte er sich hin und wieder bei seinen Geschwistern in Nikolaiken gemeldet, mit der Zeit wurde es weniger, bis die Nachrichten ganz ausblieben. Zu sehr war er mit seinem Vorhaben beschäftigt. Auch musste er erfahren, dass sein Vorhaben bedeutend schwieriger zu sein schien, als er gedacht hatte. So hatte er auch erfahren, dass es Helfer gäbe, die es leicht machten, in den Westen zu gelangen. Doch dafür musste man deren dunkle Machenschaften annehmen und das wollte Dieter auf keinen Fall. So gab es auch im Militärbereich Stellen, über die man in den Westen kam, doch hier sollte man sich ganz der Sache verschreiben und das war fast noch schlimmer. So blieb denn nur noch eins: das Risiko. Das Spiel mit dem Leben. Und dieses Spiel wählte Dieter. Denn er wollte die Freiheit. Und Freiheit, erkauft und an langfristige Dienste verknüpft, ist doch wiederum keine Freiheit. Die Zeit verlief schneller, als Dieter es sich gewünscht hätte. Der Sommer war längst vorbei und fallendes Laub von den Bäumen kündigte den Herbst an. Er war immer noch unterwegs auf der Suche nach Informationen. Sein Aussehen und seine Zurückhaltung bescherten ihm Einladungen in Offiziers- und andere für ihn wichtige Kreise. Absender solcher Einladungen waren oftmals die Damen der Veranstalter. Aber auch hier hatte der junge Mann erkannt, dass er vonseiten der Frauen wichtige Informationen bekommen konnte. So wusste er mittlerweile die Uhrzeiten des Wechsels der Patrouillen an verschiedenen Grenzabschnitten. Doch diese Einzelheiten zu erfahren, gehörte zu einer der schwierigen Aufgaben und verlangte besonderes Fingerspitzengefühl. Es musste immer so nebenbei geschehen und durfte bei den Befragten auf keinen Fall den Verdacht erwecken, was der Fragende vorhatte. Außerdem, wie bereits erwähnt, mussten alle Zahlen und Daten im Kopf fest verankert werden. So wurde es Winter und Schnee bedeckte die Landschaft um Küstrin. Um diese Jahreszeit zu fliehen, wäre Wahnsinn. Die beste Zeit für eine Flucht sollte angeblich der frühe Sommer sein, wenn die Wiesen an der Oder von Wasser überschwemmt waren. Dann waren auch die nahen, frisch geharkten Felder überschwemmt und es blieb keine Spur zurück. Diese Weisheiten und ähnliche hatte Dieter von Grenzern so nebenbei beim Kartenspiel erfahren. Doch nicht immer kamen Informationen so leicht zugeflogen. Es gab Tage, wo er mutlos und resigniert den Tag beendete, obgleich dieser vielversprechend begonnen hatte. An solchen Tagen wäre er am liebsten nach Nikolaiken zurückgefahren. Auch sein Freund Piotr war als aufstrebender Funktionär mit immer bedeutenderen Aufgaben betraut worden und hatte für ihn nur noch wenig Zeit. Was Dieter von ihm auch nicht verlangte und nicht erwarten konnte. Er war nun lange genug umhergezogen, um sämtliche Ecken sowie Sitten und Gebräuche dieser Region zu kennen. Mit Einzug des Winters war in Dieters täglichem Dasein ein neuer Abschnitt eingetreten. Irgendwann Ende November des Jahres 1962 wurde er in einer Gaststätte am späten Abend von einem jungen Mann angesprochen, der ihm bis dahin fremd war. Und trotzdem schien es von Anfang an, als plane dieser das gleiche Vorhaben wie er. Im Laufe der weiteren Unterhaltung schien sich Dieters Vermutung zu bestätigen, wenn auch beide Gesprächspartner nur andeutend davon sprachen. Ganz nebenbei hatte der Fremde wissen wollen, ob Dieter der deutschen Sprache mächtig sei. Als er dem Fragenden mit ja geantwortet hatte, schien dieser umso mehr Interesse an einer Bekanntschaft zu zeigen. So wurde dann ein nächstes Treffen vereinbart, was immer noch ohne Bedeutung schien. Auf dem Wege in seine Firmenunterkunft überlegte der junge Masure noch mal das Gespräch mit dem Fremden, dessen Gesichtszüge er im Halbdunkel der Räume nicht einmal genau sehen konnte. Und so überließ er diese Gedanken dem nächsten Tage, worin er immer schon ein Meister war. Beim nächsten Treffen wurden dann die Karten auf den Tisch gelegt und offen gespielt. Nun war aus dem Fremden ein Partner geworden. Wenngleich dessen Ansichten und Lebensart Dieter fremd und für ihn unannehmbar waren, blieb er bei dieser Bekanntschaft, die doch nur der Flucht in den Westen dienen sollte. Ab jetzt konnte er mit jemandem über diese Dinge reden und für die Zukunft planen. Der Mann schien einige Jahre älter als Dieter und, wie er es schilderte, auch an Erfahrung reicher. Aufgrund seiner Erzählungen über seine Erlebnisse imponierte er dem noch jungen, aber mutigen Mann, der nur zur Großmutter in den Westen flüchten wollte. Nach monatelanger Bekanntschaft hatte Dieter aus Schilderungen seines Partners immer mehr Dinge erfahren, die für seine Person nie und nimmer in Fragen kamen. Wenn er auch sonst kein Angsthase war, aber dieser war ihm doch manchmal etwas unheimlich geworden. Doch zum Aussteigen war es längst zu spät. So blieb er dann bei dieser Bekanntschaft, voller Hoffnung, auf diesem Wege den Westen zu erreichen. Der Winter neigte sich langsam dem Ende. Die Fluchtplanung nahm nun Formen an. Sobald das Wasser der Oder im Frühsommer über die Ufer stieg und eine Temperatur von 15 Grad überstieg, sollte es losgehen. Marian, so hieß nämlich der Partner, kannte angeblich einen Grenzabschnitt von Ostdeutschland nach Bayern, wo es über die Westgrenze gehen sollte. Dort sollte Dieter aufgrund seiner Deutschkenntnisse in Aktion treten. Doch erst musste die Oder überwunden werden. So fing Marian an, einen Blechponton zu bauen, in dem sie ihre Kleidungsstücke und Verpflegung über das Wasser trocken herüberbrachten. Dieses Schwimmgefährt durfte nur so groß sein, dass die Sachen darin Platz hatten sowie einige Tafeln Schokolade als Marschverpflegung. Während der Oderüberquerung sollte es gleichzeitig als Schwimmhilfe dienen. Das ostdeutsche Gebiet sollte dann überwiegend zu Fuß und teilweise per Anhalter bewältigt werden. Einiges schien Dieter doch kaum durchführbar, aber eine Alternative hatte er auch nicht, so blieb es denn dabei. Und so vergingen Wochen voller innerlicher Spannung und Planungen. Irgendwann in Westdeutschland zu sein, sich dort frei zu bewegen, offen deutsch sprechen zu dürfen, in dem Land zu leben, für welches seine Mutter und sein Vater ihr Leben opferten, damit es ihre Kinder besser haben, dort zu leben und sich dieser Dinge bewusst zu sein, musste doch schön sein, dachte Dieter oftmals auch in seinen Träumen. Leider hatte er dabei nicht berücksichtigt, dass es überall Menschen und Leute gibt. Wie ihm auf einer Bank im Park ein älterer, weiser Herr schon einmal sagte: ‚Täuschen Sie sich nicht, mein Herr, Goethe ist für uns immer noch Deutschland, doch das heutige Deutschland ist nicht Goethe.' Diese Worte hatte Dieter aufgenommen, aber nicht angenommen. Die Erziehung und öffentliche Unterdrückung, im eigenen Land Fremder zu sein, ließen keine Alternative offen. Und so blieb nur eins, raus und weg von dort. Dass sein Partner andere Gründe hatte, in den Westen zu fliehen, war ihm auch mittlerweile bekannt, doch dessen wahren Grund sollte er wohl nie erfahren. Aber darauf war Dieter auch nicht neugierig. Kurz nach dem Osterfest hatte der Pontonbauer sein Werk vollendet. Stolz zeigt er es Dieter vor, dabei erklärend, wie er dieses und jenes zustande gebracht hatte. Auch eine Landkarte von Ostdeutschland wurde an mehreren Abenden studiert, sich dabei einige Ortsnamen ins Gehirn prägend."

„Und war Dieters Freund Piotr denn auch darüber informiert?", unterbrach Susanne Martins Erzählung zum ersten Mal.

„Er kannte wohl seines Freundes Absichten, den Verlauf der Entwicklung im Einzelnen kannte Piotr nicht. Übrigens hatten sich die beiden in den letzten Monaten kaum gesehen. Piotr war zum ersten Parteisekretär aufgestiegen und weilte somit in ganz anderen Kreisen mit anderer Gesellschaft. Als sie noch öfter zusammen waren, hatte er mehrmals auch Dieter vorgeschlagen, diese Richtung anzustreben, um später mal, im Besitz eines wichtigen Parteipostens, sich ins Ausland abzusetzen. Aber auch diese Möglichkeit lehnte Dieter ab, zu viel und zu lange müsste er vorher lügen und das war nicht seine Art", antwortet Martin auf Susannes Frage.

„Hatte Piotr denn Verständnis, dass sein guter Freund Dieter nach Deutschland flüchten will, weil er dort u. a. deutsch sprechen darf? Denn Piotr war doch ein gebürtiger Pole", warf auch Wolfgang eine Zwischenfrage ein.

„ Es ist wahr, dass Piotr ein Pole und Dieter ein Deutscher war und auch geblieben ist. Piotr ist Katholik und Dieter Protestant. Doch es waren echte Freunde, nicht Freunde, weil sie einer gemeinsamen Partei angehörten oder gemeinsamen

Glaubensrichtungen, auch die Nationalzugehörigkeit spielte bei so einer Freundschaft keine wesentliche Rolle. Es waren Freunde aus innerem Gefühl von Herzen, seit vielen Jahren. Was der andere auch anstrebte, sie hatten füreinander Verständnis. Insbesondere ist hier Piotr gefragt worden, denn er hatte verschiedene Schulen besucht und auch studiert, wobei uns bekannterweise dieses Gefühl einer Freundschaft entfremdet wird. Durch Streben nach guten Noten und einem guten Abschluss bleiben doch solche Spielereien, wie sie von den Betroffenen genannt werden, auf der Strecke. Es entstehen dort später Freundschaften, doch sind es überwiegend Geschäftsfreunde oder Parteifreunde, was mit echter Freundschaft wenig zu tun hat", antwortete Martin, zu Wolfgang herüberschauend.

„Und jetzt ist es Zeit für eine Stärkung", bemerkte Maria und servierte eine Zwischenmahlzeit. Diese wurde von den Gästen gern angenommen und nach dem Imbiss berichtete Martin weiter.

„Um es nicht ganz in Einzelheiten zu zerlegen, war nun nach langen Monaten der Vorbereitung und Information endlich der Tag X in greifbare Nähe gerückt. Es war Ende Mai 1963. Es regnete seit Tagen und der Wasserstand des Grenzflusses stieg zusehend. Anfangs wurden nur die nahe liegenden und später auch weitere Wiesen und Felder überschwemmt. Die neu geharkten Grenzstreifen waren mit Wasser bedeckt, zur Freude der Grenzschützer, die dadurch nicht so viele Kilometer täglich laufen mussten. Das gleiche Überschwemmungsspiel galt auch der westlichen Oderseite in Ostdeutschland.

So wurde denn Schokolade gekauft, Trinkwasser, Taschenmesser und einige andere für die Flucht nötigen Kleinigkeiten, z. B. Bandagen, Pflaster und Pfeffer zur Spurensicherung, wenn sie in Ostdeutschland von Hunden verfolgt werden sollten. Leider musste der geplante Abend verschoben werden, durch den wolkenlosen Himmel und den klaren Mondschein gab es keinen Schutz der Dunkelheit, den die Flüchtlinge unbedingt brauchten. So erwartete sie noch ein Tag voller Spannung und Ungeduld. Hinzu kam noch eine Tatsache, die Dieter sehr beunruhigte: Er bemerkte nämlich, wie sein Fluchtpartner so ganz nebenbei eine Waffe in den gefertigten Ponton steckte. Dies machte ihn doch etwas nervös und in diesem Augenblick wünschte er, diesen Menschen nie kennen gelernt zu haben. Doch nun war es zu spät. Auch war ihm bewusst, dass er es ihm nicht ausreden konnte, die Waffe mitzunehmen. In diesem Zusammenhang musste er an einen Waffenraub aus einer Kaserne denken.

Jetzt musste es weitergehen und es gab kein Zurück. Nach Sonnenuntergang, als endlich dunkle Nachtwolken das Himmelszelt bedeckten, machten sich die beiden Ausreißer auf den Weg. Der 20-jährige Jüngling aus dem Masurenland, der zu seiner Großmutter ziehen wollte, um in Freiheit zu leben, in Begleitung eines etwas älteren Burschen, der dem Anschein nach an Härte, Ausdauer und Willenskraft kaum zu überbieten war. Und dies war nicht nur der Anschein. Obwohl es dunkel war, schritten sie mit ihrem Ponton im Schatten der Gebäude und Bäume. An die Dunkelheit hatten sie sich inzwischen gewöhnt. Sie wussten ganz genau, wohin sie wollten, wo sie sich ausziehen und ihre Kleidung in den Blechponton packen mussten. Es war der letzte warme Abend im Mai. Hier und dort surrte ein Maikäfer durch die Lüfte, ein aufgeschreckter Fischreiher hob sich in die Lüfte und flog langsam und ruhig zum Westufer des Flusses, ließ sich dort nieder und suchte sich eine Beute, jetzt auf deutschem Gebiet. Sehnsüchtig und etwas neidisch schaute ihm Dieter nach. Für einen Moment war der Mond frei von Wolken, so war der Vogel noch in den Lüften zu sehen, bis wieder eine Wolke den Mond bedeckte. Die Sachen waren nun bereits im Blechgefährt verpackt und nackt marschierten die Flüchtlinge durch das flache Wasser der überschwemmten Grenzstreifen und Wiesen. Hier durfte es relativ leicht sein, denn der nächste Grenzposten war einige hundert Meter entfernt und in diesem Augenblick war gerade Schichtwechsel. Schwieriger wurde es am Westufer. Am Flussufer angelangt, wurde es auf einmal tief, einige Wasservögel hoben sich aufgeschreckt aus dem Schlaf. Regungslos verharrten die beiden Männer für ein oder zwei Minuten im Wasser, horchend, ob die kreischenden Vögel sie nicht verraten hatten. Dies war nicht der Fall und so stürzten sie sich fast geräuschlos in die Tiefen des Grenzflusses, ohne zu wissen, ob sie das andere Ufer lebend erreichen würden. Mit einer Hand paddelnd, mit der zweiten sich am Ponton haltend, versuchten sie zur Flussmitte zu schwimmen. Doch der reißende Wasserstrom drängte sie mit den Fluten auf das Schilfufer zu. Verzweifelt wehrten sie sich mit Armeskräften gegen die Natur, es gelang ihnen jedoch nur teilweise mit allerletzter Anstrengung. Die Vögel zwitscherten im Schilf ihr Abendkonzert, doch den beiden klang es, als wäre dieses Konzert in weiter Ferne, für sie nicht erreichbar. Plötzlich zeigte Marian auf eine Stelle im Schilf. Zwischen herunterhängenden Zweigen einer Weide ankerte ein Patrouillenboot des ostdeutschen Grenzschutzes. Ihre russischen Maschinenpistolen über den Rücken geschlagen, erweckten sie den Anschein, Karten zu spielen. Mit allerletzter Kraft versuchten sie, an dem Boot vorbeizukommen, denn die Strömung riss sie genau in die Richtung. Die Köpfe möglichst tief im Wasser, so kämpften sie um ihr Leben. Fast waren sie dran und warteten nur noch, dass einer der Grenzer seinen Kopf in ihre Richtung wandte, und dann … wie durch ein Wunder, von unsichtbaren Wesen gesteuert, schwammen sie am Patrouillenboot vorbei, die Soldaten waren weiterhin mit ihrem Spiel beschäftigt, bis sie aus dem Blickfeld der beiden entschwanden. Das kalte Wasser in dieser Jahreszeit spürten sie in dieser Spannung nicht. Endlich gelang es, die Mitte des Flusses zu überqueren und am anderen Ufer anzukommen. Die Strömung hatte sie weit weggetrieben, so erreichten sie das Ufer viel weiter flussabwärts als vorgesehen. Nachdem sie die Sachen aus ihrem Gefährt genommen und sich wieder angekleidet hatten, wurde der Blechponton mit dem Strom freigelassen. Doch das sollte erst der Anfang der gefährlichen Odyssee sein. Im Schutze der Dunkelheit begann nun der schwere, lange Marsch ins Ungewisse. Den Westen als Ziel, hatten sie auch bald eine Straße ausfindig machen können. Als der Morgen graute, waren die beiden bereits einige Stunden marschiert und hatten eine kleine Strecke von der Grenze hinter sich. Dieter wäre gern irgendwo im Wald liegen geblieben, um einige Stunden später weiterzugehen, das wollte aber Marian nicht. ‚Wir müssen so schnell wie möglich von der Grenze weg', ermunterte er seinen Fluchtgefährten. Jetzt erkannte Dieter bald, auf was er sich hier eingelassen hatte. Er war unterwegs mit einem Gefährten, der ihm an Härte weit überlegen und im Durchsetzen seiner Überzeugung nicht selten auch rücksichtslos war. Sie gingen in die gleiche Richtung mit getrennten Zielen. ‚Worauf habe ich eigentlich so viele Monate gewartet? Wofür die mühsamen Erkundigungen?' Oftmals wochenlang Tage und Nächte mit einem Gedanken, wobei sein Begleiter weit vor ihm ihn anfeuerte, schneller zu gehen. Sobald sie von vorn oder hinten ein Fahrzeug wahrnahmen, wurde am Straßenrand hinter Büschen oder im Straßengraben Deckung genommen, um ungesehen zu bleiben. Am Tage war es weniger auffallend, wenn sie die Straße entlanggingen, dachten die beiden. Von Zeit zu Zeit wurde ein Stückchen Schokolade aus der Marschverpflegung abgebrochen. Und so durchwanderten sie mit kleinen Unterbrechungen die Nacht und den darauf folgenden Tag. Mit dem Eindringen der zweiten Nacht waren sie beide so kaputt, dass sie sich für eine Pause in einem Waldstück entschieden hatten. Besonders Dieter musste seine wund gescheuerten Stellen an den Beinen mit Bandagen versehen, um überhaupt weiterlaufen zu können. Aber auch Marian ging es nicht viel besser, nur war seine Willenskraft vielleicht stärker ausgeprägt. Lang ausgestreckt lagen nun die Ausreißer, den wolkenlosen Himmel betrachtend, in heimlicher Sehnsucht von oben Hilfe erwartend. Aufgeschreckt sprangen die jungen Männer auf, ganz in der Nähe rollten fahrende russische Panzer wie ein Albtraum an ihnen vorbei. Sie hatten ganz tief geschlafen, ermüdet und erschöpft. Leider nur kurz. Jetzt ging es weiter und es war nur noch die Willenskraft, die die beiden vorantrieb. So gab es zwar noch andere kleinere Zwischenfälle, diese alle hier zu schildern, wäre jedoch zu mühsam. Die zweite

Nacht marschierten sie durch, unter welchen Umständen und mit welchen Begleiterscheinungen auch immer.

Nun erlebten die Flüchtlinge den zweiten Sonnenaufgang in der Deutschen Demokratischen Republik. Leider waren zu diesem Zeitpunkt das Gemüt und die Kraft der beiden an einem Tiefpunkt angelangt, der in Verzweiflung überging. Trotzdem gingen sie mit nur kurzen Unterbrechungen weiter. Sie durchquerten eine herrliche Landschaft, die sie leider nicht wahrnehmen konnten. In ihren Köpfen hieß es: ‚Vorwärts Richtung Westen.‘ So ging es denn auch den zweiten Tag voran. Am späten Nachmittag, total erschöpft, physisch und psychisch, beschlossen die beiden leichtsinnigerweise, den weiteren Weg in Richtung Neuruppin auf der Hauptverkehrsstraße fortzusetzen. So stolperten sie dahin. Im Dämmerschein hielt ein Bus, der sie mitnehmen wollte, dieses Angebot nahmen die erschöpften Wanderer gerne an. Im Bus war außer dem Fahrer nur noch ein Fahrgast. Nach ca. zehn Kilometern hielt der Fahrer an, um seine Anhalter auszusetzen. So war leider die Busfahrt zu Ende. Die anschließende Wanderung absolvierte Dieter nur noch wie ein Automat. Seinem Gefährten schien es nicht besser zu gehen, trotzdem wollte dieser noch einige Kilometer zurücklegen und dann irgendwo ein Nachtlager suchen. Doch es sollte anders kommen, als sie gedacht hatten.

Nach einer knappen Wanderstunde vor Neuruppin, als die Sonne untergegangen war und dunkle Nachtwolken das Land für die Nacht vorbereiteten, zogen immer noch langsam sich schleppend, hoffnungslos enttäuscht, verbittert und erschöpft die zwei jungen Männer – nur noch mit einem gemeinsamen Gedanken: irgendwo einsam Unterschlupf zu finden, um zu schlafen, endlos zu schlafen. Dabei bemerkten die Wanderer nicht, wie sich kurz vor ihnen links und rechts der Straße entlang merkwürdige Gestalten mit schussbereiten Kalaschnikows postierten. Plötzlich sprangen diese Gestalten von links und rechts aus der Dunkelheit heraus, umzingelten mit vorgehaltener Waffe die Fremdlinge, sie auffordernd, die Arme zu heben. Als die Überfallenen der Aufforderung nachkamen, wurden die Angreifer etwas ruhiger. ‚Nun ist der Spuk zu Ende‘, dachte Dieter in der Hoffnung, bald irgendwo schlafen zu dürfen. Doch in dieser Hoffnung hatte er sich getäuscht. Nach einer Leibesvisite vor Ort, wobei die Waffe bei Marian gefunden wurde, was die Lage nur verschlimmerte, hatte man sie dem Staatssicherheitsdienst vorgeführt, wo sie getrennt verhört und auch getrennt in Einzelzellen gesperrt wurden. Man hatte ihn, so erzählte Dieter, wie einen Schwerverbrecher behandelt. Kaum dass er auf der harten Pritsche mit einer alten verbrauchten Decke eingeschlafen war, wurde er zum Verhör geweckt, dabei wie ein gefährliches Tier angesehen.“

„Und was ist mit Dieters Begleiter passiert?“, fragte einer der Zuhörenden.

„Den hatte Dieter nach ca. zwei Monaten noch einmal gesehen, aber nicht gesprochen. Somit war ihm dessen Schicksal unbekannt. Zwei Tage lang wurde Dieter bei der Stasi verhört. Nach diesen zwei Tagen war er, wie er das nannte, nur noch eine wandelnde Gestalt. Er hatte das Gefühl, der Hölle ausgeliefert zu sein. Die Verhöre fanden überwiegend nachts statt. Nach zwei Tagen hatte man ihn den Russen ausgeliefert, denen die Bezeichnung Mensch genauso fremd war. Hier ging die Verhörprozedur weiter und dauerte auch zwei Tage und eine Nacht. Und dann ab zum Gefängnis nach Potsdam. Dort begann für Dieter ein Lebensabschnitt, den er sein ganzes Leben nicht vergessen würde. Auch da wurde er weiterhin menschenunwürdig behandelt. Er wurde in eine fensterlose Einzelzelle gesperrt, damit er nicht wissen konnte, wann Tag und wann Nacht war. Nach einigen Tagen hatte er es herausbekommen, die Verhöre fanden überwiegend nachts statt. Das Gefängnispersonal bestand teilweise oder vielleicht sogar überwiegend aus Frauen. Und hier musste Dieter erfahren, dass es auch andere weibliche Wesen gibt als die, die ihm bis dahin im Leben begegnet waren. Es war ihm unbegreiflich, wie ein Regime Leute dazu erziehen konnte, über den Gehorsam hinaus eigene Schikanen anzuwenden und daran Freude zu haben. Auch über sein bisheriges Leben hatte Dieter genügend Zeit nachzudenken. Außerdem war ihm von vornherein bekannt, dass er mit seinem Vorhaben ein Risiko einging. Und das musste er nun tragen, wenn es auch kein Risiko mehr war. Es war alles anders und schlimmer gekommen, als er es vermutet hatte. Als er eines Tages eine ihm relativ menschliche Wärterin nach dem Datum fragte, kam es zurück, ob er denn wüsste, wann Adolf Hitler geboren sei. Damit hatte der Fragende auch den letzten Funken Hoffnung verloren, es hier mit Menschen zu tun zu haben. Es war ihm ein Rätsel und unbegreiflich, wieso er so behandelt wurde. Er hatte doch weder diesen noch anderen Wesen etwas angetan. Es konnte doch keine Ansammlung von Sadisten sein, die daran Spaß hatten, Menschen zu quälen? Doch was er auch dachte und wie er auch dachte, am Zustand im täglichen Dasein hatte sich auch weiterhin nicht viel geändert. Als er eines Tages verzweifelt seinen Kopf auf den Zementtisch legte, schaute die Wärterin durch die Öffnung und fragte ihn, ob er zu Hause auch auf dem Tisch geschlafen hätte. Solche und ähnliche Bemerkungen und Schikanen begleiteten den Tagesablauf in der Einzelzelle ohne Tageslicht. Die Tage wurden zu Wochen und zu Monaten. Von seinem Gefährten hatte der Gefangene auch nie etwas gehört. Endlich nach zwei Monaten sollte auch Dieter die Außenwelt erleben, wenn auch nur für kurze Zeit.

Es war an einem schönen warmen Sommertag, welchen Dieter noch nicht erahnen konnte, denn seine Einzelzelle, beleuchtet mit einer Glühbirne, sah immer trüb, kalt und unmenschlich aus. Manches Mal waren die Wände feucht und ein anderes Mal wieder trocken. Daran erkannte der Eingesperrte, dass eine Wetterveränderung stattgefunden hatte. Kurz nachdem er an dem genannten Tage morgens sein Brot gegessen und den Topf mit Kornkaffe getrunken hatte, wurde er aus seiner Behausung geholt. Bald darauf durfte der Sträfling erfahren, dass er in diesem Gefängnis die letzte Nacht verbracht hatte. Nach dieser Nachricht durchzuckte ein Hoffnungsschimmer die matten Glieder des Gefangenen. Denn schlimmer als hier konnte es wohl kaum irgendwo sein. Nach langen Wochen konnte er wieder den blauen Himmel sehen. Und bald darauf erblickte er auch seinen Fluchtgefährten in Begleitung eines bewaffneten Gefängniswärters. In diesem Moment beschlich Dieter ein seltenes Gefühl – ob es nun Mitleid, Hass, Wehmut oder Gleichgültigkeit war, er konnte es selbst kaum einordnen. Nach einigen Minuten an der frischen Luft spürte der streng Bewachte, dass sein Körper ausgelaugt und matt war, seine Seele am Boden zerstört und hoffnungslos. Aber da fuhr auch schon der Gefängniswagen vor. Müde und resigniert schaute sein Fluchtgefährte zu ihm hinüber, als wollte er ihm in polnisch sagen: ‚Du kannst doch Deutsch, sprich doch mit den Leuten.‘ Doch die Entfernung zwischen ihnen wurde von den Wärtern so gehalten, dass auch ein Blickkontakt kaum möglich war. Dann wurden die Ausreisser einzeln in das Fahrzeug geführt, im Inneren voneinander mit Metallwänden getrennt. Bevor das alte Fahrzeug die Fahrt fortsetzte, vergingen mehrere Minuten. Das Blech, von der Sonne erhitzt, wurde zunehmend heißer. Nach einer Stunde Fahrt waren die Metalloberflächen des Fahrzeuges so erhitzt, dass Dieter sich kaum zu rühren wagte. Der Körper schien regelrecht auszutrocknen und sämtliche Versuche, den begleitenden Wärtern klarzumachen, dass es unerträglich sei, stießen auf Ablehnung. Diese saßen vorn, die Scheiben geöffnet, unterhielten sie sich und scherzten, ihren Gesichtern nach zu urteilen. So ging es denn zwei oder drei Stunden langsam voran. Und endlich, nach zwei kurzen Haltepausen, hielt der Fahrer zum dritten Mal. Die Tür des Fahrzeuges wurde geöffnet und Dieter durfte das Rostvehikel verlassen. Es war der Grenzübergang zur polnischen Seite. Wie ein Gepäckstück oder ein Tier wurden die Gefangenen mit den Begleitunterlagen überprüft und den polnischen Grenzschutzbehörden übergeben. Das Fahrzeug aus Potsdam drehte um und fuhr ohne Dieter nach Potsdam zurück. ‚Hoffentlich bewahrt mich mein Schicksal, mit so einem Fahrzeug und solchen Leuten noch einmal zu fahren‘, dachte Dieter, indem er dem knatternden und rauchenden Gefährt nachschaute. Als er auf den Grenzfluss blickte, wurden in ihm Erinnerungen wach. Er sah sich nachts durch den Fluss schwimmen, er sah das Patrouillenboot mit den Grenzschützern, und obwohl die Sonne von oben erbärmlich prallte, spürte er keinen Durst. Plötzlich bekam er einen Stoß von der rechten Seite, der ihn in die Gegenwart zurückholte. Es war ein polnischer Grenzschützer, der ihn zum Weitergehen aufforderte. Auf dem Wege zum Grenzwachhaus sprach ihn der junge Soldat an: ‚So ist das Leben, mal unterm Wagen und mal auf dem Wagen. So lass man den Kopf nicht gleich hängen.' Wie durch eine Spritze war Dieter durch die aufmunternden Worte des Soldaten munter geworden. Im Wachhaus angekommen, durfte er sich setzen, ein Glas Wasser und die anschließende Zigarette des Grenzoffiziers brachten langsam Leben in die schlappen Glieder des Flüchtlings. Dann wurde Dieter vom Grenzoffizier belehrt: ‚So, mein Freund, solange du hier mit uns bist, wirst du von uns menschlich behandelt, wenn du Hunger oder Durst verspürst, brauchst du es nur zu sagen. Diese Versprechung gilt aber nur, wenn du uns nicht in Schwierigkeiten bringst, anders zu handeln.' Dieter bedankte sich für diesen menschlichen Umgang und durfte sich im Wachhaus frei bewegen. Wohin sein Fluchtbegleiter Marian gebracht wurde, hatte er nicht erfahren. Bis in die späte Nacht durfte er mit den Grenzern Karten spielen. Als er sich danach auf eine Pritsche legte, schlief er bis in den nächsten Tag hinein. Essen und Trinken aus der Kantine stand bereits neben seinem Lager. ‚Ei, du Langschläfer, aufstehen!' Mit diesen lautstarken Worten wurde Dieter geweckt. Im ersten Moment wusste er gar nicht so richtig, wo er sich befand. Erst ein lautes Gelächter der Soldaten brachte ihn auf den Plan. Den Vormittag des Tages verbrachte der Ausreißer gemeinsam mit den Grenzsoldaten. Am Nachmittag wurde er von einem Militärjeep abgeholt, er musste die Stelle zeigen, wo er mit seinem Begleiter den Fluss überquert hatte. Es kamen zwei Wachposten, die ihn dabei beobachteten. Als sich die neuen Grenzer Dieter näherten, glaubte er seinen Augen nicht so recht zu trauen. Der eine dieser beiden war doch sein Freund Schatanek. Anscheinend wollte man ihm und auch Schatanek eine Falle stellen, ob sie sich kannten. So ließ es sich Dieter nicht anmerken, ihn zu kennen, was auch Schatanek tat. Einmal trafen sich ihre Blicke für Sekunden und beide hatten sich auch hier verstanden. Es war schrecklich zu wiederholen, was man aus seinem Lebenslauf am liebsten gestrichen wüsste. Nachdem er die Stelle und den Tatvorgang gezeigt hatte, durfte er wieder in das offene Fahrzeug steigen. Noch eine Nacht konnte Dieter bei den Grenzern übernachten. Doch dann war dieses Leben zu Ende. Am Nachmittag wurde er dann wieder mit einem Gefängnisfahrzeug abgeholt und nach Zielona Gora transportiert. Zum Glück war es keine lange Strecke. Dieses war der erste Abschnitt in der Odyssee meines Schwagers", berichtete Martin und fügte hinzu: „Wenn es euch nicht zu langweilig ist, will ich gern den zweiten Teil schildern."

„Mitten im Geschehen aufzuhören, wäre unfair", antwortete Wolfgang, wobei ihm die Anwesenden zustimmten. Und nach einigen Antworten und Fragen der Zuhörer berichtete Martin weiter.

„In Nikolaiken hatten Dieters Geschwister und auch ich uns daran gewöhnt, dass der Weltenbummler kein großer Briefschreiber war. So vergingen meist Monate, bis wieder mal eine Nachricht vom Jüngsten eintraf. Und so kam es für uns ganz überraschend, als eines Tages ein fremder Mann an unsere Tür klopfte. Als dieser die Wohnung betrat, im langen Ortalionmantel und Stehkragen, wussten wir sofort, mit wem wir es zu tun hatten. Aber was mochte dieser Geheimagent wohl im Sinn haben? Dies sollten wir bald erfahren. Nach einigen Fragestellungen erfuhren wir, dass Dieter in Küstrin vermisst wurde. Wir konnten leider nicht in Erfahrung bringen, wo er geblieben war. So verflossen schnell mehrere Wochen in der Ungewissheit, wo der Jüngste geblieben war. Und eines Tages dann die lang ersehnte Nachricht über den Verbleib des Verschollenen. Eine Benachrichtigung der Staatsanwaltschaft von Gorzow, Dieter befinde sich zur Zeit in Untersuchungshaft in Zielona Gora. Ihm würden staatsfeindliche Tätigkeiten zur Last gelegt usw. So eine Nachricht hatte die Geschwister und auch mich gewaltig bedrückt, um nicht zu sagen, auch etwas aus der Bahn des normalen täglichen Daseins geworfen. Die Entfernung von Nikolaiken betrug knapp 500 Kilometer Eisenbahnstrecke. Nach mehreren Überlegungen hatte ich mich entschlossen, nach Gorzow zu reisen, um über meinen Schwager mehr zu erfahren. Wie meine Erkundung im Einzelnen aussehen sollte, wusste ich selbst nicht, dies konnte erst vor Ort festgelegt werden. Die Fahrt dorthin zog sich über zwölf Stunden hin. Es war für mich etwas Neues, worüber ich weder Kenntnis noch Erfahrung hatte, wie ich die Sache am besten anpacken konnte. So werdet ihr verstehen, dass ich davor auch etwas nervös war. Doch es sollte leichter und schneller werden, als ich es geahnt hatte. Und so, versorgt mit Marschverpflegung und Geld und, was wichtig war, mit Mut und Lust zum Handeln, trat ich die Reise an. Im Zug überlegte ich, was wohl richtig wäre, erst das Gericht, den Staatsanwalt oder den Rechtsanwalt aufzusuchen. Als ich in den Zug in Posen einstieg, gesellten sich zwei schwarz gekleidete Damen zu mir. Ich schätzte diese als Mutter und Tochter ein. Als wir während der Fahrt ins Gespräch kamen, stellte sich heraus, dass meine Vermutung richtig war. So erzählten sie mir, dass sie vom Begräbnis ihres Mannes bzw. Vaters kämen. Als ich anschließend in kurzen Zügen meinen Reisegrund schilderte, bot mir die Jüngere der Damen ihre Hilfe an, sie sei nämlich Rechtsanwältin. Und so sorgten verborgene Wesen dafür, dass ich schon Hilfe hatte, bevor ich überhaupt in Gorzow eintraf. In Gorzow im Bahnhof verabschiedete ich die Frauen, um mich am Tage darauf mit der Rechtsanwältin zu treffen. Ich verbrachte den Rest der

Nacht auf der Bank im Bahnhof. Am Tage ging es dann relativ schnell. Die Rechtsanwältin hatte die Unterlagen schnell herausgefunden und festgestellt, dass Dieter für zwei Jahre im Gefängnis bleiben müsste. Nach Verhandlungen und auf Anregung der Rechtsanwältin könnte diese für Dieter aus Gesundheitsgründen für einige Monate eine Haftunterbrechung beantragen. ‚Und wenn Ihr Schwager so unbedingt zu seiner Großmutter in den Westen wollte, sorgen Sie doch für ein Telegramm von der Großmutter, dass sie krank sei und ihren Enkel gern sehen möchte. Denn sie ist doch gewiss nicht gesund und auch nicht mehr jung. Wenn dann Dieter im Westen ist, lassen Sie mich wissen, dass er wieder gesund ist und eine Haftverschonung nicht mehr nötig ist.‘ Diese Idee hatte ich angenommen, obgleich ich noch keine Ahnung hatte, wie sie klappen sollte. Ich habe dann Dieter einen Besuch im Gefängnis in Zielona Gora abstatten dürfen. Mein Schwager war sehr überrascht und erfreut über meinen Besuch. Ich versuchte ihm Mut zu machen, konnte aber nicht alles sagen, denn ein Wärter war immer dabei. So fuhr ich denn guter Dinge hoffnungsvoll nach Hause.

Drei Wochen später erhielt Dieter Hafturlaub und für mich begann eine aufregende Zeit. Die Großmutter hatte Geld überwiesen, um bei den Entscheidungsbehörden die Sache mit dem Telegramm in die Wege zu leiten. Nach wochenlangem Hin- und Herpendeln zwischen Nikolaiken und Allenstein war alles vorbereitet und das Telegramm konnte eintreffen. Telefonieren war zu dieser Zeit schwierig, so musste alles per Post geregelt werden. Und die Zeit drängte, denn der Hafturlaub galt nur bis zum 15. Dezember des Jahres 1963. Das erste Telegramm konnte nicht verwendet werden, es fehlte die Bestätigung des Arztes. Auf dem zweiten fehlte die Bestätigung der Polizei. Und die Zeit verging viel zu schnell für Dieter und mich. Mittlerweile war es Anfang Dezember und am 16. Dezember sollte Dieter ins Gefängnis. Rundum erreichten uns Nachrichten, dass die Passbehörden Absagen erteilten. Es gab Personen, die für eine Fahrt zu ihren Eltern eine Absage erhielten, es wäre zwecklos, sich zu bemühen. Aber wir hofften doch, dass unsere Vorarbeit in heimlicher Mission Früchte tragen würde. Und endlich, um den 10. oder 11. Dezember traf das dritte Telegramm mit allen nötigen Beglaubigungen ein. Dieses wurde am nächsten Tag beim Passbüro mit Reiseantrag eingereicht. Wir sollten zu Hause auf die Entscheidung warten. Für Dieter, seine Geschwister und mich waren diese Tage ein großes Nervenspiel. Selten im Leben erlebte ich solche Momente. Am nächsten Tag fuhr ich wieder nach Allenstein, dort überreichte man mir einen versiegelten Umschlag, mit dem wir uns in Warschau beim Innenministerium melden sollten. Es war bereits der 14. oder 15. Dezember. Am gleichen Abend fuhren Dieter und ich nach Warschau. Die Fahrt ging die Nacht durch und um neun Uhr waren wir pünktlich beim Ministerium. Den Umschlag hatten wir abgegeben und warteten nun auf die Entscheidung. Durch den Lautsprecher im Wartezimmer wurden alle 20 Minuten Namen ausgerufen. Als die Gerufenen wieder zurückkamen, waren viele traurig und einige auch heiter schauend. So war zu erkennen, wer hier eine Absage erhielt. Die Zeit verging langsam, sehr langsam. Minuten wurden schon fast zu Stunden. Dieter saß resigniert und schon fast hoffnungslos am einen Ende des Wartezimmers und ich am anderen Ende. Wir hatten uns nichts zu sagen. So eine Situation hatte ich zuvor und auch danach nicht wieder erlebt. Inzwischen war es 14 Uhr, Leute kamen und gingen und der Name Dieter Dombrowski wollte im Lautsprecher nicht ertönen. Nervös zog ich meine letzte Zigarette aus der Schachtel, nach einigen Zügen schmeckte auch diese nicht, so warf ich sie weg. Eine Viertelstunde später setzte ich mich ans Fenster und schaute nach draußen, ich fasste die Heizkörper mit der rechten Hand, als wollte ich mich wärmen, ich betete inbrünstig und flehend: ‚Gott, lasse dich erkennen, wenn sie jetzt Dieter nicht ausrufen, bin ich ratlos und weiß nicht, wie es weitergehen soll. Bitte gib, dass auch er gerufen wird.‘ Ich musste mein Beten unterbrechen, denn aus dem Lautsprecher klang es laut und deutlich: ‚Dieter Dombrowski, bitte in Zimmer 7 melden.‘ Ich schaute zu meinem Schwager hinüber, den ich noch nie so schnell und entschlossen aufspringen sah. Ich dankte meinem Schöpfer, dass er mich erhört hatte. Dabei schaute ich Dieter nach, der mir gegenüber drei Stufen höher betreten musste, um dann hinter einer Tür zu verschwinden. Ich schaute nochmals auf die Uhr, es war 14.30 Uhr. Jetzt bewegten sich die Uhrzeiger bedeutend schneller. Nach zehn Minuten kam Dieter zurück mit einem Zettel in der Hand. Ich fragte ihn, was das zu bedeuten habe. Er antwortete: ‚Wir müssen erst beim Postamt 500 Zloty einzahlen als Passgebühren. Hoffentlich schaffen wir das heute noch, denn die Post hat nur bis 15 Uhr geöffnet‘, stammelte Dieter auf dem Wege zur Post, die ganz in der Nähe war. Gott sei Dank, eingezahlt hatten wir und liefen schnell zum Ministerium zurück. Eine Viertelstunde später hielt Dieter den Pass in den Händen, den er mir wortlos zeigte. Das war sie also, die Urkunde, die ihm die Freiheit bringen sollte. Wir konnten es beide kaum fassen und trotzdem war die ganze Last noch nicht fort. Wenn er sich am nächsten Tag bis 15 Uhr im Gefängnis nicht stellte, würde nach ihm gefahndet werden. So verloren wir keine Zeit und ließen uns mit einem Taxi zum Reisebüro Orbis bringen, um dort die Fahrkarte zu kaufen. Leider konnten wir keine Fahrkarte bekommen, denn es musste eine Visumbestätigung vorliegen, diese hatten wir jedoch nicht mitgenommen. Was nun? Zu Hause hatten wir kein Telefon, dafür aber unser freundlicher Nachbar. Vom Telegrafenamt aus instruierten wir unseren Nachbarn, was er zu tun hatte. Dieser erklärte sich gern bereit, dies auszurichten. Wir fuhren mit der Straßenbahn noch schnell zur DDR-Botschaft, um dort ein Transitvisum zu bekommen. Leider war dort geschlossen. Ein zufällig anwesender Herr zeigte uns einen Hintereingang, wo wir eventuell noch etwas erreichen könnten, denn am morgigen Samstag sei die Botschaft auch geschlossen. Wir befolgten den Rat des Herrn und hatten Glück. Für ein kleines Trinkgeld bekam Dieter das Transitvisum in den Pass gestempelt. Halb erleichtert verließen wir die Botschaft in einer Verfassung, die ich euch nicht schildern kann. Wir übernachteten in einem Hotel. Obwohl wir die letzte Nacht kaum geschlafen hatten, konnten wir auch diese Nacht nur wenig schlafen. Am Sonnabend um neun Uhr meldeten wir uns im Reisebüro. Von weitem erkannten wir im Sessel, mit einer Zigarre im Mund, Dieters Bruder, der die fehlende Bestätigung brachte. Zwei Stunden später waren wir alle drei am Danziger Bahnhof, von wo aus der Zug nach Paris über Berlin abfuhr. Wir hatten fast noch zwei Stunden Zeit bis zur Abfahrt. Gleich fuhr Dieter in Richtung Westen in das für uns unerreichbare Land. Langsam bekam der Ausreißende Farbe im Gesicht. Sein älterer Bruder erteilte ihm noch einige Ratschläge. Ich wusste nicht, was ich ihm sagen sollte. Das Leben kannte er mittlerweile besser als ich. Er schaute auf die Bahnhofsuhr und dann auf uns ... „In drei Stunden wird man mich suchen." Ich schilderte nochmals mein erhörtes Gebet und da kam auch schon der lange Zug aus Richtung Moskau. Wir verabschiedeten uns, 15 Minuten später fuhr der Zug ab. Winfried und ich schauten dem Zug nach, wir winkten, bis er unseren Blicken entschwunden war. Dann schauten wir uns an, er zog wie auch ich ein Taschentuch aus der Hosentasche, es war genauso weiß und sauber wie das meine. Schließlich war meine Ehefrau ja seine Schwester. Wir fuhren anschließend zum Ostbahnhof, denn von dort aus ging unser Zug nach Allenstein ab. Wir brauchten uns aber nicht zu beeilen, der Zug fuhr erst um 17.30 Uhr ab. Das machte uns beiden gar nichts aus, denn wir hatten sehr viel Zeit. ‚Er ist unterwegs', wiederholte Winfried das kaum Begreifliche. Obgleich meine nervösen Magenbeschwerden nicht ganz weg waren, fühlte ich mich recht wohl. Noch mal vom Danziger Bahnhof in Warschau ein Blick auf den bewölkten Himmel. Danke. Mein Schwager schaute in meine Richtung und wusste, was ich meinte, er kannte mich seit einigen Jahren. Als wir abends im Raucherabteil in Richtung Allenstein fuhren, feierten wir dieses Ereignis mit einer Zigarre. Und so fuhren zwei rauchende Masuren in ihre Heimat nach Nikolaiken. Um neun Uhr vormittags zu Hause angekommen, wurden wir von den Geschwistern herzlich begrüßt. Meine Frau zeigte durchs Fenster auf die Straße mit den Worten: ‚Wir bekommen Besuch.' Vor unserer Wohnung war unser bekannter Polizist Josek mit Motorrad und Beiwagen vorgefahren. Zwei Minuten später klopfte er an unsere Tür. Nach einem etwas schmunzelnden „Guten Morgen“ erklärte er uns, dass er den Auftrag hätte, einen gewissen Dieter Dombrowski abzuholen und im Gefängnis abzuliefern. Er besuche seine kranke Großmutter im Westen, erklärte meine Frau. Darauf wieder Josek: ‚Dann komme ich wieder, wenn er zurück ist, denn er wird doch wohl nicht so dumm sein und für immer bei den Kapitalisten bleiben.‘ Wie immer, so hatte der Polizist es auch heute nicht eilig. Wir frühstückten noch gemeinsam und lächelnd verabschiedete er sich. Mittlerweile war es zehn Uhr, der Polizist inzwischen abgefahren und der Beiwagen des Motorrades blieb leer. Der Mann, der dort sitzen sollte, war bereits im Westen und diese Tatsache wurde am nächsten Tage mit einem Telegramm von Dieter bestätigt. Er war bei seiner Großmutter gut angekommen, lebte dann abwechselnd auch bei Verwandten, hatte die deutsche Schule besucht und den Beruf des Elektrikers erlernt. Leider musste Dieter erleben und feststellen, dass auch der Westen ein anderer ist, als hinter dem Eisernen Vorhang propagiert wurde. Auch dort haben die Menschen ihre Nöte und Sorgen, obwohl das Angebot an täglichen Gebrauchsgegenständen und Lebensmitteln ausreichend und überfüllt ist, waren die Wünsche höher und anspruchsvoller. Unzufriedene Menschen gab es mindestens genauso viele wie im Osten. Ob er mit dieser Gesellschaft würde mithalten können? In seiner Heimat wurde er oftmals ‚Schwab‘ oder ‚Lutheraner‘ genannt und hier im Westen war er mehrfach schon als ‚Polack‘ bezeichnet worden. Es störte ihn alles nicht so sehr, weder hier noch dort. Nur eines musste Dieter eindeutig feststellen: Das, was er in seinem jugendlichen Elan suchte und erhoffte, gab es nirgendwo. So lebt er bis heute in unserer Gesellschaft wie wir alle. In Westfalen, einem Gebiet, wo die Menschen aus dem Osten ihre Wahlheimat gefunden haben. Ich hoffe, mein Erzählen hat euch nicht gelangweilt.“

„Im Gegenteil, lieber Martin“, antwortete Wolfgang und fügte hinzu: „Wir haben alle aus dieser Geschichte etwas mitbekommen für unser weiteres Leben.“

Mitternacht war gerade vorüber, nachdem Martin noch einige Fragen beantwortet hatte, verabschiedete sich die kleine Runde bei Maria und Wolfgang und voll mit Eindrücken, noch mittendrin in den Erzählungen der Lebensgeschichte von Dieter, suchten alle Zuhörer ihren Weg nach Hause.

# Kapitel 6 – Wie soll es weitergehen?

Die Zeit. Sie ist es, die uns treibt, die uns warten lässt, die uns hoffen lässt und die Hoffnung auch wieder nimmt. Sie hält uns zum Narren und zeigt uns, wie klug wir sind. Sie lässt uns glücklich erscheinen und Trübsal blasen. Sie ist es auch, die in uns Neugierde weckt und die Neugierde oftmals sehr schnell erlöschen oder erfüllen lässt. Und immer ist es die Zeit.

Sommernacht in Westberlin. Trotz früher Morgenstunden hatte Susanne kein Verlangen, sich schlafen zu legen. Im Korbsessel auf dem Balkon sitzend, sah sie nicht nur die vorüberziehenden Wolken mit den zusehends blasser werdenden Sternen, sondern auch einen Teil der Großstadt bis in den Osten hinein.

Die Sterne gehen langsam unter,
doch viele Menschen sind noch wach
und Sorgen, die sie halten munter,
sie halten fest bei Tag und Nacht.

Ob ihre Schwester Charlotte bereits schlief? Und vielleicht spürte sie die Gedanken ihrer Schwester im Westen und konnte auch nicht schlafen? Über das Erlebnis im Potsdamer Gefängnis von Dieter musste Susanne nachdenken. Ihre Schwester war doch im Innenministerium tätig, das diese Einrichtung überwacht. Und inwieweit trug Georg dazu bei, dass solche Praktiken stattfinden konnten? Solche und ähnliche Gedanken fesselten sie und verbreiteten sich in ihrem Innern mit zunehmenden Vermutungen. Es wäre traurig und äußerst bedauerlich, wenn einer der beiden oder sogar beide zu solchen Handlungen ihren Teil beitragen würden. Könnte sie dann noch ihren Verlobten lieben? Oder ihm Vertrauen schenken? Mit Ihrer Schwester wollte sie darüber sprechen, wenn sie die Einreiseerlaubnis für ihren Besuch bei der Mutter erhielt. Es war fast hell und aus den nahe stehenden Kastanien drang das fröhliche Gezwitscher der Vogelwelt zu ihr, als Susanne erkannte, dass es nur ihre Gedanken waren, welche von der Wahrheit weit entfernt sein konnten. Müde und etwas hoffnungslos legte sie sich zu Bett und schlief auch gleich ein.

Als sie vormittags erwachte, sah die Welt schon anders aus. So ging die junge Sängerin mit neuem Lebensmut in den Tag hinein. Und diese Heiterkeit erhielt so richtig Format, als Susanne ihren Postkasten öffnete und darin einen Brief mit der Einreiseerlaubnis fand. In kaum einer Woche war die Spielzeit am Schauspielhaus vor der Sommerpause beendet, danach ging es in Richtung Usedom. Nun konnte sie sich auf diese Reise freuen. Nach langer Zeit eine Abwechslung in ihrem Leben, in ihrem Kummer und den Sorgen, die sie täglich aufs Neue beschlichen. Endlich eine Pause auch in ihren Gedanken hier in Berlin. Sie freute sich, die Weite der Ostsee bald zu sehen, von der Begegnung mit Mutter und Großmutter ganz zu schweigen. Mit der Nachricht und den damit verbundenen Gedanken, der Vorfreude und Reiselust, waren die monatelangen, schon fast chronischen Sorgen um ihren Verlobten, wenn auch nur zeitlich begrenzt, unterbrochen. So überlegte Susanne auch gleich, womit sie Mutter und Oma eine Freude bereiten könnte. Heute am Montag hatte sie ihren freien Tag und könnte doch schon Geschenke besorgen. Aber was sollte es wohl sein? Sie wusste wohl, was sie nicht mitnehmen sollte, und das waren irgendwelche Lebensmittel und schon gar nicht Südfrüchte. Das hatte Susanne immer noch nicht vergessen, als ihre Mutter während des Besuches an den Weihnachtstagen sagte: „Ein Apfel auf dem bunten Teller unterm Weihnachtsbaum sieht nicht nur schöner aus als eine Banane oder Apfelsine, er schmeckt auch besser. Und Äpfel gibt es im deutschen Lande genügend, wir sollten diese schönen Dinge nur sehen.“ Dabei war es ihr bewusst, was sie auch als Geschenk mitnahm, groß oder klein, es blieb doch nur zweit- oder drittrangig. Wichtig war, dass sie dort erschien. Die Zusammenkunft und die Unterhaltung, der Austausch von Erfahrungen und Erkenntnissen im gemeinsamen Gespräch war für alle Beteiligten ein wichtiges, bedeutendes Anliegen. Und woher konnte Susanne sonst mehr erfahren als von ihrer Mutter und ihrer Großmutter, welche die Kunst und die Schule des Lebens in vielseitiger Erfahrung gelebt und erkannt hatten. Die das Gute und Böse auf dieser Welt nicht aus Filmen, Büchern oder Erzählungen wussten, sondern selber mit Körper und Seele entweder dabei oder daran beteiligt waren. Außerdem war Susanne auch auf die Schilderungen ihrer Schwester neugierig. Ihre Erfahrungen im täglichen Dasein, allein schon aus ihrem Berufsleben im Dienste des sozialistischen Staates, Erlebnisse, die anderen Bürgern dieses Staates vorenthalten blieben, durfte sie von ihrer Schwester erfahren. Von Georg würde sie wohl auch im Osten nicht mehr erfahren, als sie bis dahin wusste. Doch hoffte sie, durch die Gespräche mit ihrer Verwandtschaft im Osten viele Dinge anders zu sehen, dadurch besser zu verstehen und damit ihren Geist zu stärken in Hoffnung und Zuversicht. Denn auch Georg hatte sein Leben und seine Lebensaufgabe. Ob sie dazu berechtigt war, neben ihrem eigenen Weg auch den Weg eines anderen zu bestimmen oder festzulegen, war auch wiederum eine Frage.

So in Gedanken versunken, schlenderte die Frau durch die Einkaufsstraße. Auf dem Rückweg am späten Nachmittag besuchte sie ihre Schwägerin und Benjamin. Sie hing sehr an diesem kleinen Fratz und er auch an ihr. Maria ging es an diesem Tage gesundheitlich nicht besonders gut, so war sie denn auch sehr froh darüber, dass Susanne sich mit Benjamin beschäftigte. Die beiden machten sich auf in Richtung Lietzensee, Benjamins beliebter Spaziergang.

Als sie am späten Nachmittag wieder in der Wohnung ankamen, war auch Wolfgang wieder zu Hause. An diesem Tage blieben viele Wünsche offen. Abgesehen davon, dass es Maria nicht besonders gut ging, verbreitete auch Wolfgang Untergangsstimmung. Er war verärgert und unzufrieden über einige seiner Berufskollegen, deren Sucht nach Macht Ausmaße erreichte, die dem Arbeitsklima nicht nur schadeten, sondern sich auch auf die Patienten übertrug, vom Pflegepersonal ganz zu schweigen. „Dass die Kranken dadurch auf der Strecke bleiben, liegt auf der Hand“, wetterte Wolfgang und schilderte dabei einige haarsträubende Handlungen seiner Kollegen im Krankenhaus.

„Diese egoistischen Triebe nach Herrschaft und Macht gibt es überall, auch in der Kunst, da dort überall nur Menschen am Werk sind, und dann hält sie auch keine höhere Schulbildung ab, im Gegenteil. Viele dieser Menschen meinen, dadurch den Freibrief zur Herrschaft erworben zu haben. Aber sich darüber zu ärgern, ist unklug und für mich nicht nachvollziehbar“, beendete Susanne ihre Ein- und Feststellung.

„Wenn du sehen würdest, wie einige Leute unter solchen Querelen leiden und ihr Können dadurch gehemmt und eingeschränkt wird, würdest du vielleicht anders darüber denken“, antwortete Wolfgang seiner Schwester.

„Wenn nur bald meine blöde Migräne verschwände, wäre ich heilfroh“, äußerte Maria und fügte hinzu: „In solchen Momenten hat man nur einen Wunsch: gesund zu sein.“

Bei dieser Stimmung und diesem Klima wollte die Besucherin erst gar nicht erwähnen, dass ihre Einreiseerlaubnis eingetroffen war. Jetzt aber hoffte sie, die Stimmung der Familie durch ein anderes Thema zu heben, und berichtete von ihrem Brief aus dem Osten. Im Nu hatte sich die Stimmung von Wolfgang gewendet.

„Und das erzählst du erst jetzt so nebenbei“, rief er fast aus. Immer wenn es hieß: „Richtung Sonnenaufgang“, glättete sich sein Gesicht wie von selbst. Bei solchen Anlässen plante er auch sofort eine Reise in das Masurenland, jetzt natürlich gemeinsam mit Maria und Benjamin, denn die beiden hatten sowieso vieles nachzuholen. Doch zunächst wurde über Susannes Reise geredet. Und da Wolfgang eine besondere Gabe der Natur besaß, Dinge positiv zu sehen und Vorhaben zu verherrlichen, machte er auch hier seiner Schwester die Reise in den Osten so schmackhaft, dass diese jetzt den Abreisetermin kaum erwarten konnte. Er erzählte, wie lebenswichtig und bildend Reisen, besonders mit der Eisenbahn, seien, wie wichtig die Gespräche für einen Menschen sein konnten, die er während dieser Reisen führte, welche klugen Menschen oftmals neben einem im Abteil saßen und dass man dies meist erst am Ende der Reise erfuhr. Und dann der schöne sandige Ostseestrand mit seinen wunderschönen Dünen. Welche Seelen und Geister auf den Meeresweiten ihre Tänze abhielten und dass es weise Menschen gab, die diese Handlungen der Geister auch sahen. Wie der Duft des Kiefernharzes mit dem der Kiefernnadeln und Kiefernrinde unser Gemüt beschwichtigte. Dabei erwähnte er, wie er als Kind oftmals allein am Ostseestrand die Geister gerufen hatte, sie möchten doch seine Mutti aus dem fernen Sibirien zurückholen. Dafür wollte er auch immer artig und gehorsam bleiben. Wenn Großmutter ihn für seine Kinderstreiche rügte, war er zu einer besonders hohen Kiefer gelaufen, an diesem Baum hatte ein Dachs oder Fuchs unter der Baumwurzel eine breite, tiefe Höhle gegraben. In diese Höhle hatte er sich Moos gelegt, sodass er bis über die Gürtellinie darin sitzen konnte. Dort erzählte er laut dem Walde, dass er sich bald ein Floß bauen und damit zu seiner Mutti nach Sibirien fahren würde. Solche Erinnerungen aus der Kindheit pflegte der junge Arzt oftmals bei Familientreffen zu erwähnen.

Und als die Sonne untergegangen war, Wolfgang wieder gut gestellt und Maria ihre Migräne vergessen hatte, trat auch Susanne den Heimweg an. Obgleich zu später Stunde, waren die Straßen an diesem warmen Sommerabend noch sehr belebt. Die Straßencafés hatten ihren Betrieb noch lange nicht eingestellt, denn die Gäste dachten noch nicht daran, nach Hause zu gehen. Auch manche kleine Eckkneipe bediente an diesem Abend ihre Gäste draußen an den herausgestellten Tischen statt am Tresen. An einem der Cafés winkte der Heimkehrerin eine Freundin aus dem Theater zu, so setzte sich Susanne zu ihr an den Tisch und bei einem Glas Wein wurde noch fast eine Stunde geplaudert. Da sie der gleiche Weg nach Hause führte, gingen sie auch zusammen.

In den nächsten zehn Tagen hatte die Theatersängerin noch einige Auftritte im Schauspielhaus und dann ist war endlich so weit. Mit einer Reise- und einer Handtasche als Gepäck verließ Susanne Westberlin in Richtung Usedom. Die Kontrollen der Pass- und Zollbehörden erinnerten sie an vergangene Zeiten. Es war eigentlich das Einzige, was diese Reise verdarb. Wenn mit den Beamten auch die Gedanken an das innere Empfinden abziehen würden, wäre es vielleicht erträglicher. So aber musstc sic mit dicsen Erinnerungen noch einen Teil der Strecke belasten, bis sie nette Gesprächspartner fand. An einem Bahnhof einer Kleinstadt stieg ein junger Mann in den Zug, der sie nach kurzer Fahrt ansprach. Die Gesichtszüge des Herrn ließen vermuten, dass Susanne ihn bereits irgendwo gesehen hatte, doch es blieb erst einmal eine Vermutung. Der Herr, schlicht gekleidet und gut aussehend, stellte sich als Arnold Tschubatkow vor und fragte gleich darauf, mit welchem Namen er sie ansprechen dürfe.

„Sie sollten sich etwas gedulden, ich bin es nicht gewohnt, Reisenden meinen Namen preiszugeben“, antwortete Susanne höflich, aber bestimmt.

„Dass man in zwei Sätzen zwei gegensätzliche Auffassungen so deutlich erkennen kann, habe ich noch nicht erlebt“, begann Arnold erneut das Gespräch einzuleiten.

„Ich auch nicht“, antwortete Susanne, indem sie immer noch versuchte, diese Bekanntschaft einzureihen.

„Es sollte mich der Blitz erschlagen, wenn Sie keine Schauspielerin sind.“ Danach eine Schweigeminute.

Endlich fuhr die Angesprochene fort: „Das sollten Sie nicht so schnell und unüberlegt feststellen, denn vielleicht wären Sie jetzt schon tot“, versuchte Susanne den Herrn zu verunsichern.

„Ich wäre tot, aber Sie würden trotzdem weiter vauf der Bühne singen. Oder sehe ich das falsch?“

„Ich sehe schon, Sie kennen mich“, fuhr Susanne fort, „so brauche ich Ihnen auch nicht zu verraten, wie Sie mich nennen sollen.“

„Das brauchen Sie nun wirklich nicht, doch Ihr Name bleibt mir trotzdem verborgen. Da Sie mir Ihren Namen nicht verraten wollen, brauche ich Sie nach Ihrem Reiseziel erst gar nicht zu fragen. Obwohl ich nur ungern von mir spreche, zwingen Sie mich, von mir zu reden. Meine Heimat ist Litauen und ich bin Historiker. Mein Reiseziel ist Peenemünde, wo ich den Raketenursprung näher erforschen und sehen möchte.“

Der Zug hatte inzwischen an Tempo zugenommen und Susanne schaute durch das Fenster auf die vorüberziehenden Felder, Wiesen, Seen und Wälder, als würde sie dem Erzähler nur halb zuhören. Und doch registrierte sie jedes Wort und jede Bewegung des gegenübersitzenden Herrn, der sich mit dem Namen Tschubatkow vorgestellt hatte.

Nach mehreren Schweigeminuten fing Susanne an: „Also nach Usedom. Ich reise nämlich auch auf die Insel. Soll sehr schön dort sein um diese Jahreszeit. Hoffentlich ist der Trubel am Strand nicht allzu groß, denn Trubel haben wir in der Großstadt zur Genüge“, versuchte Susanne auch etwas zur Unterhaltung beizutragen.

„Ich war bereits mehrmals an der Ostseeküste, doch noch nicht auf Usedom, so hoffe ich auch auf eine schöne, von der Natur gesegnete Landschaft.“

„In dieser Hinsicht werden Sie kaum enttäuscht sein. Ich habe viel Gutes über die Insel gehört“, ermunterte Susanne ihren Gesprächspartner.

„Ich nehme an, Sie nutzen die Sommerpause für einen Urlaub hier an der Ostsee“, fuhr Arnold fort.

„Das ist richtig. Mit einer kleinen Bemerkung, dass ich hier Verwandte besuche.“

„Oh! Dann werden Sie erwartet! Und vielleicht sogar vom Bahnhof abgeholt“, warf Arnold ein.

„Erwartet schon, ob auch abgeholt, das werde ich wohl in Kürze erfahren“, antwortete Susanne dem fragenden Herrn.

„Es muss doch ein schönes Gefühl sein zu wissen, dass man von jemandem erwartet wird, und dazu noch am Meeresstrand. Leider bin ich nicht in der glücklichen Lage“, führte Tschubatkow das Gespräch fort, dabei seine Gesprächspartnerin anschauend, als würde er zu seiner Feststellung eine Bestätigung erwarten.

„Ob unsere Lage glücklich ist oder nicht, entscheiden wir oft selber“, kam die Antwort und Bestätigung von Susanne. Inzwischen waren so viele Reisende zugestiegen, dass alle Sitzplätze besetzt waren und einige Leute sogar stehend reisten. Als Arnold in Wolgast Susanne den Koffer tragen wollte, lehnte sie es energisch ab mit den Worten: „Mit meinen Jahren und meiner Gesundheit wäre es eine Schande für mich, Ihre Hilfe in Anspruch zu nehmen.“

Bevor die beiden sich in Wolgast trennten, versuchte Tschubatkow, Näheres über Susannes Wohnsitz zu erfahren, was diese jedoch energisch abwehrte, ihm alles Gute für die Zukunft wünschend. Etwas enttäuscht und scheinbar auch traurig entschwand der junge Mann ihren Blicken.

# Kapitel 7 – Herr Falter, der Unbekannte

Über eine Weile versuchte Susanne nochmals krampfhaft nachzudenken, wo sie diese Gesichtsform unterbringen könnte, doch weder diese noch der Name des Herrn brachten sie weiter. In Wolgast umgestiegen, fuhr die junge Frau bereits mit der Inselbahn. Vor Jahren, als sie hier als Su Bromowna die gleiche Strecke fuhr, schien alles ganz anders. Damals betrachtete sie dieses Land aus völlig anderer Sicht. Es schien ihr alles sehr fremd und unnahbar. Heute war es das Land ihrer Mutter und Großmutter, die hier sehnsüchtig auf sie warteten und sie erwarteten. Aufgeregt schaute Susanne aus dem Fenster, denn es trennten sie nur noch Minuten von der Begegnung. Kurz danach verlangsamte der Zug das Tempo und wurde immer langsamer, bis er in Zinnowitz auf dem Bahnhof zum Stehen kam. Es dauerte eine Weile, bis die vielen Inselgäste ausgestiegen waren. Auf dem Bahnsteig stellte sie ihre Reisetasche neben sich und schaute sich erst einmal um. Unter den zahlreichen Aus- und Einsteigenden bemerkte Susanne erst einige Sekunden später die ältere Dame, die vor ihr stand. Mit dem Rücken zu ihr gekehrt, hielt diese Dame immer noch Ausschau nach ihrem Besuch. Es war ihre Mutter, die ihre Tochter immer noch nicht bemerkt hatte. Etwas schmunzelnd wartete Susanne noch einen Augenblick, dabei ihre Mutter im Auge behaltend. Etwas resigniert drehte sich Anna um und sah ihre Tochter vor sich. Eine wortlose Umarmung, begleitet von Freudentränen, sprach für sich.

„Ich mag es kaum äußern, dass es die Wahrheit ist und kein Traum, dein Besuch hier bei uns auf der Insel“, begann Anna das Gespräch. Sie schritten langsam, als wollten beide die gemeinsame Strecke bewusst wahrnehmen. „Mir geht es nicht viel anders, liebe Mutter.“ Nach einigen Schweigeminuten äußerte Susanne ihre Bewunderung über die Landschaft und die Ostseeluft.

Eine halbe Stunde später waren die beiden Damen am Ziel. Sophie empfing ihre Enkeltochter mit Freudestränen und nach einer herzlichen Umarmung ging die Besucherin als erste in die offenstehende Wohnungstür hinein. Ein Aufschrei von Susanne in der Wohnung ließ eine Überraschung vermuten. Es war Charlotte, die seit gestern bereits hier weilte. Als sie in der Tür erschien, konnte Susanne einen Freudenschrei nicht unterdrücken. Als sich die Wogen der stürmischen Begrüßung geglättet hatten sagte Susanne: „Die Überraschung war ein Volltreffer. Lieb habt ihr es gemacht, aber etwas aufregend auch. Ich hoffe, dass mein Herz auch diese Überraschung bald verkraftet hat.“ In der Küche blieb Susanne vor einem Bild, das über dem Esstisch an der Wand hing, stehen. Ihr Gesicht war ernst und sie schien tief nachzudenken. An ihre Kindheit konnte sie sich aus der Zeit in

Selbongen nicht erinnern. Als sie dieses Bild sah, wusste sie genau, wo es im Häuschen am Inulzer See gehangen hatte. Sie sah plötzlich das Zimmer mit dem Kachelofen und der Bank davor. Wenn sie neben Mutter oder Großmutter auf dieser Bank saß und ihre Füßchen baumeln ließ, schaute sie immer auf dieses Bild, das Christus mit einer Familie beim Tischgebet darstellte.

„Erkennst du eventuell dieses Bild?", fragte Sophie ihre Enkeltochter.

„Ja, Oma, ich erkenne es ganz deutlich und sehe vor mir mit dem Bild das ganze Zimmer in unserer Heimat", antwortete Susanne halblaut. „Es ist merkwürdig, wie mit einem Bild die Erinnerung einer ganzen Umgebung wach wird, mich so viele Jahre in die Vergangenheit zurückversetzt. Mein Empfinden in die Vergangenheit geht so weit, dass ich das heftige Wellenrauschen hinter dem Haus höre und mich an das sanfte Geräusch des flatternden Laubes der hohen Pappeln erinnere. Wie klug von dir, Großmutter, dass du dieses Bild nach hier durchgebracht hast. Ich stelle mir vor, dass es auch dir sehr viel bedeutet."

„Ja, meine liebe Susanne, es ist für uns alle ein kleines Stück Heimat. Und dieses kleine Stück unseres Masurenlandes lässt uns oftmals aus der Gegenwart fliehen und die Vergangenheit wach werden. Es lässt uns die Heimat so in Erinnerung behalten, wie sie damals war, was nicht nur Sonnenschein bedeutet. So war es damals und ist auch heute nicht viel anders, wenn wir vom täglichen Dasein der dort lebenden Menschen sprechen. Darüber wird dir auch deine Schwester vieles erzählen können."

Anna hatte das Essen zubereitet und bat zu Tisch. Während der Mahlzeit wurde nicht viel geredet, es war für alle Beteiligten eine Zusammenkunft, die sie zu würdigen wussten, somit viel zu kostbar, um diese Zeit mit unwichtigen Äußerungen zu verschwenden. Nach dem Essen unternahmen die Geschwister einen Spaziergang, denn Charlotte hatte vieles auf dem Herzen, was sie ihrer Schwester offenbaren wollte. Sie kannte auch schöne Stellen, wo man hier trotz des Trubels ungestört in Ruhe Gespräche führen konnte.

Es war mittlerweile später Nachmittag, die Sonne stand noch hoch genug, um das Wasser der Ostsee und die Menschen auf der Insel genügend zu wärmen. So fühlten sich auch die beiden jungen Damen recht wohl auf ihrem Spaziergang durch den Kiefernwald. Susanne war sehr neugierig, was ihre Schwester ihr wohl zu berichten hatte, denn was sie ihrer Schwester erzählen konnte, war nur zweitrangig und nicht weiter von Bedeutung. So wurde sie auch von Charlotte in das Thema „Georg" behutsam eingeführt.

„Gern würde ich dir viel Gutes und Neues erzählen, meine Liebe, doch das, was ich weiß, ist auch nicht allzu viel. Offiziell ist kaum etwas zu erfahren. In so einer Institution wird nicht viel geredet und schon gar nicht über den Verbleib einzelner Mitarbeiter. Es gibt unter den Mitarbeitern auch Doppelagenten und so weiß man nie, mit wem man es zu tun hat. Ich vermute stark, dass Georg auch einer davon ist. Es ist aber nur meine Vermutung, wohlgemerkt. So ist er für längere Zeit eventuell im Dresdner Raum oder irgendwo im Westen."

„Aber wenn er im Westen wäre, wieso lässt er mich nichts davon wissen? Das wäre doch kein Risiko für ihn", wirft Susanne ein.

„Da irrst du dich, meine Liebe", fährt Charlotte fort. „Im Ausland, dazu noch im Westen, werden die Geheimleute bedeutend intensiver überwacht als im Lande. Jeder kleinste Verdacht, dass Georg mit dir Kontakt aufnimmt, könnte ihn einiges kosten. Aber wie gesagt, auch das sind nur Vermutungen. Obgleich es vielleicht hart klingt, so fühle ich mich verpflichtet, dir als Schwester zu raten, die Sache mit Georg etwas lockerer zu sehen, wenn es auch deiner Natur nicht entspricht. Bei unserm gemeinsamen Heimatbesuch fühlte er sich recht wohl, von liebenden Menschen umgeben, was für ihn neu war. Besonders deine Nähe ließ ihn seine Tätigkeit im Osten vergessen. Dort hatte er erfahren, wie schön es ist, geliebt und geachtet zu werden. Für einige Stunden oder auch Tage war er ein freier Mensch an deiner Seite. Und wie viel das bedeutet für einen Menschen, der ab dem achten Lebensjahr im Waisenhaus lebte, später von einer Schule auf die andere geschleudert wurde, wo er immer nur auf sich gestellt war. Und dem immer nur gesagt wurde, wie grausam Menschen sind, die nicht dem Sozialismus angehören. Die überall nur eine Nummer sind und sich nirgendwo beklagen oder ihre Sorgen schildern dürfen. Denen eingeprägt wird, dass sie vom Affen abstammen und im Westen eigentlich nur Tiere sind. Und plötzlich tauchst du auf und durch das wiederholte Treffen bemerkt Georg, dass es außer uns noch eine übersinnliche Macht geben muss, die unsere Wege lenkt. Diese Erkenntnis wirkt aber nur so lange, wie du in seiner Nähe weilst. Einige Wochen später, nachdem er dich verlassen hat und der graue Alltag der Verlogenheit ihn für sich hat und ihn in seine Zwänge presst, geht nach und nach alles verloren, was wir human oder auch menschlich nennen. Es muss schon ein außergewöhnlich starker Charakter sein, der nur mit Hilfe übersinnlicher Kräfte diesem Zwang und Druck widersteht. Für dich, liebe Schwester, ist es schwer, einige Dinge, die ich dir sage, zu verstehen. Und das ist mir vollkommen verständlich. Denn du lebst zwar auch in unserer weltlichen Gesellschaft, es ist aber eine Gesellschaft der Kunst. Eine Gesellschaft, die durch Schöpfung versucht, sich anderen zu vermitteln und die Freude an einfachen Dingen im täglichen Leben zu zeigen. Dass es auch in diesem Bereich Menschen verschiedener Charaktere gibt, ist mir bewusst, nur ist das gemeinsame Ziel dieser Institution ein völlig anderes. Und früher oder später gleichen sich die Künstler diesem angestrebten Ziel an. Genauso ist es in unserer Institution, nur ist es die umgekehrte Richtung. Ich stelle mir vor, dass Georg sich früher oder später bei dir melden wird, denn es entspräche nicht seinem Wesen, dass er dich jahrelang im Ungewissen lässt."

„Aber wie soll es denn weitergehen?", fragt Susanne mit halblautem resigniertem Ton.

„Diese Antwort, liebe Susanne, wirst du gleich erfahren, wenn ich dir meine Erlebnisse und Sorgen erzähle. Solltest du danach noch nicht wissen, wie es weitergehen soll, dann werde ich es dir sagen."

„Danke dir, Charlotte, doch du wirst es verstehen, dass mich die Jahre der Ungewissheit, so kann man fast schon sagen, oftmals verzweifeln lassen und das, was du mir soeben gesagt hast, eine harte Realität für mich bedeutet. Trotzdem will ich versuchen, mich zu überwinden."

Schweigend setzten sich die Geschwister auf eine Bank unter einer Kiefer, unweit der Dünen. Der vorüberziehende laue Wind versuchte, das Haar der jungen Frauen in Unordnung zu bringen, doch dies störte sie nicht. Sie schwiegen immer noch, um das Rauschen der Ostseewellen und der Kiefernkronen wahrzunehmen. Charlotte schaute auf ihre Schwester, der einige Tränen über die zarten Wangen rollten. Im Herzen litt Charlotte mit ihrer Schwester, doch diese Realität musste sie ihr schonungslos beibringen. Und sollte es das Schicksal mit Susanne besser meinen, war zur Freude immer noch genügend Zeit.

„Aber nun ist es an der Zeit, dass du auch deine Sorgen mit mir teilst", forderte Susanne ihre Schwester zum Erzählen auf.

„Dass ich an den Weihnachtstagen Jan besucht habe, habe ich dir bereits geschrieben. Es war auch ganz nett, nach langer Zeit den richtigen Winter zu erleben und dabei verliebt zu sein. Als mich Jan zum Osterfest in Berlin besuchte, schien er mir etwas zerstreut. Er erzählte mir, dass seine Mutter sehr krank sei, und begründete damit sein etwas unkonzentriertes Verhalten. Trotzdem hatten wir über eine gemeinsame Zukunft in Berlin gesprochen. Ich selber wirkte in dieser Zeit auch nicht gerade beruhigend. Durch die vielen Besucher aus Westberlin war es für uns eine politisch unruhige Zeit. Alle paar Tage erhielten wir neue Anordnungen, neue Gesetze wurden geschaffen, um eventuellen Unruhen entgegenzutreten. In dieser doch recht angespannten Zeit gab es für unser Privatleben kaum noch Spielraum. Wir verabschiedeten uns am Bahnhof, dabei hatte ich das Gefühl, als sei es ein Abschied für immer, und das war es wohl auch." Erschrocken schaute Susanne ihre Schwester an, was diese ihr wohl erzählen wollte. Doch Charlotte blieb dabei ruhig und nach einigen Sekunden der Stille erzählte sie weiter: „Ja, er fuhr weg und ich blieb in Berlin und verrichtete weiterhin meinen Dienst im Ministerium. Einige Wochen später ging es mir gesundheitlich nicht so gut. So quälte ich mich Tage und Wochen durch, bis ich mich entschlossen hatte, den medizinischen Dienst aufzusuchen. Als man bei der Untersuchung eine Schwangerschaft feststellte, war ich nicht traurig darüber. Mutter zu werden, war für mich das größte Glück. Gleich am selben Tag schrieb ich Jan die freudige Nachricht. Lange wartete ich auf eine Antwort und die kam einige Wochen später. Am Anfang des Briefes berichtete er mir über den Tod seiner Mutter, den er nur schwer verkraften könne. Weiterhin musste ich lesen, dass er am Sterbebett seiner Mutter den Schwur ablegen musste, mich nicht zur Frau zu nehmen."

„Charlotte", rief Susanne, „und das alles musstest du über dich ergehen lassen? Nein, nein – und dabei musstest du auch noch für mich Kraft aufbringen. Jetzt verstehe ich dich, meine liebe Schwester. Und ich weiß jetzt auch, wie es mit mir weitergehen soll. Diese unberechenbaren Fanatiker, was die doch für Unheil anrichten können."

„Ach, liebe Susanne, ich habe mich mittlerweile an diesen Zustand gewöhnt, denn ich muss an mein Kind denken, das doch gesund auf diese Welt kommen soll. Mutter und Großmutter wollen mich dabei in jeder Weise unterstützen."

„Davon bin ich überzeugt", bestätigt Susanne die Äußerung ihrer Schwester und fragt sie auch gleich: „Hast du Jan deine Entscheidung mitgeteilt?"

„Darüber gibt es nichts mitzuteilen, wer so schreibt wie er, der muss darauf keine Antwort erwarten." Noch einmal wurden die jungen Frauen von den neigenden Sonnenstrahlen beschienen, als wollten sie deren Herzen erleuchten. Doch einige Minuten später zogen dunkle Wolken herüber, es waren Nachtwolken, die die Dunkelheit ankündigten. „Vielleicht beschert mir das Schicksal einen ehrlichen Partner, der auch meinem Kind ein guter Vater wird, oder gibt es wirklich so wenige ernst denkende Männergestalten?"

„Dass es davon wenige gibt, ist die Wahrheit, doch die gibt es auch bei unserem Geschlecht", verteidigte Susanne die Männerwelt.

Als die Sonne in der Weite des Meeres versunken war, verließen sie ihren Platz in der Natur und suchten die Wohnung auf. Es gab an diesem Abend von allen Anwesenden viel zu erzählen und es wurde spät, bis die Damen zu Bette gingen. Für den nächsten Tag hatte Herr Falter seinen Besuch für den Nachmittag angekündigt. Auf diesen Herrn war besonders die Westberlinerin neugierig gespannt.

Als sich am nächsten Tag in der Frühe der Morgendunst und die noch zurückgebliebenen Nachtwölkchen verzogen hatten, kündigte sich ein schöner, sommerlicher Tag an. Bevor die ersten Frühaufsteher ihre Spazierwege aufsuchten, war die Vogelwelt bereits munter und zunehmend, aber fast unbemerkt glättete sich der Ostseespiegel. Nur hier und dort sah oder hörte man die nervenden Motorengeräusche der vorübersausenden Patrouillenboote des Grenzschutzes. Auch Anna und Sophie waren heute früher als sonst am Sonntag aufgestanden. Seit einigen Minuten waren sie bemüht, ihren Besucherinnen ein schmackhaftes Frühstück zuzubereiten, was ihnen auch vortrefflich gelang.

Nach dem Mahl eilten die jungen Damen nach draußen, um hier an der Ostsee so wenig wie möglich an frischer Morgenluft zu verschenken. Auf dem Wege zur altbekannten Plauderstelle vom Vortag wurden sie von einem jungen Herrn angesprochen. Susanne erkannte in ihm ihren Begleiter von der Bahnfahrt nach Wolgast. Nach einem kurzen Hallo an Susanne begrüßte der Herr Charlotte mit den Worten: „Sie auch hier? Wie Sie sehen, auch ich bin gezwungen, dann und wann dem Stadtlärm und Trubel zu entfliehen." Für einen kurzen Wortwechsel blieben alle drei für einige Minuten stehen. Nachdem der Überraschungsgast sich von den Frauen verabschiedet hatte, schauten sich diese gegenseitig verwundert an mit demselben fragenden Blick: „Woher kennst du diesen Mann?"

Susanne schilderte kurz als erste die zufällige Bekanntschaft in der Bahn. Doch Charlotte konnte darüber etwas mehr erzählen, indem sie sagte: „Diesen Herrn kenne ich seit drei Jahren. Er ist ein Musikstudent aus Moskau, der jetzt das dritte Mal im Sommer für zwei Monate nach Deutschland kommt. Er besitzt die Erlaubnis, Westberlin genauso wie Ostberlin zu besuchen, um hier die neuesten Dinge in Sachen Musik zu erfahren. Ich habe im Ministerium seine Personalien überprüfen müssen. Er scheint einflussreiche Eltern in Moskau zu haben", beendete Charlotte ihre Schilderung.

Gleich danach befanden sie sich auch schon an der ihnen bekannten Stelle von gestern. Es kam ihnen vor, als würden sie diesen Platz beide mehrmals besucht haben und die umher begleitenden Geräusche der Natur längst kennen. Susanne schlug ihrer Schwester vor, eventuell in den Westen zu fliehen, wozu sich diese nicht entschließen konnte. Das würde ihrem jetzigen Zustand nur schaden, denn die inneren Spannungen würden auch ihrem Kind nicht gerade helfen. Und schließlich waren hier Mutter und Großmutter, mit denen sie Freud und Leid teilen konnte. Nach diesen Argumenten war auch Susanne überzeugt, dass es so besser sei. Danach unterhielten sich die Geschwister über das Konsumangebot im Westen und Osten.

„Natürlich ist es bei euch bedeutend leichter zu leben als bei uns", äußerte Charlotte und fuhr fort: „Diese Vielfalt der Moden und anderer Gebrauchsgüter – wenn ich daran denke, dass wir zehn Jahre auf einen Pkw warten müssen …"

„Du siehst das sehr oberflächlich, liebe Charlotte“, begann Susanne ihre Feststellung und fügte hinzu: „Ich brauche in der Großstadt keinen Pkw, denn es gibt genügend andere Verkehrsmittel, die ich benutzen kann. Leider erkennen zu wenige Menschen, was ihnen gut tut. Sie lassen sich von Bildern am Bildschirm leiten. Das gilt für Konsumgüter, Gebrauchsgüter und Kleidung. Alle Leute, die sich in Kaufhäusern tummeln, sind doch gut angezogen und haben zu Hause die Schränke voll. Die, die es wirklich nötig hätten, die haben kein Geld für diesen Überfluss im Westen. Und trotzdem sind auch diese Leute angezogen. Ich besitze im Westen nicht mehr Kleidungsstücke als du im Osten, und wieso auch? Es ist alles nur leeres Gerede und politische Machenschaft – oder meinst du, es verhungern im Osten mehr Menschen als im Westen? Unser Geist sollte uns wichtig sein, wenn der gesund ist, fehlt es uns auch nicht an anderen Dingen“, beendete Susanne ihre Feststellung.

Nachdenklich schaute Charlotte ihre Schwester an. Einige Sekunden später antwortete auch sie im halblauten Ton: „Man sieht es dir an, dass dir die Lebenskunst nicht fremd ist. Ich glaube, darüber nachzudenken ist schon ein bedeutender Schritt nach vorn in unserem Leben.“

„Ja, meine liebe Schwester, und diese Weisheit habe ich nicht im Studium erworben, die langen, schlaflosen Nächte in Sibirien haben mich geprägt und dies gelehrt. Und dieses Gut möchte ich auch gern lebenslang behalten. Wenn es die Zeit erlaubte, hat Großmutter immer wieder versucht, uns mit Wolfgang immer wieder zu erklären, dass es außer der für uns sichtbaren Welt noch etwas anderes gibt, das für unser Wesen sehr wichtig ist. Und dass wir die Universitätsbildung als notwendiges Übel ansehen sollten. Aber allein vom Erzählen ist es schwer, dies in sich zu verewigen. Erst wenn man es selbst erlebt hat oder durch irgendeinen Umstand darauf aufmerksam wird, ist es wirksam und bedeutend. Und doch, wenn ich für die Diplomprüfungen Dinge lernen und in mir aufnehmen musste, gegen die sich mein Geist gestellt hatte, als es mir oftmals sehr dreckig ging und ich nicht wusste, wie es weitergehen soll, dann besann ich mich auf Großmutters Weisheiten, die mir halfen, so manche Last zu tragen.“

Die Sonne stand mittlerweile auf Mittagszeit und die Insel lebte in ihrer ganzen Schönheit. Fröhlich schlenderten Besucher und Einwohner durch die Straßen, auf Wanderwegen und an den Strand. Charlotte und Susanne befanden sich bereits auf dem Rückweg zur Wohnung. Auch Hunger verspürten sie, wozu die gesunde, etwas salzige Meeresluft beigetragen hatte. Beim Öffnen der Wohnungstür kam ihnen ein angenehmer Duft aus der Küche entgegen. Der mit Geschirr gedeckte Tisch verriet, dass es bald etwas zu essen geben würde. Susanne und ihre Schwester versuchten abwechselnd zu erraten, was es zu Mittag gab, und da keine der beiden das duftende Essen enträtseln konnte, griff Anna ein, indem sie sagte: „Es gibt Sauerampfersuppe, danach Füllhecht mit Schmandkartoffeln und den krönenden Abschluss bildet eine Rote Grütze, deren Ursprung auch aus unserer Heimat kommt."

„Natürlich kommt der Hecht aus dem Plötzensee und der Sauerampfer vom Kloneck", scherzte Charlotte und alle Anwesenden brachen in ein lautes Gelächter aus. Es wurden Tränen gelacht und da kam auch schon Sophie aus der Küche mit der dampfenden Suppenterrine. Beim Essen ließ man sich sehr viel Zeit, um dieses Zusammensein bei Tisch so lange wie möglich hinauszuzögern. Dabei wurde viel über die Essgewohnheiten anderer Völker geredet, Anna erzählte die Gewohnheiten von Krasnojarsk und Susanne schilderte die Moskauer Gewohnheiten. Susanne erinnerte an ihren ersten Inselbesuch mit dem Moskauer Ensemble, wie neu ihr damals alles war und dass sie trotzdem frei gesungen hatte. Auch Georg war damals hier als Zuschauer, den sie allerdings nur wenig kannte. Anna schilderte ihre ersten Tage auf der Insel, wie unsicher sie damals diesen Boden betreten hatte. Dabei kamen immer wieder lustige Dinge zum Vorschein, die Heiterkeit und Frohsinn förderten. Doch inzwischen war es zwei Uhr nachmittags geworden, so wurde gemeinsam abgeräumt, denn um drei Uhr wollte Herr Falter erscheinen. Susanne musste noch viele Fragen über Maria, Wolfgang und Benjamin beantworten, denn Mutter und Großmutter dachten sich immer neue Fragen aus. Aber auch Charlotte musste viele Fragen, was die Heimat betraf, beantworten. Sie war schließlich die letzte dort gewesen. Während die Damen sich noch lebhaft unterhielten, fuhr eine dunkle Wolga-Limousine vor dem Haus vor und aus ihr stieg Herr Falter aus. Er schaute in Richtung Wohnung, schaute in einen Handspiegel, glättete sich mit der Rechten seine Haare und bewegte sich in Richtung Haustür.

„Donnerwetter! Muss ja ein hohes Tier sein, dieser Herr, bei so einer Automarke", bemerkte Susanne, ihrer Mutter zulächelnd.

„Vielleicht hat doch eine von uns Weibsel etwas Glück", schloss Charlotte sich scherzend ihrer Schwester an.

Mutter und Großmutter empfingen den Besucher bereits an der Tür. Im Zimmer stellte Anna ihre Töchter vor. Prüfend und genau schaute der Ankömmling die jungen Damen an. Als alle Anwesenden ihre Sitzplätze eingenommen hatten, äußerte Susanne, auf Herrn Falter schauend: „Wir haben uns bereits in der U-Bahn in Westberlin gesehen – oder sollte ich mich da geirrt haben?"

Der Gast, etwas überrascht und unvorbereitet ob dieser überzeugenden Äußerung von Susanne, antwortete etwas zögernd und unentschlossen: „Leider brauche ich etwas mehr Zeit, Ihrer Behauptung Folge zu leisten, doch hoffe ich, dass es sich im Laufe des Nachmittages ergibt. Wie schön für mich, einem so fröhlichen Familienkreis beiwohnen zu dürfen. Für so ein Treffen ist für mich auch der weiteste Weg nicht zu weit. Dazu noch das schöne Wetter! Alles in allem freue ich mich, hier bei Ihnen zu sein. Und Ihre Frage, oder besser gesagt Ihre Feststellung, liebe Susanne, kann ich jetzt auch bestätigen. Und nicht nur das, ich hatte Sie bereits vor unserer gemeinsamen U-Bahn-Fahrt in Moskau auf der Bühne gesehen. Das könnte so vor fünf Jahren gewesen sein?"

„Das könnte sein", bestätigte Susanne freudestrahlend diese Äußerungen des Herrn.

Und Herr Falter sagte weiter: „Da Sie in Moskau in aller Künstler Munde waren, ist es nicht schwer, sich an Sie zu erinnern. Umso mehr war ich und bin ich noch erstaunt, Sie hier zu sehen. Im ersten Moment musste ich meine Gedanken ordnen, um keinen Blödsinn zu reden. Aber nun bin ich integriert und neugierig auf Ihre Schilderung", endete Herr Falter fürs erste.

„Gerne würde ich Ihnen schildern, wie ich nun hier gelandet bin, doch dazu kenne ich Sie leider zu wenig, aber vielleicht ergibt sich noch dieses oder jenes, sodass wir uns näher kennen lernen", wehrte Susanne ab.

Und der Herr begann weiter: „Da ich an einer Freundschaft mit Ihrer Mutter ernsthaft interessiert bin und Sie alle mir gegenüber doch sehr zurückhaltend sind, möchte ich heute die Gelegenheit nutzen und Ihnen in Kürze meine Lebensgeschichte schildern, wenn es Ihnen allen hier angenehm ist."

„Erlauben Sie davor noch eine Frage", wandte sich Susanne an den Herrn, und als dieser sich ihr zuwandte, fuhr sie fort: „Wenn Sie mich doch in so guter Erinnerung haben, wieso hatten Sie damals in der U-Bahn versucht wegzuschauen, wenn ich zu Ihnen hinübersah? Und Ihre Unentschlossenheit bei unserer heutigen Begrüßung deutet nicht unbedingt an, dass Sie mich seit damals kennen?"

„Da muss ich Ihnen zustimmen, nur sollten Sie vielleicht meinem Denken etwas mehr Zeit einräumen als dem Ihrem – auch ich war mal jung und konnte schneller überlegen als heute. Doch Sie sehen, wie klein unsere Welt ist und wie schnell sich die Kreise schließen."

„Dass unsere Welt unter den Planeten nicht die Größte ist, ist wohl unbestritten, ob sich hier unsere Kreise schließen, bleibt wohl vorläufig eine offene Frage, zumindest meinerseits", antwortete Susanne Herrn Falter, indem sie ihn selbstbewusst ansah. Anna, deren Vorstellung das Verhalten ihrer Tochter gegenüber dem Herrn nicht ganz entsprach, versuchte in ihrer Rolle als Gastgeberin, beiden Seiten gerecht zu sein, was ihre Tochter nicht ganz verstand, ihrer Mutter aber nicht übel nahm. Sie selber wollte jedoch mehr Klarheit haben, denn schließlich hatte dieser Herr hier offen bekundet, es mit ihrer Mutter ernst zu meinen, und damit sich selbst und freiwillig auf dieses Glatteis begeben. Auf die Bemerkung der Kreise sagte Herr Falter: „Da mögen Sie nicht Unrecht haben, denn es gibt viele Kreise in unserem Leben, unseren Vorstellungen und Erfahrungen. Somit werden die Ihren anders sein als meine."

„Da bin ich nicht ganz sicher, denn ich habe den Kreis unserer Bekanntschaft und Begegnungen gemeint", verdeutlichte Susanne ihren Standpunkt.

„Da haben wir es, denn ich meinte den Kreis unseres Lebens als Ganzes", antwortete der Herr zurück, lächelnd und selbstsicher, dieses Thema beendet zu haben. Obgleich diese Antwort für Susanne zu offensichtlich und oberflächlich erschien, beließ sie es dabei und überließ das weitere Gespräch Herrn Falter, der nicht lange auf sich warten ließ und fortfuhr: „In der Hoffnung, nun einige Unklarheiten bereinigt zu haben, will ich nun sagen: Sie alle haben ein abenteuerreiches Leben hinter sich. Doch mein bisheriger Lebensweg war auch nicht auf Rosen gebettet. Als junger Physiker, beschäftigt mit der Entwicklung neuer Flugzeuge und Raketen, gab es Anfang der Vierzigerjahre oftmals nur vier Stunden Schlaf und einer hatte den anderen angetrieben. Als nach der Kapitulation, im Juli 1945, unser damaliger Leiter Ferdinand Brandner von den Sowjets verschleppt wurde, hatten viele von uns gehofft, in Ruhe gelassen zu werden. Leider kam es anders. Ein Jahr später, Ende Oktober im Jahre 1946, waren russische Lastwagen vorgefahren, hatten uns mit Familien, Kindern und Frauen auf die Fahrzeuge gezerrt, könnte man sagen, und mit unserem Handgepäck, das wir in Eile packen durften, zu einem Bahnhof gefahren und in den Zug verladen. Für mich war damals die Endstation Godorok bei Kuibyschew. Ich war damals noch Junggeselle, meine Eltern lebten ohnehin nicht mehr, sie fanden ihren Tod in der schrecklichen Nacht in Dresden. In Russland hatte man uns auf mehrere Städte verteilt. 5.000 Techniker wurden damals in die Sowjetunion verschleppt. Einige kamen nach Moskau, nach Sowjelowo, Kasan, Tuschino und Godorok, wo auch ich hinkam. Danach mussten wir, umgeben von sowjetischen Wissenschaftlern, an der Weiterentwicklung unserer Projekte arbeiten. Oftmals hat man uns nach Podberesje gefahren, um dort mit anderen deutschen Wissenschaftlern zu arbeiten. So haben wir denn damals die MIG 15 aus der Messerschmitt P 1101 bauen müssen, in Amerika entstand mit großer Ähnlichkeit die F-86 A, sodass im Koreakrieg ähnliche Flugzeuge gegeneinander kämpften. Dies nur zu meiner Tätigkeit in der Sowjetunion. Im Juli 1954 durften wir dann in unsere Heimat nach Dresden zurück. Dort habe ich bis zu meinem 55. Lebensjahr arbeiten dürfen. Ab dann wohnte ich in Berlin, halte noch dann und wann wissenschaftliche Vorträge, was auch meine Zeit als Pensionär gut ausfüllt. Meine Vorlesungen beschränken sich nicht nur auf das Gebiet der Deutschen Demokratischen Republik. Wie Sie mittlerweile erfahren haben", dabei schaute er auf Susanne, „bin ich auch in Westberlin zu finden. In den Ostblockstaaten sowieso. Aufgrund dieser Tätigkeit bin ich viel unterwegs. Als meine Frau noch lebte, ist sie mit mir mitgereist, seit vier Jahren bin ich allein und versuche somit, nette Leute kennen zu lernen. Ich habe Ihnen allen hier mehr erzählt, als Sie von mir wohl verlangen, und überhaupt mehr, als ich sollte, denn die damalige Verschleppung wird offiziell immer noch verschwiegen. Obgleich diese Tatsache heute niemandem weder helfen noch schaden kann. Doch leider, durch den Krieg sind wir Deutschen gezeichnet und werden es wohl noch lange bleiben."

„Wenn wir uns nicht selber davon befreien", fügte Susanne ein.

„Ihnen kann das vielleicht noch gelingen, denn Sie sind jung, dynamisch und voller Willenskraft. Bei mir sieht es da anders aus, denn ich habe ja an der Kriegsmaschinerie mitgearbeitet, obgleich überwiegend unter Zwang. Doch nun hoffe ich, genug geredet zu haben. Bin gern bereit, auch zuzuhören."

Diese Aufforderung ließ sich Susanne nicht zweimal sagen und ergriff sofort das Wort. Sie war neugierig, ob der Herr auch geheime Dienste verrichtet hatte, und befragte ihn über eine Einrichtung in Moskau, worüber nur Geheimdienstler Bescheid wussten. Als Herr Falter die Frage mit ja beantwortete, war ihr bewusst, es mit einem Mann aus der Geheimdienstszene zu tun zu haben. Diese Weisheiten hatte ihr Gurion beigebracht. Etwas vorsichtig und höflich wagte die junge Frau noch eine Frage, indem sie Herrn Falter fragte: „Kannten Sie Herrn von Braun persönlich?"

„Sie werden sich wundern, liebe Frau Susanne, ich habe ihn einmal begrüßen dürfen, und zwar muss das Anfang März 1944 hier in Zinnowitz gewesen sein. Einige Tage später ist Wernher von Braun verhaftet worden. Er soll in Zinnowitz einer jungen Medizinerin gegenüber geäußert haben, er habe niemals vorgehabt, die V-2-Rakete für Kriegszwecke zu bauen, es sollte eine Rakete ausschließlich für die Raumfahrt sein. Sie sehen, wie das Schicksal auch mit diesen Leuten um sich schlug. Dabei hatte er Glück, weil man ohne ihn nicht sehr viel anfangen konnte, und so wurde er einige Tage später wieder auf freien Fuß gesetzt. Wäre zu diesem Zeitpunkt die V-2 fertig gewesen, hätte er wohl kaum das Tageslicht lebend erblicken können. Genau wie es den führenden Kräften am Bau der Wolfsschanze ging. Nachdem die Anlage fertig war, sind die verantwortlichen Ingenieure irgendwo verschwunden."

„Es ist mir gar nicht so bewusst, auf welchem bedeutenden Fleckchen Erde wir hier wohnen", äußerte Anna, um ihren Gast bewusst und endlich aus der Fragenumklammerung ihrer Tochter zu befreien. Dieser lächelte ihr zu und vervollständigte ihre Feststellung, indem er sagte: „Das ist unbestritten und geboren sind Sie auch in einem Land, welches sogar Hitler mit seinem verbrecherischen Gefolge als das Schönste in Europa erkannt hatte. Nach dem Ersten Weltkrieg ist es Hindenburg gelungen, den Feind aus dem Masurenland zu vertreiben, und später durfte das Volk wählen, zu wem und wohin sie gehören wollten. Diesmal war alles anders. Es wurde zugeteilt und aufgeteilt, wie es die herrschenden Ost- und Westmächte für angemessen hielten und es deren Vorstellungen und Wünschen entsprach. Über Deutschland westlich der Oder ist zumindest noch verhandelt worden, über Ostpreußen ist kaum was gesagt worden. Ein britischer Offizier, der den Verhandlungen beiwohnte, wusste folgendes zu erzählen: Als Stalin das Thema Ostpreußen erwähnte, hatte der damalige erste Bundeskanzler abgewunken, er sei an diesem Land nicht interessiert. Diese Tatsache können wir als einfache Bürger wohl kaum begrüßen noch verurteilen. Es ist so gehandelt worden, wie es die damaligen Herrscher für richtig hielten. Für uns ist es aber wichtig, dies zu wissen, um nicht mit verlogenen Parolen zu leben. Auch muss uns bewusst sein, dass durch Ostpreußen eine Kultur für ewig verloren gegangen ist. Und somit ist bei den damaligen Verhandlungen auf der Landkarte nur ein Strich gezogen worden, welcher Polen von der Sowjetunion trennte. Doch der Anfang dieser Kulturzerstörung hat lange davor begonnen. Am 29. und 30. August hatten mehr als 600 britische Bomber die Innenstadt von Königsberg mit Phosphor- und Sprengbomben beworfen. Es war ein bewusster Angriff auf die Zivilbevölkerung, der Tausende von Menschenleben forderte und mehr als 150.000 Obdachlose. Hier hat die Zerstörung angefangen, ging dann Richtung Westen, bis sie mit den Grausamkeiten und Massenmorden an der masurischen Bevölkerung durch sowjetische Fronthorden endete. Ich habe Königsberg als Wissenschaftler vor zwei Jahren besuchen dürfen. Was ich dort sehen konnte, ist heute noch grausam. Nicht nur allein die zerstörten Gebäude und Anlagen, der jetzige Zustand, der Umgang und das Leben mit dieser Stadt ist für mich nicht nur unverständlich, sondern auch schrecklich. Schon aus der Ferne erkennt man die tiefen Wunden der Vergangenheit und die dunkelgrauen Ruinen, die wie stumme Zeugen der Vergangenheit dastehen und einen angaffen, als wollten sie sagen: Was habt ihr mit uns gemacht? Wem habt ihr uns überlassen? Kaum zu glauben, dass es so eine schöne Stadt war. Heute, so viele Jahre nach Kriegsende, bekommt man es fast mit der Angst zu tun. Man wird von einem Gefühl beschlichen, als ginge der Krieg weiter. Noch immer ziehen Militärkolonnen durch die Stadt, als wären die Geräusche der großen Dieselmotoren in den vorbeirasenden Panzern mit den klirrenden Ketten aus der Kriegszeit noch immer nicht verstummt und die tieffliegenden Düsenjäger von ihren mörderischen Flügen, noch immer ihren Landeplatz suchend, zurück. Zwischen diesem Lärm und Dunst der Dieselabgase – spielende Kinder. Nur dürftig bekleidet spielen sie an und auf den kaputten Straßen, auf Grünflächen und zwischen Ruinen mit Steinchen und Resten alter Autoreifen sowie vereinzelt auch noch mit Kriegswaffen, die sie in irgendeiner Ruine aufgestöbert haben. Diese Kinder machen sich keine Gedanken, was sie nach Jahren erwartet. Bei diesem Anblick kam mir der Gedanke, trotz allem ist es doch schön, ein Kind zu sein. Die seelische Stärke, die diese Kinder aufweisen, ist doch wunderbar und bemerkenswert. Diese Bilder lassen uns nachdenken. Sie lassen uns über unser Handeln und Denken nachsinnen. Sie zeigen uns deutlich, wie unwichtig die für uns oft wichtigen Dinge im Leben sind. Dort besinnt man sich auf die Schöpfung. Da erkennt man die Wahrheit und den Unterschied zwischen dem, wenn wir warm und schick angezogen in beheizter Kirche den Pastor predigen hören, und dem Aufenthalt in dieser Stadt mit diesen Bildern, abends zum sternenbesäten Himmel zu schauen, um uns wiederzufinden. Traurig und doch innerlich gestärkt habe ich dieses Königsberg verlassen. Mit Gedanken an unseren großen Herder, der dort studierte und einige Jahre in dieser Stadt lebte, an dessen Vielseitigkeit und Vielfalt im Umgang mit anderen Völkern und das Verständnis dieser Kulturen, sowohl die slawischen, nordischen wie auch schottischen und sizilianischen Balladen und Reime, genau wie die spanischen Romanzen und französischen Weisen. Diese Überlegung war meine Schlussfolgerung, dass unser Verständnis für andere Völker und Kulturen ein wichtiger Bestandteil unseres Daseins ist. Und es kommt alles, wie es kommen soll. Wie sich in Zukunft auch die politischen und religiösen Verhältnisse gestalten sollten, sie werden niemals das Wohlergehen einzelner Personen berücksichtigen, sondern immer nur ein Ganzes. Und diesem werden wir uns anpassen oder demgegenüber uns in Opposition stellen. Eine herrschende Macht braucht beides."

Nach diesen so weisen Worten schickte sich der Gast an, aufzubrechen. Er verabschiedete sich, indem er für die freundliche Aufnahme dankte, und ging zur Tür. Anna begleitete den Gast bis zu seinem Fahrzeug. Als sie in die Wohnung zurückkehrten, strahlte sie Ruhe und Zuversicht aus.

„Das Eis ist gebrochen!", verkündete sie laut und deutlich ihrer Mutter und den Kindern und fügte hinzu: „Ich habe Herrn Falter gebeten, er möge doch versuchen zu erfahren, wo Georg steckt. Er will sich bemühen, so weit in seiner Macht steht."

„Und, schenkst du seinem Versprechen Glauben?", fragte Susanne ihre Mutter, die ihr auch sofort und ohne zu überlegen antwortete: „Ja, mein Kind, ab heute schenke ich diesem Mann Vertrauen, obgleich er mich auch in der Vergangenheit noch nie enttäuscht hat. Durch sein heutiges Verhalten hat er mir gegenüber seinen Charakter offenbart und mir verständlich gemacht, was einen Menschen hervorhebt. Obgleich ihm bekannt ist, dass Charlotte im Innenministerium beschäftigt ist, hat er mir gegenüber alles riskiert und ich meine, es ist ihm gelungen. Der heutige Tag bleibt lange in meiner Erinnerung. Im Anfangsgespräch konnte ich es nicht ganz verstehen, liebe Susanne, dass du Herrn Falter so herausfordern wolltest, jetzt bin ich dir dankbar dafür. Anders wäre unser Gast wohl nicht so offen geworden. Wenn es denn heute so ein bedeutender Tag ist, wollen wir diesen dann nicht mit einem Spaziergang abschließen?", schlug Sophie vor und die kleine Runde schickte sich an, die Wohnung zu verlassen. Charlotte schloss sich ihrer Großmutter an und Susanne hakte ihre Mutter ein. Indem Anna im Vorbeigehen am großen Spiegel im Flur ihr schneeweißes Haar zurechtrückte, waren Sophie und Charlotte vorausgegangen.

„Dir ist jetzt angesagt, ruhig zu bleiben, obgleich es dir nicht einfach vorkommen wird. Dein Kind sollte deine Niederlage mit Jan so wenig wie möglich zu spüren bekommen", versuchte Sophie ihre Enkeltochter zu trösten. Soweit es dir angenehm sein wird, werden wir mit deiner Mutter dir stets zur Seite stehen."

„Davon bin ich überzeugt, liebe Oma, und in dieser Gewissheit lebt es sich für mich auch leichter. Das mit Jan hätte ich lange davor merken müssen. Es wäre doch nur ein Hin und Her, was für die Dauer auch kein Vergnügen wäre. Das heutige Gespräch mit Herrn Falter wirkte auf mich sehr beruhigend und aufbauend und ich kann mir vorstellen, dass es unserer Mutti gut tun wird, so einen Menschen zu haben."

„Ja, einen Menschen zu haben", wiederholte Sophie die Worte ihrer Enkeltochter. „Es ist schon eine Gnade der Schöpfung, einen Menschen zu haben, dem man alle seine Sorgen ausbreiten kann, mit dem man sich gemeinsam freuen kann. Diese Freude war mir einige Jahre vom Schicksal vergönnt worden, wenn auch für eine viel zu kurze Zeit. Als dein Großvater von der Front in einen Genesungsurlaub nach Hause durfte, haben wir uns alle gefreut, dass wir ihn bei uns haben, obwohl er verwundet war. Zwei Wochen durften wir zusammensein, als er dann noch krank im Bett liegend von einem Sowjetmongolen mit zwei Schüssen getötet wurde. Ich wurde von demselben Mörder vergewaltigt, bevor ich mich im Holzschuppen verstecken konnte. Einmal noch in diesem Leben würde ich gern den Selbonger Friedhof besuchen, um mich von meinem geliebten Mann und von meiner Heimat für immer zu verabschieden. Dass ich das Kapitel meiner Vergangenheit abschliessen kann und mich endgültig der hiesigen Gegenwart stelle, die hiesigen Verhältnisse zu schätzen weiß und mein Herz endlich auch in Gedanken zur

Ruhe kommt. Es gibt genügend Tatsachen, die unseren Blick täglich aufs Neue erfreuen."

„Hier, Großmutter", unterbrach Charlotte und sagte weiter: „Hier haben wir gestern mit Susanne gesessen, wollen wir uns nicht auch hier setzen?" Und sie nahmen Platz auf der gleichen Bank von gestern. „Und nun, liebe Oma, bitte mäuschenstill. Hörst du , was der Wind uns erzählt? Ich höre es ganz deutlich. Und das Raunen der Wellen? Auch sie erzählen uns Geschichten aus dem Osten und dem hohen Norden. Kannst du dich noch erinnern, Oma, als du mit Wolfgang und mir hier Brennholz suchen gingst? Dabei durften wir nur wenig reden. Und wenn wir ganz brav waren, hast du uns abends vor dem Schlafengehen noch eine Geschichte über Mutti erzählt. Dann erzähltest du uns, dass sie ganz weit von uns weg wohnt und immer noch nicht kommen kann, weil die Bahngleise nach Sibirien beschädigt sind. Wenn diese wieder fertig sind, kommt unsere Mutti mit dem Zug und wir holen sie vom Bahnhof ab. Irgendwann nach Jahren hatten auch wir es verstanden, dass diese Gleise wohl für immer beschädigt bleiben. Und nun sind sie doch fertig und unsere Mutti ist hier."

„Ja, manches Mal werden auch Träume wahr", unterbrach Sophie ihre Enkeltochter. Doch Charlotte erzählte weiter: „Schau doch mal zu den Kronen der hohen Kiefern, sie bewegen sich kaum und trotzdem hören wir ein Rauschen. Als Kind stellte ich dir schon einmal die Frage, woher dieses Rauschen kommt. Deine Antwort kann ich heute noch genau wiederholen. Du sagtest, das sind die Elfen und Seenixen, die weit übers Meer zu uns gekommen sind. Hier haben sie nach langer Reise endlich das Ufer erreicht und beraten, was sie nun unternehmen werden."

„Ach, liebe Charlotte, du bist doch noch immer Kind geblieben. Wer sonst könnte das schöner erzählen, als du es soeben getan hast?"

Sie saßen noch eine Weile schweigend da, bis Susanne und Anna zu ihnen stießen, um dann gemeinsam den Rückweg anzutreten. An diesem Abend wurde noch viel geredet und Mitternacht war lange vorüber, als die Damen sich schlafen legten.

Am nächsten und letzten Tag des Inselaufenthaltes zeigte Anna ihrer Tochter Susanne noch einmal die Schönheiten der Natur hier am Ostseestrand. Charlotte waren alle Ecken und Flächen dieser Erde bekannt. Sie genoss diesen Tag am Strand in der Sonne. Leider verging dieser Tag am schnellsten. Gerade dieser Tag, den man doch so gern verlängern, gern festhalten würde, die Gegenwart festhalten mit all den Geschehnissen, mit den gemeinsamen Erlebnissen und Gesprächen, mit allem, was uns an diesem Tage erfreut hatte. Aber der Zeitenlauf ließ sich nicht für eine Sekunde anhalten und strebte vorwärts. Und riss uns in diesem Vorwärtsstreben mit sich, so lange, bis wir unsere Aufgabe erfüllt und unser Ziel erreicht hatten. Diese Weisheit hatte uns der große Goethe bereits vor fast 200 Jahren in einem seiner Verse gelehrt, in dem er sagte:

Unmöglich ists, den Tag dem Tag zu zeigen,
Der nur Verworrnes im Verworrnem spiegelt,
Und jeder selbst sich fühlt als recht und eigen,
Statt sich zu zügeln, nur am andern zügelt;
Da ists den Lippen besser, dass sie schweigen,
Indes der Geist sich fort und fort beflügelt.

„Geist zu beflügeln, diese Lebenskunst gelingt uns leider nur zu selten", fuhr Sophie fort, nachdem sie Goethe zitiert hatte. Und sie sagte weiter: „Doch unsere Lebenserfahrung hat uns allen gezeigt, dass wir den Versuch, uns zu beflügeln, nicht aufgeben sollten. Und dann gelingt uns auch vieles, wovon wir kaum zu träumen wagten. Oder hattet ihr vor fünf Jahren daran glauben können, dass wir uns heute hier treffen? Morgen fahrt ihr nach Berlin zurück, eure Mutter und ich bleiben hier. Was wir jetzt sagen und erleben, ist dann schon Vergangenheit. Aber es bleibt die Erinnerung an einige schöne Stunden. Und in diesen Erinnerungen werden wir mit euch leben. Und dieses Leben mit und in der Jugend gibt uns Kraft, Dinge hinzunehmen, die wir nicht ändern können. Und das Hinnehmen werdet auch ihr in eurem Leben lernen müssen, obgleich es keine leichte Aufgabe ist. Aber nun solltet auch ihr etwas sagen, denn meine Zeit ist weit überzogen und dabei habe auch ich mich ertappt, dass Ratschläge auch Schläge sind."

„Das sehen wir nicht so. Sage nur, Oma, was du zu sagen hast, denn morgen sind wir wieder auf der Heimfahrt. Auch für uns geht morgen eine schöne Zeit zu Ende. Die Zeit der Freiheit, der Erinnerungen und die Zeit der Träume vom Wiedersehen sowie die Freizeit", äußerte Susanne auf Großmutters Selbsterkenntnis.

Noch einmal gingen sie gemeinsam zum Strand, um zu sehen, wie der gewaltige Feuerball langsam im weiten Wasser untertauchte. Der Wind legte sich zur Ruhe, nur die Brandung schlug noch regelmäßig dem Strande zu und aus der Tiefe, weit über die polnische Grenze hinweg, stieg der Mond auf, um seine Nachtwache anzutreten. Gut gelaunt und zufrieden zogen sich auch die vier Frauen in ihre Wohnung zurück. Am nächsten Tage am späten Vormittag begleiteten Sophie und Anna die Töchter und Enkeltöchter zum Bahnhof. Trotz vieler Unterhaltungen gab es noch genügend Dinge zu besprechen. Der Abschied war kurz und schmerzlich, der Zug hielt, die Jungen stiegen ein, die ältere Generation blieb zurück, der Zug fuhr an – Winken mit feuchten und trockenen Taschentüchern, so lange, bis die lange Schlange aus dem Blickwinkel verschwunden war. Ein Besuch, ein Erlebnis und eine Begegnung waren Vergangenheit. Schweigend traten Anna und ihre Mutter den Heimweg an. An solche Situationen hatten sie sich mittlerweile gewöhnt, so verspürten sie auch keine Untergangsstimmung. Fröhlich scherzend trafen die Damen auch bald in ihrer Wohnung ein.

# Kapitel 8 – Susanne in Ostberlin

Sie saßen sich gegenüber am Fensterplatz. Ab und zu schaute eine oder auch die andere durch die etwas schmierige Fensterscheibe nach draußen, um von der vorüberhuschenden Natur für sich etwas einzufangen. Sie waren gerade vor zehn Minuten in diesen Zug eingestiegen, besser gesagt umgestiegen, und fuhren nun in Richtung Berlin. Da es kein Wochenende war und weder Ferienanfang noch -ende, war der Zug auch nicht überfüllt. Während dieser zehn Minuten Fahrt wurde kaum ein Wort gewechselt, ihre Gedanken weilten noch auf der Insel bei Mutter und Großmutter. „Die Fahrkarten bitte", klang es plötzlich ganz nah und die Geschwister wurden aus ihrem Traum gerissen. Der Schaffner prüfte die Fahrausweise und schloss hinter sich die Schiebetür des Abteils. Einige Minuten später hielt der Zug an einem Bahnhof in der Provinz und es stiegen bedeutend mehr Fahrgäste ein als aus. Und so ging es weiter, bis die Bahn gefüllt in die Endstation in Berlin einfuhr. Die Fahrt selbst verlief viel schneller als angenommen. Und sie war auch nicht langweilig. Zu einem vertraulichen Gespräch unter Geschwistern konnte es kaum kommen. Das Stimmengewirr der Fahrgäste nebenan ließ so ein Gespräch nicht zu. Und da besonders Susanne gern Menschen beobachtete, konnte sie hier ihrem Hobby getreu nachgehen. Doch nun waren sie in Berlin und warteten geduldig, bis die überfüllten Gänge leer wurden, um dann ohne Geschiebe den gemütlichen Fensterplatz zu verlassen. Charlotte winkte ein Taxi herbei und in wenigen Minuten waren die beiden Frauen am Ziel. Sie stiegen aus, das Taxi fuhr weg und die Geschwister verschwanden hinter der Außentür eines Wohnblocks.

Susanne fühlte sich in der Wohnung ihrer Schwester sofort heimisch. Während der Unterhaltung bemerkte Charlotte mehrmals: „Bei euch ist es bestimmt anders", worauf Susanne antwortete: „Anders wohl, ob besser, das ist eine andere Frage und schließlich bin ich hier, um meine Schwester zu besuchen und nicht, um verschiedene Dinge und Umstände zu bewerten." Diese Offenheit ihrer Schwester bewunderte Charlotte immer wieder.

Nach einem kurzen Aufenthalt in der Wohnung besuchten die jungen Frauen eine Operette, die sie nach der weiten Reise ermunterte, und so wurde noch eine Stunde fröhlich durch die Straßen gebummelt. Leider hatte auf der gesamten Bummelstrecke nur ein Straßencafé geöffnet und dort war jeder Platz besetzt, sodass sie bald müde in Charlottes Wohnung eintrafen und sich auch gleich schlafen legten.

Die Sonne stand bereits hoch am Himmel, als die Geschwister aufwachten. Nach einem feierlichen Frühstück wurde Ostberlin erkundet. Charlotte erklärte ihrer Schwester einige Sitten und Gebräuche des östlichen Stadtteils. Vor einem beachtlich großen Gebäude blieb Charlotte stehen und deutete auf die Aufschrift „Innenministerium“.

„Hier also bist du beschäftigt?“, fragte Susanne ihre Schwester, auf die gardinenlosen Fenster deutend.

„So ist es, Susanne, hier bin ich beschäftigt“, wiederholte Charlotte ihre Schwester.

„Und?“

„Sein Büro war das zweite Fenster von links im dritten Stock“, antwortete Charlotte ihrer Schwester, bevor diese ihre Frage aussprechen konnte. „Mein Büro ist ein Stockwerk tiefer zur anderen Seite.“

„Hinter diesen trostlosen Mauern also arbeitest du und auch er war dort beschäftigt. Ich zweifle daran, gesund denken zu können, wenn man mehrere Stunden täglich in diesem Gebäude verbringt. Jetzt, liebe Charlotte, verstehe ich auch deine Erklärung über Georg. Hier muss es doch sehr schwer sein, menschliches Mitgefühl zu entwickeln.“

„Ja, liebe Susanne, jedem von uns beschert das Schicksal einen anderen Weg. Was bleibt mir anderes übrig?“

„Aber du bist doch noch jung, Charlotte, und darfst dich doch nicht schon aufgeben, und wenn es auch nur der Beruf ist! Für dich muss es doch noch andere Dinge geben.“

„Du vergisst, wo ich tätig bin, Schwesterchen.“

„Ja, und wenn, macht es dir denn Spaß, hier zu arbeiten?“

„Wer arbeitet schon gerne? Aber danach wirst du nicht gefragt.“

Etwas bedrückt setzte Susanne ihren Spaziergang fort und Charlotte folgte ihr.

„Und vielleicht entschließt du dich doch, von hier zu fliehen?“, fragte die Westberlinerin ihre Schwester.

„Nein Susanne, lassen wir das noch, es sind ja noch Mutter und Großmutter hier und an mein Kind muss ich auch denken. Aber wieso bist du plötzlich so tiefsinnig geworden? Darf ich es erfahren?“

„Ja Charlotte, das darfst du. Ich denke über dich nach, wie fest entschlossen du deinen Weg gehen willst, und das finde ich großartig von dir.“

„Für Trostworte dieser Art bin ich immer dankbar“, erwiderte Charlotte, während sie sich von dem besagten Gebäude entfernten.

Sie gingen die lange, breite Straße entlang in Gedanken, ohne ein Wort zu wechseln. Den Straßenlärm und die hastenden Gestalten rechts und links, vorne und hinten bemerkten die Frauen kaum. Sie durchlebten ihre Sorgen, verbunden mit den Gedanken an die Vergangenheit. Die Wahrheit, dass ihr Verlobter in diesem hässlichen Gebäude beschäftigt war und auch ihre Schwester dort immer noch tätig war, versetzte Susanne in hoffnungslose Stimmung. Diesem Gebäude sah man an, dass es kalt und hungrig war, hungrig nach menschlichen Tränen, menschlicher Not und Schicksalen. Es wirkte wie ein Gerichtsgebäude, in dem nur Todesurteile gefällt wurden. Diese Empfindung wollte die Westberlinerin ihrer Schwester gegenüber nicht äußern. Sie hatte es auch ohnedies schwer genug. Und dann erinnerte sich Susanne – lebte sie vor einigen Jahren nicht auch in dieser Welt? Aber nein, obschon es harte Zeiten waren, hatte sie immer noch das Gefühl, Mensch zu sein, was in dieser grauen Diktatur wohl kaum möglich war. Dort gab es zwischen den Bestimmungen und Gesetzen noch ganz kleine Zwischenräume, aber hier war das Gesetz lückenlos und genau. Aber vielleicht schien es nur ihr als Besucherin so streng? Charlotte erklärte ihrer Schwester einiges über ihr tägliches Dasein in dieser Stadt und es wurde später Nachmittag, bis sie die Wohnung erreichten.

„Na, Schwesterchen, wie wirkt denn unsere Hauptstadt der Deutschen Demokratischen Republik auf dich?“

„Leider ist der erste Eindruck nicht gerade erbauend. Und trotzdem wäre es meinerseits nicht gerechtfertigt, eine Wertung vorzunehmen. Eins ist mir bewusst geworden, seitdem wir unsere Heimat besucht haben und die wahre Schönheit der Natur kennen lernen durften: Diesen Empfindungen kann weder eine Stadt im Osten noch eine im Westen standhalten. Es ist wohl Tatsache, dass ihr euch um das tägliche Leben mehr mühen müsst als wir. Ob diese Tatsache letztendlich im Geiste euch im Osten oder uns im Westen begünstigt, ist die große Frage, die wohl auch nicht einfach zu beantworten sein wird. Und diese Frage will auch gar nicht beantwortet werden. Es würden zu viele Antworten auftauchen, in denen die Frage selbst ersticken würde.“

„Es ist schon weise, was du da soeben geäußert hast“, lobte Charlotte die Auffassung ihrer Schwester und fuhr fort: „Solche Äußerungen erscheinen meist so nebenbei, doch ist die Wirkung dieser Worte oftmals bedeutend in unserem Denken und Handeln. Besonders für meine Person in meiner jetzigen Lage. Bei dir, liebe Susanne, ist es vielleicht leichter zu ertragen, da du zu jeder Zeit Wolfgang mit Maria und Benjamin in deiner Nähe hast. Und wie du bereits schildertest, sind sie für dich auch da, wann immer du sie brauchst. Allein das Gefühl, solche Menschen in seiner Nähe zu wissen, beruhigt doch, könnte ich mir vorstellen. Freunde und Freundinnen habe ich hier auch, doch für ernsthafte Gespräche gibt es kaum wen. Vor einigen Tagen, vor unserer Usedom-Reise, habe ich eine gute Freundin von mir verabschieden müssen. Sie ist freiwillig aus dem Leben geschieden. Nach dem Verlust dieser wertvollen Person sehe ich einige Dinge ganz anders. Sie zählte zu den Gebenden, ihr

Leben war erfüllt, wenn sie anderen eine Freude machen konnte. Obgleich sie selbst ärmlich lebte, konnte sie viel verschenken. Nach jedem Gespräch mit ihr war ich aufgebaut und gut gelaunt. Sie vermittelte ein zufriedenes und heiteres Wesen. Aber leider sah es in ihrem Inneren anders aus. Vier Worte schrieb sie auf ihren Abschiedszettel: Ich kann nicht mehr. Und da wurde mir bewusst, man kann nicht nur geben, sonst ist man irgendwann leer, wir brauchen auch Quellen, wo wir dann und wann nehmen dürfen. Durch meine Tätigkeit im Ministerium bin ich oftmals so abgestumpft, dass ich dann und wann einige stille Stunden benötige, um menschlich denken zu können. In solchen Situationen sind mir immer Mutter und Großmutter eine große Hilfe. Doch nicht jeder hat solche Helfer wie ich und da sieht es ganz anders aus. So habe ich bemerkt, dass einige aus meinem Bekanntenkreis krampfhaft versuchen, außer ihrer beruflichen Tätigkeit irgendeinem Kreis anzugehören. Doch wer will es ihnen verübeln, wir wollen uns alle doch irgendwo anlehnen."

Nachdenklich hörte Susanne ihrer Schwester zu, und als diese für wenige Sekunden schwieg, führte sie die Unterhaltung fort und sagte: „Deine Beobachtung und Feststellung trifft auch auf mein Umfeld zu. Die Bemerkung: ‚Ich kann nicht mehr', höre ich oft genug auch in meinem Umkreis. Und vielleicht nicht weniger als bei euch im Osten. Es könnte eventuell daran liegen, dass oftmals vom Leben bedeutend mehr erwartet wird als notwendig und auch mehr, als uns die jeweiligen Umstände geben können."

In der Wohnung bei Charlotte wurde bis in die Nacht hinein geredet, denn wer wollte es wissen, wann und ob sich die Geschwister wiedersahen. Susanne schwärmte von einer nächsten Reise nach Ostpreußen, dagegen hatte Charlotte erst einmal die Nase voll. Obwohl das Verhalten von Jan mit dem schönen Land nicht viel zu tun hatte, wollte sie doch noch Abstand nehmen.

Einen Tag noch hat Charlotte dienstfrei und diesen nutzte und genoss sie ausgiebig mit ihrer Schwester aus dem Westen. Am späten Nachmittag begleitete sie dann Susanne bis zum Mauerdurchgang in den Westen. Was zu sagen war, hatten sie sich lange davor gesagt und so war es ein fast wortloser Abschied. Susanne passierte die bewaffneten Grenzbewacher und winkte noch kurz im Rückblick, Charlotte winkte zurück. Wie so oft im Leben, so wurde auch dieser lang ersehnte Besuch in das Regal der Vergangenheit gelegt. Morgen würde wieder der graue Alltag beginnen, überlegte Charlotte, doch war sie froh gestimmt und voller Energie, ihren Dienst anzutreten. Die wenigen Tage auf Usedom bei Mutter und Großmutter, die Unterhaltung mit Herrn Falter und letztendlich der krönende Abschluss mit ihrer Schwester Susanne, das alles ließ sie froh gelaunt den Weg zurück in ihre Wohnung antreten. Es waren ein paar schöne Tage im Leben, die sie zu schätzen wusste.

# Kapitel 9 – Wolfgang und Familie

Es war Donnerstag, später Nachmittag. Nach dem Visitenrundgang durch die Station lehnte sich Wolfgang im Dienstzimmer in seinem Sessel zurück. Der mehrstündige Eingriff bei einem seiner Patienten hatte ihm, wie so oft bei solchen Operationen, viel Kraft und Anstrengung abverlangt. Und so genoss der Chirurg jetzt diese kurze Zeit der Entspannung und innerlicher Ruhe, an die er sich wieder gewöhnen musste. Mit seinen Gedanken war er schon bei Maria und Benjamin. Heute war ein besonderer Tag, seine Schwester Susanne kehrte von einem Besuch aus dem Osten zurück, so gab es von seiner Verwandtschaft in Ostdeutschland sicher viel zu hören. Und dieser Gedanke ermunterte ihn. Er erhob sich, um das Umkleidezimmer aufzusuchen. Es klopfte an der Tür, Schwester Tamara stürzte aufgeregt ins Zimmer. „Gut, dass Sie noch hier sind, Doktor, soeben wurde ein Unfallopfer eingeliefert." Vergessen war die Erschöpfung, seine Gedanken waren sofort wieder hier, hier im Krankenhaus, wo es um Menschenleben ging. Es wurden sämtliche Maßnahmen eingeleitet. Glücklicherweise waren es diesmal nur ein einfacher Oberarmbruch und einige Prellungen mit Platzwunden. Trotzdem konnte Wolfgang erst zwei Stunden später in seinem Sessel Platz nehmen, um den Tag noch einmal gedanklich Revue passieren zu lassen. Obgleich es solche Tage wie heute immer wieder gegeben hatte und geben würde, war Wolfgang mit seiner Wahl zufrieden. Der Beruf füllte ihn aus und war sein Leben. Denn wer kam an das Innere des Menschen näher heran als ein Chirurg? Welcher Arzt kannte den inneren Menschen besser als er? Wie oft hatte er ein Menschenherz zum Leben erweckt? Wer gibt denn oftmals Theaterkarten ab, um in dieser Zeit und den Stunden danach Menschenleben zu retten? Diese Gedanken an den Verzicht auf viele Bequemlichkeiten erfüllten ihn mit einem inneren Gefühl der Freude über seine Leistungen. Bei solchen Überlegungen erinnerte sich Wolfgang an die Sprüche seiner Großmutter, die ihn ermahnte: „Überlege es dir gut, mein Junge. Wenn du an erster Stelle an das Geld denkst, dann werde Generaldirektor einer Versicherung, und wenn es dir um das Prestige geht, werde Politiker. Ist es aber dein wahres Bestreben, Menschen zu heilen, dann wird dir im Beruf des Arztes nur selten etwas nicht gelingen." Und wie viel Wahrheit in Großmutters Worten steckte, davon konnte sich der junge Chirurg mehrmals überzeugen. Er erhob sich und zog sich um. Bevor er die Station verließ, schaute er noch einmal in die Intensivstation. Nachdem er sich überzeugt hatte, dass hier alles planmäßig verlief, schaute er noch einmal auf die Uhr – es war 21.30 Uhr.

„Wieder mal spät geworden, Herr Doktor?", empfing ihn der bekannte Taxifahrer, zu dem Wolfgang in das Fahrzeug stieg.

„Bis zur Geisterstunde ist es trotzdem noch viel Zeit", antwortete Wolfgang lächelnd.

„Wir wollen nicht hoffen, dass ich Sie auch irgendwann um die Geisterstunde abholen muss", scherzte der Fahrer. Danach hüllte sich Wolfgang in Schweigen.

Es war ein warmer sommerlicher Abend. Um diese Zeit waren die Straßen der Weltstadt nicht ganz so befahren, so kamen sie auch schnell in der Danckelmannstraße an. Wolfgang stieg aus, verabschiedete sich und der Taxifahrer fuhr weiter, er hatte noch einige Stunden Nachtschicht vor sich. Merkwürdig, überlegte dieser, wie unterschiedlich die Menschen doch sind. Neben Wolfgang kannte er hier auch andere Mediziner, die er oftmals nach Hause beförderte. Da kannte er einen jungen Internisten, der immer ganz aufgeregt war, wenn er auf der Station einen berühmten Staatsmann oder Künstler betreuen durfte. Oftmals nur nebenbei als Hilfskraft, jedoch könnte man annehmen, er sei an diesem Tag die wichtigste Person im Krankenhaus. Dann gab es einen Arzt, der immer nur den Menschen schilderte, und man erfuhr nie, wer es gewesen war. Ja, und dann solche wie Wolfgang, der nur schwieg und von dem man oftmals denken könnte, er ginge lieber zu Fuß, als untätig im Taxi zu sitzen. Da winkte auch schon ein neuer Fahrgast, der irgendwohin wollte. Wohin, würde er gleich erfahren.

In seiner Wohnung wurde Wolfgang von Maria herzlich empfangen. Auch sie hatte sich längst an die unbestimmten Zeiten gewöhnt. Er fragte, ob Susanne aus dem Osten zurück sei und ob es ihr dort gefallen hätte. Daraufhin berichtete Maria, dass seine Schwester nur kurz dagewesen sei und am anderen Tag kommen wolle, damit er ihre Schilderung von Anfang bis Ende auch mithören konnte. Es hätte ihr sehr gut getan, Mutter mit Großmutter und Schwester nach langer Zeit wiederzusehen. Die politischen Umstände hätten sie nicht besonders gestört, andererseits hätte sie außer ihrem Ziel, die Verwandtschaft zu besuchen, alles andere außer Acht gelassen. „Das war sehr klug von meiner Schwester, denn heute wäre ich wohl kaum in der Lage, wichtige Mitteilungen aufzunehmen, geschweige denn, diese zu behalten. Es ist schon interessant, dass man nur ein gewisses Potential an physischen sowie seelischen Kräften besitzt, das bei bestimmter Anstrengung irgendwann zur Neige geht, und man einfach leer ist. Besonders wenn körperliche und seelische Kapazitäten gleichzeitig in Anspruch genommen werden, der Einsatz bedeutend ist, so sind die Reserven bald ausgeschöpft. Dazu zählt noch die Bedeutung der anstrengenden Tätigkeit. Wenn ich daran denke, an welch dünnem Faden man oftmals das Leben eines Menschen festhalten muss, ist es doch erstaunlich, dass dieser Seidenfaden nicht gerissen ist trotz der riesigen Belastung. Aber das Gefühl der Genugtuung danach, welches mich in unbeschreiblicher Weise für viele andere Anstrengungen entschädigt. Man ist dann von einem Applaus erfüllt aus einer unbekannten Welt, der zwar nicht so laut und stürmisch ist wie der sichtbare, in seiner Wirkung aber diesen bei weitem übertrifft."

Solche und ähnliche Feststellungen und Bemerkungen aus seiner Berufswelt schilderte Wolfgang seiner Ehefrau fast täglich, wenn er wieder zu Hause war. Maria hörte ihm gern zu und unterstützte ihn in Gedanken in seiner verantwortungsvollen Tätigkeit. Kurz vor Mitternacht erloschen die Lampen bei Familie Kulinna, und kaum hatte Wolfgang sein zweites Bein unter die Bettdecke gezogen, da schwebte er auch schon in den Träumen.

Als am nächsten Morgen die ersten Sonnenstrahlen durch das geöffnete Fenster in die Wohnung schienen, war Maria bereits auf den Beinen. Diese Zeit der Stille genoss die junge Frau in besonderer Art und Weise. Dies war ihre Welt und ihr Leben. Obgleich die Medien täglich ihre Richtlinien in Politik, Wirtschaft und Religion setzten, hatte Maria ihre Ordnung, der sie auch treu bleiben wollte. Es war ihr bewusst, dass sie diejenige war, die in dem kleinen Kosmos ihrer Familie für Ruhe und Frieden sorgte. Was nicht immer ein leichtes Spiel war. Doch mit voller Unterstützung ihres Mannes wurden die Unstimmigkeiten auf ein Minimum beschränkt. Da Wolfgang spätestens um acht Uhr in der Klinik sein wollte, war es immer angebracht, davor noch am Frühstückstisch ein paar Worte zu wechseln.

Auch dieser Tag blieb dem Sommer treu. Er erfreute die Berliner mit herrlichen Sonnenstrahlen. Susanne genoss diesen letzten Tag ihrer zehntägigen Freizeit. Ab morgen ging es wieder ab ins Theater, und da die Kunst bekanntlich den Staub von der Seele wusch, fühlte sie sich dort gut aufgehoben. Nach ihrer mehrtägigen Abwesenheit ordnete Susanne ihren Haushalt, um danach durch die Straßen in Richtung Charlottenburg zu schlendern. Beeilen musste sie sich nicht. Auf halbem Wege zu ihrem Ziel entdeckte sie etwas abgelegen eine Bank unter einer Linde. Hier ließ sich Susanne nieder, um das Treiben und Hasten der Großstadtmenschen zu beobachten. Ganz in ihrer Nähe machten drei Herren Halt und packten ihre Instrumente aus, um zu spielen und zu singen. Es waren die Klänge sanfter Zigeunermusik, die auf die Zuhörerin beeindruckend wirkten. Dabei versuchte Susanne gedanklich in ihrer Lage eine Linie zu schaffen, doch wie sie es auch anstellte, merkte sie später, dass es falsch war. Über eine halbe Stunde hatte sie auf der Bank gesessen, geträumt und überlegt. Letztendlich musste sie mit allen Überlegungen der Realität weichen und ihren Spaziergang fortsetzen.

In der Wohnung ihrer Verwandten angekommen, wurde Susanne wie immer herzlich begrüßt. Wolfgang war schon da und so schien es ein schöner Spätnachmittag zu werden. Als die kleine Runde gemeinsam auf dem Balkon Platz genommen hatte, begann die Besucherin mit ihrer Schilderung,

„Wie euch bekannt ist, hatte ich mich auf diese Reise auf die Insel sehr gefreut. Und wie ich heute sagen kann, war diese Vorfreude berechtigt. Andererseits war ich bei der Abreise von hier etwas aufgeregt und ich hatte ein wenig Angst, was auch berechtigt war, wie ich im Nachhinein feststellen musste. Denn schließlich bin ich aus einem Land der Diktatur geflohen, und wie man dort behandelt wird, musste ich zur Genüge erfahren. Schon an der Mauer beim Einreisen ist ein Beamter mit meinem Ausweis verschwunden, um erst nach zehn Minuten wieder damit zu erscheinen. Dazu die vielen dummen Fragen. Die Fahrt selbst war schön, besonders die schöne Landschaft, die gleich hinter Berlin beginnt. Doch dann gesellte sich ein junger Herr zu mir, dessen Gesicht mir bekannt schien, doch ist es mir bis heute nicht eingefallen woher. Natürlich haben sich Mutter und Großmutter über mein Erscheinen sehr gefreut. Eine angenehme Überraschung habe ich erlebt, als mich in der Wohnung meine Schwester begrüßte. Die Wohnung brauche ich euch nicht zu schildern, die kennt ihr besser als ich. Doch wie groß war die Verwunderung, als wir bei einem Spaziergang durch den Ort dem Herrn aus meiner Bahnbekanntschaft begegneten. Und umso größer war mein Staunen, dass auch Charlotte ihn vom Sehen kannte. Auch Mutters Verehrer, Herrn Falter, lernte ich kennen und freue mich für Mutti, dass sie so einen Menschen gefunden hat. Von Herrn Falter konnten wir sehr interessante Tatsachen erfahren.“ An dieser Stellte wiederholt Susanne die Schilderungen von Herrn Falter über die Verschleppung nach Russland. „Dass Großmutter ihren Wohnsitz gerade dort gewählt hat, ist nun wirklich großartig. Vor allem die Weite der Ostsee, die untergehende Sonne und der aufgehende Mond ließen mich vor Staunen fast erstarren. Diese Schönheit der Natur, die mich an unsere Heimat erinnerte, als wir den Untergang der Sonne über Innulzen und Schnittken beobachteten. Diese Bilder warfen mich in die Vergangenheit zurück und erinnerten mich zugleich an unsere Erlebnisse im Masurenland. Leider verging diese schöne Zeit viel zu schnell. Und so bin ich gemeinsam mit Charlotte nach Ostberlin gefahren. Es waren zwei schöne Tage bei unserer Schwester. Sie braucht momentan mehr Unterstützung als ich. An dieser Stelle muss ich euch von Charlottes Schicksal erzählen.“ Sie berichtete über die Schwangerschaft ihrer Schwester und die Trennung von Jan sowie von den Ursachen, welche die Trennung herbeigeführt hatten. „Und trotz der wunderbaren Natur, der schönen Wälder und des weiten Meeres spürte man doch die Diktatur des Staates, man spürte es, beobachtet zu werden. Die uniformierten Gestalten, die sausenden Patrouillenboote und die sichtbaren Waffen, die uns daran erinnern sollten, wer dort das Sagen hat, all das engte doch ein und hemmte im täglichen Dasein. Und so wurde ich dort nicht nur an die schöne Natur in unserer Heimat erinnert, nein, auch an die grauen Tage meiner Jugend und Kindheit. Auch musste ich an die Geschichte von

Dieter denken, die uns Martin erzählte. Während ich am Grenzübergang und am Meer die unformierten, bewaffneten Leute herumlaufen sah, kam mir diese Lebensgeschichte doch sehr verständlich vor, während sie hier erzählt mir sehr weit und kaum denkbar schien. Ich habe Mutter und Großmutter eine Einladung hinterlassen, die ich für alle Fälle mitgenommen hatte. Ich habe im September noch einige Tage Urlaub, so könnte ich mich gern mit ihnen beschäftigen. Ich hoffe, euch die wichtigsten Erlebnisse meiner Reise geschildert zu haben und auch in den einzelnen Dingen genau gewesen zu sein."

„Das warst du mit Sicherheit, liebe Susanne", versicherte Wolfgang seiner Schwester und fügte hinzu: „Wenn du uns etwas Falsches erzählt oder auch ein Erlebnis zweimal geschildert hättest, hätten es unsere Ohren sofort bemerkt. Damit ist es genauso wie mit einem falschen Ton in der Musik. Doch was du uns gerade über Charlotte berichtet hast, ist nicht gerade erbaulich. Dabei schien es viel versprechend anzufangen."

Es wurde noch lange über Charlotte und über Herrn Falter geredet, auch wurde ein Plan für die nächste Reise ins Masurenland gefasst. Obwohl diese erst im nächsten Jahr stattfinden sollte, war Vorfreude angesagt. Wenn diese Vorfreude für Susanne auch sehr begrenzt war, solange sie von Georg keine Nachricht hatte. Diesmal würden Maria und Benjamin mitkommen, worauf sich alle freuten. Der Abendhimmel war bereits mit Sternen übersät, als Susanne sich verabschiedete.

In ihrer Wohnung eingetroffen, musste sie über den Ablauf der letzten Tage nochmals nachdenken. Die Fahrt, der Aufenthalt, die Bekanntschaft mit Herrn Falter und nicht zuletzt die Gespräche und stundenlangen Unterhaltungen auf der Insel, all das war interessant zu erleben und zu hören. Leider konnte sie über das Erhoffte nur sehr wenig erfahren. Und nun war sie allein. Und der Mensch blieb letztendlich immer nur allein. Man wachte morgens auf, begann den Tag hoffnungsvoll oder auch mit einigen Zweifeln, den Tagesaufgaben gewachsen zu sein. Und dann am Abend waren wir zufrieden oder enttäuscht. Über uns selber oder über die uns nahestehenden Personen, über die Gesellschaft oder das Schicksal, welches wieder mal unsere Hoffnungen in den Wind geschlagen hatte. In diesem Rhythmus vergingen Tage, Wochen, Monate und Jahre. Die Zukunft wurde Gegenwart und genauso schnell wurde die Gegenwart zur Vergangenheit. Morgen würde sie ins Theater gehen, ihre Rolle spielen, über Tatsachen singen, Schicksale und Träume, am späten Abend in ihre Wohnung kommen und wieder allein sein. Wehmut breitete sich in ihrem Herzen aus, doch sehr bald merkte Susanne, dass ihr diese Art Überlegungen nicht weiterhalf. Sie kehrte mit ihren Gedanken auf den Boden der Tatsachen zurück und bereitete sich auf morgen, auf das Theater vor.

# Kapitel 10 – Georg

Körperlich geschwächt, seelisch erschöpft in Gedanken resignierend schlug ein Mann die riesige Eingangstür des Ministeriums hinter sich ins Schloss und bewegte sich in Richtung Parkplatz. Sein Gang wirkte schleppend, langsam und müde. Als er die Straßenlaterne passierte, war er deutlich zu erkennen: Es war Georg. Es war ein sommerlicher Abend Ende August. Der Himmel mit den unzähligen Sternen verkündete eine warme Sommernacht. Es ging auf Mitternacht zu und auf den Straßen tummelte sich trotz später Stunde eine Vielzahl verliebter Pärchen, die diesen traumhaften Abend genossen. Wehmütig schaute Georg diesen Leuten nach. Blass und abgemagert war sein Gesicht und so war auch sein Inneres. Auf dem Parkplatz an seinem Wartburg angelangt, lehnte er sich an die linke Vordertür des Fahrzeuges, um nochmals auf die spazierenden Leute zu schauen. In der Rechten die Pkw-Schlüssel fest umklammert, rieb sich der Geheimagent mit der Linken seine trüben Augen. Noch konnte er nicht davonfahren, zu sehr war er innerlich zerrüttet und das zweistündige Gespräch mit dem Oberst hatte ihn völlig aus der Fassung geworfen. Solche Befehle und Anweisungen wurden fast immer am späten Abend oder nachts erteilt, nämlich dann, wenn der übrige Stab der Mitarbeiter das Gebäude verlassen hatte. So versuchte Georg zumindest für kurze Zeit die Gegenwart zu verdrängen und holte in Gedanken die Vergangenheit hervor. Wie kam er eigentlich dazu, dass er sich zu dieser Art Tätigkeit entschlossen hatte? Damals, im Jahre 1945, als seine Mutter nach kurzer schwerer Krankheit verstorben war und er mit seinen zwei älteren und einem jüngeren Bruder in Lötzen ins Heim gesteckt wurde und sie gezwungen waren, die deutsche Sprache zu vergessen, und nur noch polnisch reden durften, obwohl sie davon anfangs kein Wort verstanden. Als er dann später von seinen anderen Brüdern getrennt wurde und diese nur noch selten gesehen hatte. Dann später an der politischen Akademie, als er einen gleichaltrigen Schüler kennen lernte, der dann auch sein Freund geblieben war. Als er in dieser Ausbildungszeit von seinem Vater aus dem Westen Briefe erhielt, die er nicht lesen konnte, weil sie in deutsch geschrieben waren. Aber sein Freund, der ein Zuhause und auch Eltern hatte, die ihn unterstützten und von denen er auch die deutsche Sprache beibehalten hatte, dieser hatte ihm des Vaters Briefe vorgelesen und die Antwort geschrieben. Als ihm dann Ende der Fünfzigerjahre sein Vater Nylontücher und Strumpfhosen aus dem Westen schickte, die er seinen Vorgesetzten für deren Frauen schenkte, um damit Privilegien zu erwerben. Ja, und dann das verlockende Angebot, eine Dienstreise ins Ausland an den Balaton zu unternehmen, um dort das Verhalten einiger Regierungsbeamter zu beobachten und darüber einen Bericht abzuliefern. Und das alles im Auftrag und für gute Spesen. Ja, damals fing es an und danach kam es Schlag auf Schlag. Seminare an der Militärakademie, Dienstreisen nach Moskau und Ostberlin, weil er die deutsche Sprache doch nicht ganz vergessen hatte und diese mit seinen Brüdern bei jedem Treffen heimlich übte. Immer tiefer sank er in den Sumpf der geheimen politischen Machenschaften, ohne sich darüber bewusst zu sein. Durch die zahlreichen politischen Seminare über Imperialismus, Kapitalismus und Marx und Engels hatte er damals schon den Faden zur Wahrheit und Wirklichkeit verloren. Er fand sein Dasein in einer verlogenen Welt, die er bis heute noch nicht verlassen hatte und der er weiterhin diente und Gehorsam schenkte. Aber wieso erkannte er das erst jetzt, nach so vielen Jahren dieser Arbeit? Aber auch dies wusste Georg zu begründen. Es war der bequeme, einfache Weg, den er gegangen war. Das bequeme, sorglose Leben, die reichlichen Spesen und vieles mehr. Wenn ein Mensch aus ärmlichen Verhältnissen kam, wie es bei ihm der Fall war, und später in eine Wohlstandsgesellschaft geriet, hörte er auf zu denken und hatte auch nicht das Bedürfnis nach einer tieferen Überlegung, und das war so bei ihm. Solche und ähnliche Gedanken erinnerten Georg an die Vergangenheit. Er öffnete die Fahrzeugtür und schlug sie, wütend über sich selbst, von innen zu. Bis zum Hotel in Poznan hatte er noch einige Stunden Fahrt vor sich. Als er die Autobahn in Richtung polnische Grenze erreichte, war es fast zwei Stunden nach Mitternacht. Er wurde müde und steuerte den nächsten Parkplatz an, um eine kurze Schlafpause einzulegen. Und trotzdem konnte er nicht sofort einschlafen. Der Gedankenfluss von vor zwei Stunden hatte ihn immer noch nicht verlassen und hielt weiterhin an. Als er vom Oberst nach Berlin zurückbeordert wurde, beschlich Georg die stille Hoffnung, das Gebiet Polen wäre fürs Erste erledigt. Als er vor fast anderthalb Jahren den Auftrag erhielt, in Polen tätig zu werden, sollte es nur für kurze Zeit sein. Aufgrund der Unruhen, ausgelöst durch die Arbeiterbewegung in Polen, sollte der ungehorsame Nachbar in geheimer Mission überwacht werden, damit er dem ostdeutschen Staat nicht gefährlich werden konnte. Georg erhielt Order, im ehemaligen Ostpreußen zu prüfen, wieso so wenig deutschstämmige Bewohner ihre Heimat verließen und nicht nach Ostdeutschland, sondern unaufhaltsam nach Westdeutschland ihre Anträge stellten, obwohl für den Osten geworben wurde. Verschiedene politische, religiöse sowie wirtschaftliche Bewegungen sollten von Georg in dieser Region überprüft werden. Trotz intensiver Anstrengungen vonseiten der Regierung und der Partei war es nicht gelungen, die Bauern in Produktionsgenossenschaften zu organisieren. Die wenigen, die vor Jahren entstanden waren, fielen nach kurzer Zeit wieder auseinander. Also ein umfangreiches Betätigungsfeld für den Geheimagenten. Für Georg war es auch interessant, all diese Dinge zu ergründen und mit zu erfahren. Das Gemeine und kaum Erträgliche an der Sache war die Geheimnistuerei. Wie bei allen Aufgaben, so auch hier, durften von Georgs Erkundungen weder Freunde noch Familienangehörige erfahren, wo er sich aufhielt und was er tat. Vergeblich hatte er Anträge gestellt, ihm eine andere Tätigkeit zuzuordnen. Seine Berichte lieferten gute Arbeit und spiegelten genau die Stimmung aller Gesellschaftsschichten der beobachteten Region wider. So konnte Georg genau untersuchen und feststellen, dass die polnischen Behörden ernsthaft bemüht waren, die restliche deutschstämmige Bevölkerung im Masurenland und Ermland zu behalten. Durch erschwerte Gesetze und monatelange Bearbeitungszeit der Ausreiseanträge sowie nur eine Annahmestelle dieser Anträge für den ganzen Bezirk Allenstein wurde alles getan, um den Menschen die Lust zum Ausreisen zu verderben. So waren dann die Antragsteller bereits einen Tag zuvor nach Allenstein angereist, um sich am späten Abend vor dem Passbüro in die Warteschlange zu stellen. Leider waren durch diese Praktiken der Behörden entgegengesetzte Ergebnisse erzielt worden. Korruption und Bestechungen nahmen überhand, und wer bezahlen konnte, erhielt die Ausreise in den Westen bewilligt. In Gesprächen mit diesen Menschen konnte Georg erfahren, dass einige, besser gesagt die Mehrheit, bereits sieben Absagen erhalten hatten. Auf seine Frage, wieso sie nicht in den Osten ausreisen wollten, kam immer die gleiche Antwort: „Dann können wir auch hier bleiben." Rentner und berufs- oder erwerbsunfähige Personen konnten jederzeit auswandern. Dieses waren die Tatsachen, die der Agent genau erfasst und berichtet hatte. Auch hatte er erkannt, dass die politischen Unruhen weder von der Landbevölkerung noch von den Studenten herrührten, es war fast allein die Arbeiterklasse in den Großstädten, die diesen Zustand provozierte. Diese Dinge zu sehen und zu erkennen, war sein Beruf. Doch darüber hinaus hatte Georg eine andere Welt entdeckt und diese beschäftigte ihn besonders in solchen Momenten der Verzweiflung. Seit seinem gemeinsamen Aufenthalt mit Susanne in seiner Heimat überlegte er viele Erkenntnisse zweigleisig. Es handelte sich einmal um die Wirklichkeit und zum anderen um die Wahrheit. Diese selbstbewusste Frau hatte in seinem inneren Leben eine Wende eingeleitet, was sein Denken und oftmals sein Handeln stark beeinflusste. Diese Person hatte ihn bereits vor Jahren, als er ihr zum ersten Mal in Moskau auf dem Bahnsteig als 17-Jährige begegnete, beeindruckt. Damals schon entstand zu dieser Frau ein Empfinden, das sich wie ein Faden durch Jahre hinweg schlängelte und bis heute immer noch bestand. Es war ein Faden der Zusammengehörigkeit, der sie immer wieder irgendwo zusammenführte. Bis zur Verlobung auf der Insel am Inulzer See. Dann nämlich hatte

Georg in stundenlangen Gesprächen, begleitet von liebevollen Blicken und Zärtlichkeiten, deutlich erfahren und erkannt, was ihn an Susanne so faszinierte. Es waren die äußerliche Stärke und die innerliche Schwäche dieser Frau. Vor allem die Schwäche, die zu erkennen nur ihm vorbehalten war. Zum ersten Mal konnte er damals erfahren, dass es außer dem täglichen Streben, Jagen und Hetzen eine andere Welt gab, eine Welt der gegenseitigen Achtung, des gegenseitigen Vertrauens, und dass die Wahrheit von der täglichen Wahrheit weit entfernt war. Bis zu diesem Zeitpunkt war Georg den Richtlinien der Geheimagenten treu geblieben, dass man sich nie ernsthaft verlieben sollte. Ab diesem Heimatbesuch musste er feststellen, dass sich sein Leben ändern musste. Um dieses Ziel in die Tat umzusetzen, brauchte er Geduld und Hoffnung. Anfangs hatte er vermutet, seinen Dienst in Polen nach einigen Monaten beendet zu haben, doch nun waren es bald zwei Jahre und wer weiß, wie lange noch. Susanne hatte er in einem Brief mitgeteilt, dass er für unbestimmte Zeit verreise und sich melden würde, wenn er über seinen Verbleib Klarheit bekäme. Leider ließ diese Klarheit bis heute auf sich warten. Als er jetzt nach dem Gespräch mit dem Oberst immer noch keine Antwort bekommen konnte, war Georg gezwungen, von Polen aus zu handeln, doch wie er das durchführen sollte, überließ er einem anderen Tag. Mit diesen Gedanken schlief er halb liegend, halb sitzend in seinem Wartburg ein.

Als er erwachte, dämmerte es dem Morgen entgegen und die Transitstrecke in Richtung Frankfurt/Oder wurde immer belebter. Schnell reihte er sich in den Strom der Fahrzeuge ein und fuhr in Richtung Osten, der aufgehenden Sonne entgegen. An der Grenze herrschte reger Verkehr. Es war zu beobachten, dass auffallend viele Lastwagen die Grenze passierten bzw. vor der Grenze auf ihre Abfertigung warteten. Das deutete auf einen regen Warenaustausch zwischen Ost und West. Um hier nicht aufzufallen und einen Privilegierten zu spielen, wartete Georg geduldig in der Schlange, doch als ihn ein Grenzer von der gestrigen Hinfahrt erkannte, winkte ihn dieser aus der Reihe und Georg konnte weiter in Richtung Poznan fahren. Dort im Hotel eingetroffen, schlief er erst mal einige Stunden. Das warme Sommerwetter nutzend, schlenderte er durch den Stadtpark, dabei Pläne für die Zukunft schmiedend. Es war ihm bewusst, dass er beides nicht verbinden konnte. Entweder er blieb beim Geheimdienst und schrieb Susanne einen Abschiedsbrief oder er riskierte alles inklusive seines Lebens und entschied sich für ein Leben mit Susanne. Dabei überlegte er, was passieren würde, wenn er sich für das Letztere entschlösse und wenn er nach allen überstandenen Risiken vielleicht glaubte, alles geschafft zu haben, seine Geliebte dann vielleicht längst mit einem anderen Mann lebte? Wozu sie doch die volle moralische und gesetzliche Befugnis hatte. Solche und ähnliche Überlegungen quälten Georg den ganzen späten Nachmittag. So fragte er sich, wieso er eigentlich von Polen nach Ostdeutschland umgesiedelt war. Es wäre jetzt doch leichter, aus Polen in den Westen zu reisen – wenn auch durch die Hintertür – als aus Ostdeutschland. Aber wieso könnte er jetzt nicht von hier, von Polen aus, in den Westen? Eine Flucht bliebe ihm so oder so nicht erspart und einen anderen Namen hatte er auch so im Reisepass eingetragen. Doch zuallererst würde er prüfen müssen, ob Susanne noch auf ihn wartete. Gleich morgen würde er Susanne einen Brief schreiben, das Risiko eingehend, dass dieser von einem Postboten in Berlin abgefangen würde. Länger durfte er nicht mehr warten.

Am Abend besuchte Georg noch ein Theaterstück in Poznan, um am nächsten Morgen nach Allenstein zu fahren. Sein Entschluss stand fest, diese Art Tätigkeit konnte er nicht sein ganzes Leben ausüben. Er wollte das andere Leben leben, diese Welt, die ihm Susanne offenbarte, die Welt der Natur mit allen durch die Schöpfung geschaffenen Werken. Ein Leben, in dem man ständig hinter sich schauen musste, ob man nicht doch verfolgt oder beobachtet würde, war eigentlich kein Leben. Denn das Größte für uns Menschen ist doch die Freiheit, egal unter welchen Umständen, ob das in der Heimat oder in der Fremde ist. Denn überall, zu jeder Zeit und an jedem Ort wird unsere Freiheit beschränkt und missachtet. Noch nie in seinem Leben hatte Georg eine Person gesprochen, die in ihren Schilderungen die Tatsachen auf die Protagonisten/den Protagonisten bezog. Es wurde alles auf die eigene Person bezogen und somit verlangt, dass alle so denken sollten, wie er es sah. Und sich dagegen zu wehren, war ein lebenslanger Prozess, es sei denn, man lebte wie Robinson Crusoe auf einer Insel. In dieser Hinsicht war Susanne ihm weit voraus. Übrigens hatte er diese Art zu überlegen von ihr. Und das war jetzt seine große Hoffnung – irgendwo im Leben das Glück zu erfahren, mit einer Partnerin wie Susanne zu leben, die ihm aus dieser anderen Welt berichtete, aus der Welt der Kunst, der Poesie und der Muse, um dann gemeinsam diese Welt zu leben und zu erleben. Dass es bis dahin noch ein weiter Weg war, darüber war sich der Agent bewusst und trotzdem wollte er diesen Weg so schnell wie möglich antreten. Als er nach dem Theaterbesuch noch die Hotelbar aufsuchte, war es fast zehn Uhr abends, so begab er sich auch gleich nach einem Glas Bier zu Bett. Den Kopf voller verschiedener Gedanken, schlief Georg endlich ein.

Am nächsten Tage nach dem Frühstück fuhr er sofort nach Allenstein. Diese Stadt erlebte besonders in den letzten zehn Jahren eine rasante Entwicklung. Durch den Bau und die Entstehung einer großen Reifenfabrik nahm die Einwohnerzahl relativ schnell zu. Es entstanden Wohnblöcke und Kaufhäuser sowie alles, was dazugehörte. Es kamen Leute aus veschiedenen Regionen des Landes, um hier einen Arbeitsplatz und eine ständige Bleibe zu finden. Begünstigt durch die Schönheit der Natur, war das ehemalige Ostpreußen Anziehungspunkt für viele Polen aus dem ganzen Lande. Diese Tatsache nutzte Georg für seine Informationen aus ganz Polen. Die Zahl deutschstämmiger Einwohner schrumpfte zusehends. Im Masurenland wurden die leeren evangelischen Kirchen von der katholischen Bevölkerung übernommen, dem Kirchspiel Nikolaiken wurden die Nachbargemeinden angeschlossen und auch die Mormonenkirche übernahm die katholische Gemeinde in Selbongen, da die Mormonen in den Westen ausgewandert waren. Es war früher Nachmittag, als sein Wartburg in Allenstein vor dem Novotel hielt. Da er der polnischen ebenso wie der deutschen Sprache mächtig war und so manche Nacht und viele Tage hier verbracht hatte, fühlte er sich hier gut aufgehoben. Ab jetzt wollte er seine Tätigkeit hier als notwendiges Übel betrachten und seine persönlichen Dinge in den Vordergrund stellen. Ebenso fiel ab jetzt das tägliche Rasieren weg, denn ein Bart musste her. Es sollte der äußerliche Anfang für den anderen Georg sein.

Als er abends das Restaurant besuchte, beobachtete er von einem Platz an der Bar die übrigen Gäste, die überwiegend aus westdeutschen Touristen bestanden und lustig durcheinander quatschten. Doch sein Interesse galt heute dem Kellner, den er hier noch nie gesehen hatte und der ihn mit seiner Bedienungskunst förmlich sprachlos machte. Er war ein merkwürdiger Mensch, dem Georg viel mehr zutraute, als hier die Gäste zu bedienen. An den Tischen saßen die Touristen dreier angereister Busse aus Westberlin. Kaum zu glauben, dass dieser Mann fast alleine alle Gäste versorgte, die von anderen Kellnern gereichten Gerichte abnahm und servierte, wobei er die Speisenden kaum berührte. Es ging alles so schnell und man konnte die Steuerung dieser Tätigkeit von einer Geisterhand vermuten. Indem aus seinen Händen Hunderte von Tellern und Schüsseln flogen, ebenso anschließend vom Tisch in seine Hände, war der ganze Mensch nur Blick und Hand. Nur selten öffnete er seine Lippen für Antworten und Anforderungen. Nebenher erledigte er auch die Wünsche und Bestellungen an Getränken und kleinen Imbissen. Diese geistige Gegenwart des Oberkellners beschäftigte Georg dermaßen, dass er die übrige Welt um sich herum fast vergaß und nur diesem Menschen zuschaute. Dabei blieb er ganz ruhig und war sich vollkommen bewusst, sodass von Zeit zu Zeit ein Lächeln auf seinen Lippen schwebte. Am späten Abend, als die meisten Gäste gesättigt waren, ließ Georg sich mit diesem merkwürdigen geschickten Herrn bewusst und gezielt auf ein Gespräch ein und er merkte bald, dass dieser neben der deutschen Sprache auch Englisch und Russisch beherrschte. So hatte er diesen Oberkellner auch eingeschätzt. Sie unterhielten sich bis in die Nacht hinein, bis der Barkeeper den Schlüssel umdrehte. Obgleich es eine scheinbar harmlose Unterhaltung war, war sich Georg fast sicher, dies war ein Mann, in dem eine Menge mehr steckte, als er nach außen zeigte. So gut dieser das Kellnertum auch beherrschte, verfolgte er hier ein ganz anderes Ziel. Was sich in den nächsten Tagen auch bestätigen sollte. Lange noch musste Georg in seinem Zimmer über den Tagesablauf nachdenken, bevor er das Bett aufsuchte.

# Kapitel 11 – Die Wahrsagerin

Obgleich der Frühlingsanfang im Kalender erst vier Tage später angezeigt wurde, war die Natur und Vegetation in diesem Jahr deutlich vorausgeschritten. Auf ihrem Spaziergang am Lietzensee bewunderte Susanne die weißen Schneeglöckchen und gelb leuchtenden Osterglocken in ihrer Frühlingspracht und auch die Tulpen ließen hier und dort ihre frischen grünen Blättchen aus dem kaum vom Frost befreiten Boden dem Licht entgegensprießen. Sie war es nicht allein, die diese Naturbilder bewunderte. Besonders in dieser Jahreszeit gaben sich Naturfreunde zu erkennen. Auf einer Bank unweit der kleinen Brücke ließ sie sich nieder, um ihrem Denken freien Lauf zu lassen, und wo sollte es dafür eine bessere Stelle und einen schöneren Zeitpunkt geben als hier in freier Natur an ihrem so sonnigen 34. Geburtstag. Als Kind bei ihren Zieheltern hatte sie fast bis zum zwölften Lebensjahr kaum gewusst, wann sie geboren war, und auch später, als sie es erfahren hatte, war es noch lange kein Grund, dieses Tages besonders zu gedenken. Die erste Geburtstagsfeier, an die sie sich erinnerte, war zu ihrem 18. Geburtstag. Damals vor 16 Jahren waren es Frau und Herr Gurion, die sie mit dieser Feier überrascht hatten. Sie war von ihnen zu ihrer eigenen Geburtstagsfeier eingeladen worden, ohne es davor zu ahnen. Und es war eine schöne, gelungene Feier. Es war schön, sich vorher über so einen Anlass zu freuen, doch nicht minder schön, mit so einem Ereignis überrascht zu werden. Bei diesem Gedanken fiel der Jubilarin ein, dass sie fast zwei Jahre lang weder an Familie Gurion in Moskau geschrieben noch überlegt hatte, diese Menschen im Leben wiederzusehen, ihnen ihre Sorgen und Freuden mitzuteilen wie in alten Zeiten. Vor ihrer Abreise aus Moskau hatte Herr Gurion ihr mit auf den Weg gegeben, sich eine Zeitlang nicht zu melden, um ihm das Leben aus politischer Sicht nicht zu erschweren. Doch jetzt, nach fast fünf Jahren ihrer Abwesenheit, sollte es wohl möglich sein. Sie beschloss, noch am gleichen Tage nach Moskau zu schreiben. Anschließend zog Susanne ihre Gedanken aus Moskau näher an Berlin heran, um ihrer Geburt zu gedenken, von der ihr Mutter und Großmutter so viel Gutes erzählt hatten. In den letzten Jahren waren auch Geburtstagsgrüße, begleitet von vielen guten Wünschen, eingetroffen, doch in diesem Jahr hatte sie bis heute vergebens auf eine Nachricht von der Ostseeinsel gehofft und gewartet, aber vielleicht war es heute der Fall. Und hier sollte sich ihre Hoffnung erfüllen. Für den späten Nachmittag hatte Susanne elf Plätze im Café reservieren lassen, um mit Wolfgang und Familie sowie einigen Bekannten diesen Tag zu feiern. Obwohl sie von Georg immer noch keine Nachricht erhalten hatte, würde sie weiterhin geduldig warten, denn ihr Gefühl sollte wohl kaum trügen, dass ihr Verlobter sich eines Tages melden würde.

Mit diesen Gedanken beschäftigt, merkte die junge Frau kaum, dass sich ihr eine Zigeunerin mittleren Alters näherte und neben ihr auf der Bank Platz nahm. Als Susanne sie bemerkte und diese anschaute, lächelte die Überraschungsnachbarin sie an mit den Worten: „Du hast Sorgen, hübsche Frau, das sehe ich an deinen Augen. Wenn du einen Zehnmarkschein auf meine Hand legst, kann ich dir sagen, wie lange du deine Sorgen tragen musst."

Nicht aus Neugierde über die Zukunft, sondern aus einer fröhlichen Wetter- und Geburtstagsstimmung heraus legte sie der Kartenlegerin den gewünschten Schein auf die Hand, worauf die Zigeunerin begann: „Gib mir deine linke Hand. Ach hier sehen wir ganz deutlich, du hast Kummer um deinen Geliebten. Er ist von dir weit entfernt und es könnte noch ein Jahr dauern, bis ihr euch begegnet. Du bist ein guter Mensch und hast vieles im Leben durchgemacht. Und trotzdem hast du um dich viele gute Wesen, die dich begleiten, weil du nicht nur im Handeln, sondern auch im Denken ein guter Mensch bist. Und dieses positive Denken wird dich auch weiter begleiten, wenn du zur Zeit auch einer harten Prüfung unterzogen wirst. Denke immer daran, Glaube, Liebe und Hoffnung werden dich so weiterführen." Nach diesen Worten pustete die Wahrsagerin auf den Zehnmarkschein, der in diesem Augenblick blitzschnell von der Handfläche verschwunden war. Als Susanne so tat, als wäre nichts passiert, und der Frau zulächelte, fragte diese sie: „ Tut es dir nicht leid um den verschwundenen Schein?"

„Nein", antwortete Susanne.

„Du wirst noch viele schöne Tage erleben", äußerte die Zigeunerin zum Schluss, wobei sie sich von ihrem Platz erhob und sich mit schnellen Schritten entfernte.

Als Susanne auf ihrem Nachhauseweg dieselbe Frau mit einem Kind auf dem Arm ein Brötchen essen sah, wurde ihr warm ums Herz. Diese Frau und das Kind hatten Hunger, so war doch ihr Geldschein gut untergebracht worden. Und wenn sie auch nie in ihrem Leben wahrsagende Personen in Anspruch genommen hatte, denn sie nahm so etwas nicht ernst, so musste sie diesmal doch über die Äußerungen der Frau nachdenken, was ihr zusätzlich Mut und Freude bereitete. Ohne groß zu überlegen, ob die Zigeunerin die Wahrheit gesagt hatte oder auch nicht, war es doch von Bedeutung, dass sie schöne und gute Dinge geäußert hatte, und das war doch wichtig.

Um die elfte Stunde war die Frühaufsteherin wieder in ihrer Wohnung und öffnete zwei Briefe, die sie soeben aus ihrem Postkasten gefischt hatte. Der eine Brief war von Mutter und Großmutter, doch von wem mochte wohl der zweite sein? Ein unbekannter Absender aus Moskau. Und so galt ihre ganze Aufmerksamkeit dem Moskauer Schriftstück. Neugierig und auch etwas nervös begann die junge Frau zu lesen. Ein freudiges „Ach!“ durchdrang ihre Wohnung, sie erkannte die Schrift der Swetlana Gurion, die so schrieb:

„Unsere herzgeliebte Su!

In unserer lieben Hoffnung vermuten wir, dass dich der unbekannte Absender aus Moskau nicht zu sehr irregeführt hat. Doch nun weißt du, wer ich bin, und somit ist es dir auch bewusst, welche Herzen dir ihre Wehmut und Sehnsucht entgegenbringen. Die langen Monate und mittlerweile Jahre halten uns nicht davon ab, fast täglich an dich zu denken und über dich zu sprechen. Und da dieses nur gute gedankliche Erscheinungen sind, muss es dir einfach gut gehen. Du hast dich sehr lange nicht gemeldet, doch wie uns bekannt, drückt dein Schweigen oftmals mehr aus als Reden oder in diesem Fall Schreiben. Wie du uns fehlst, das muss ich dir nicht ausführlich schildern, das wirst du fühlen, und wenn diese meine Worte auf Wahrheit beruhen, dann hast du auch heute an uns gedacht, bevor du diesen Brief in deinen Händen hieltst.“

Nach diesen gelesenen Zeilen erinnerte sich Susanne an ihre Gedanken am Lietzensee und sie las weiter.

„Obwohl wir dich erst mit 17 kennen lernten, ist es uns in unserem Herzen, als hätten wir dich immer schon gekannt. Und trotz unserer Sehnsucht, unserer stillen Hoffnung, dich noch einmal wiederzusehen, trotz vieler einsamer Stunden, in denen du uns aufgesucht hattest, freuen wir uns, dich in Freiheit zu wissen. Denn dieses höchste Gut der Menschen können nur wenige auf dieser Welt erfahren und leben. Du konntest bereits in deinen jungen Jahren vieles erfahren und erkennen. Liebe und Hass, Wärme und Kälte, Macht und Ohnmacht, Osten und Westen, nur mit den Begriffen arm und reich hattest du Schwierigkeiten, indem du nur schwer begreifen konntest, dass materielle Dinge für Reichtum gehalten werden. Wir hoffen, dass du, liebe Su, auch weiterhin deinem Ursprung treu geblieben bist. Aber nun habe ich dir eine freudige Nachricht mitzuteilen. In der letzten Maiwoche werden wir, mein Mann und ich, Ostdeutschland besuchen, u. a. auch einige Tage in Zinnowitz verweilen. Ob es dir möglich sein wird, nach Zinnowitz zu kommen, können wir von uns aus nicht beurteilen. Doch wir wollen gerne deine Mutter besuchen, über die wir von dir viel erfahren durften. Wenn du uns auf diesen Brief antworten willst, würden wir uns riesig freuen. In Zinnowitz wollen wir vom 22. bis zum 27. Mai im Hotel verweilen. Bleibe gesund, deine Swetlana mit Ehemann.“

Nachdenklich, hoffnungsvoll und etwas bedrückt legte Susanne den Brief zur Seite. Den Brief von Mutter ließ sie erst noch ungeöffnet auf dem Tische liegen.

Plötzlich war sie mit ihrem Geiste ganz in Moskau bei Gurions. Diesen Menschen auf Usedom zu begegnen, wäre wohl eines der größten Erlebnisse in ihrem Leben. Warum sollte sie diese Freude nicht erleben dürfen? Es wäre doch ein richtiges Fest. In solchen Überlegungen und Vorstellungen verharrte Susanne noch eine halbe Stunde in ihrem Korbsessel, bevor sie zum Brief aus Ostdeutschland griff. Den Umschlag von Moskau zur Seite legend, bemerkte Susanne noch einen Zettel darin. Auf diesem waren zwei schöne Verse eines unbekannten Verfassers geschrieben, die wie folgt zu lesen waren:

Dem Leben

Raubst mir nicht die Röte meiner Wangen,
stark ist sie wie ein geschwollener Fluss!
Du bist der Jäger, ich bin nicht zu fangen,
du, der jagst, doch ich, die fliehen muss.
Raubst die Seele nicht, die lebende!
Im Galopp, in der Verfolgung Lauf,
das sich niederbeugende, das bebende
Pferd beißt sich die Ader auf.

Gedichte dieser Art waren immer schon die Lieblingsbeschäftigung der Frau Gurion. Besonders wenn sie allein in ihrer Wohnung weilte, konnte sie stundenlang Gedichte lesen und oftmals auch selber schreiben. Leider war sie gezwungen, ihre inneren Wünsche und ihre musischen Fähigkeiten für sich zu behalten, denn die politische Stellung des Herrn Gurion duldete solche Art Begabung nicht. So war Susanne wohl die einzige fremde Person, der sich Frau Gurion in diesem Maße anvertrauen konnte. Umschlag, Brief und Gedicht wurden sorgfältig zusammengelegt und aufbewahrt. An Nachrichten von der Insel hatte Susanne sich gewöhnt und es gehörte zum täglichen Leben, dass alle vier Wochen zumindest ein Brief aus dem Osten eintraf. Noch vor einigen Jahren wäre so ein Brief das große Erlebnis gewesen, heute war es der Normalfall. Und so war es mit vielen Dingen im Leben, überlegte die junge Frau, während sie die Geburtstagswünsche ihrer Mutter und ihrer Großmutter las. Ihre Mutter lobte im Brief die Zuversicht und Standhaftigkeit ihrer Tochter in Bezug auf Georg, machte ihr weiterhin Mut zum Durchhalten, indem sie ihr schrieb, dass Herr Falter einer Spur recht nahe war, die auch sie erfreuen sollte. Darüber hinaus berichtete Mutter über Charlotte und ihren kleinen Sohn Roy. Außerdem hätte Charlotte die

Bekanntschaft eines Mannes geknüpft, die auch für die Zukunft viel versprechend schien. Mit Großmutters Gesundheit schien es nicht zum Besten zu stehen, somit war es nur gut, dass Mutter sich noch nicht für Berlin entschieden hatte, wie es Herr Falter vorgeschlagen hatte. Somit verbrachte Herr Falter mehr Zeit auf Usedom als in Berlin, worüber die beiden Damen von Zinnowitz nicht böse waren, dann dadurch waren auch sie oftmals mit dem Herrn unterwegs. Als Susanne auch diesen Brief durchgelesen hatte, dachte sie darüber nach, was wohl Mutters Freund über Georg erfahren haben könnte. So fasste sie auch gleich den Entschluss, im Mai nach Zinnowitz zu fahren, um Familie Gurion zu treffen und gleichzeitig mehr über ihren Verlobten zu erfahren.

Als sie am späten Nachmittag in kleiner Runde im Café plauderten, war das Wetter immer noch fast sommerlich. Außer Maria mit Wolfgang und Benjamin hatte die Jubilarin einige Schauspieler aus ihrem Bekanntenkreis geladen. Unter ihnen auch zwei junge Frauen, die während des Prager Frühlings aus der Tschechoslowakei geflohen waren und am hiesigen Schauspielhaus eine Bleibe finden konnten. Ein Herr aus Budapest und eine ältere Dame, aus Danzig stammend, waren auch dabei, so war es eine recht internationale kleine Runde, die hier zusammengekommen war, um Susannes Geburtstag zu feiern. Und sie alle freuten sich, hier in Berlin die Freiheit zu genießen. Es wurde über Sitten und Brauchtum verschiedener Länder geredet, die Politik nur am Rande erwähnt, bis man dazu überging, dass jeder der Teilnehmer von sich eine interessante Lebensgeschichte erzählte, was sehr fesselnd klang. So stellte sich heraus, dass außer Susanne auch viele andere Menschen Flucht, Verschleppung und Grausamkeiten mitmachen und durchleben mussten. Aus dieser Runde waren es Maria und ein junger Mann aus der Berliner Provinz, denen solche Schicksale erspart geblieben waren. Als Wolfgang an der Reihe war, seine Lebensgeschichte zu schildern, konnte er es sich erlauben, weit auszuholen, denn er war der letzte Erzählende. Neben seiner Lebenserfahrung in Ostdeutschland während seines Medizinstudiums und auch jetzt während seiner Berufstätigkeit schilderte er seine Beobachtungen aus den Medienberichten, die uns täglich serviert wurden, wobei wir es nur selten durchschauten, wo die Wirklichkeit lag, von der Wahrheit ganz zu schweigen. Darüber entwickelte sich eine lebhafte Diskussion, die so von Susanne gar nicht gewollt war. Es war noch nie ihr Ding, über Medien, Politik und Religion zu sprechen. Diese Dinge sollten von jeder Person ganz individuell und für sich entschieden werden. Für sie war es ein Unding, anderen Menschen die eigene Überzeugung aufstülpen zu wollen. Zuallerletzt waren sich alle doch einig geworden, dass sie doch nicht am großen Rad der Welt drehen konnten. Alles in allem war es ein schöner Abend, dieser 17. März.

# Kapitel 12 – Der Besuch in Lindow

Als Maria erwachte, musste sie sich erst finden. Die Stille, in der sie erwachte, wirkte auf sie so außergewöhnlich, dass es noch einige Sekunden dauerte, bis sie den Wachzustand vom Traum unterscheiden konnte. Unbegreiflich, dass es die Wirklichkeit war, an so einem schönen sonnigen Sonntagmorgen in ihrem Elternhaus zu erwachen. Mehr als fünf Jahre war es her, als sie diese wohl behütete Stätte verlassen hatte. Sie erinnerte sich, es war damals ein stürmisch-regnerischer Tag, als Wolfgang nach Lindow kam, um sie abzuholen. Ja, abzuholen – wohin, wussten sie beide nicht. Ihren Eltern hatten sie von ihrem Vorhaben, in den Westen zu fliehen, nichts gesagt, um ihnen später unangenehme Antworten auf Stasifragen zu ersparen. Als sie damals einige Schritte von hier entfernt waren, musste sie sich noch einmal umschauen, um sich dieses Bild für immer einzuprägen, denn wer wusste schon, für wie lange und ob sie es überhaupt wiedersahen. Recht merkwürdig hatte Maria die Äußerung ihres Vaters empfunden, der sie zum Ausgang zur Straße begleitete und, während sie sich umschaute, ihnen nachrief: „Und merkt euch, liebe Kinder, die Sonne geht immer im Osten auf." Ob er es geahnt hatte, was sie mit Wolfgang plante? Dieses würde sie ihn noch fragen. Seit damals hatte sich hier in ihrer Heimatstadt kaum etwas geändert. Obgleich kaum 60 Kilometer von Berlin entfernt, bekam man hier unausweichlich die Nähe der prachtvollen Natur in jeder Ortsrichtung zu jedem Zeitpunkt zu spüren. Und dem war nichts hinzuzufügen, wenn Theodor Fontane in seinen „Wanderungen" schrieb: „ Lindow ist so reizend wie sein Name. Zwischen drei Seen wächst es auf und alte Linden nehmen es unter ihre Schatten, wo sich die Schmalung zwischen dem Gudelack- und dem Wutzsee wieder zu weiten beginnt, werden wir nach rechts hin eines Konglomerates von Häusern und Ruinen ansichtig, um welches sich eine niedrige Steinumwallung, die Einfriedung von Kloster Lindow, zieht."

Als Maria aufschaute, sah sie Wolfgang und Sohn Benjamin noch im Tiefschlaf versunken. Vorsichtig, auf leisen Sohlen schlich sie aus dem Zimmer und einige Minuten später war die junge Heimatbesucherin in den frühen Sonntagsstunden allein unterwegs. Die aufgehende Sonne, das Kreischen und Zwitschern der Wasservögel aus dem Wutzsee versetzte sie in ihre Kinder- und Jugendjahre. Und wie eine Fremde in dieser Stadt betrachtete Maria mit Interesse die Beschaffungen der Natur und der Gebäude. Der Marktplatz mit seiner Öffnung zum See und den zwei riesigen Eichen, all das erinnerte sie an damals, an ihre unbeschwerte Kindheit, die sie hier auf diesem mit Wald und Seen bestückten Fleckchen Erde genießen konnte. Und da kam auch wie vor Jahren der alte Goluska mit seinen Angeln im

Rucksack auf dem Rücken. Sein alter Simson ratterte und klapperte immer noch wie damals. Er näherte sich, und als er Maria erkannte, mussten die Mopedbremsen ihre Funktionsfähigkeit unter Beweis stellen und das klappte auf Anhieb.

„Ist es die Wirklichkeit oder träume ich? Unsere Maria ist wieder hier", rief der Angler, noch bevor er ihr seine Hand zur Begrüßung reichte.

„Ja, es ist die Wirklichkeit, Galuska", antwortete die Angesprochene und sagte weiter: „Immer noch mit dem alten Simson unterwegs wie früher?"

„Ja, immer noch, Maria, und dieses Gefährt wird auch mich noch überleben. Du weißt es doch, seitdem ich im Ruhestand bin, sind dieses Moped und das Angeln mein Vergnügen. Gut siehst du aus, eine richtige Dame aus der Großstadt."

„Und wie geht es denn sonst? ", fragte Maria weiter.

„Wie du siehst, es hat sich nicht viel geändert und wird sich auch wohl nichts ändern."

Sie verabschiedeten sich, gegenseitig alles Gute wünschend, und Galuska ratterte die Straße entlang in Richtung See. Maria näherte sich dem Kloster, sie betrachtete die Klosterruinen, wobei sie an das Reisetagebuch des Hermann Keyserling dachte, in welchem der Philosoph schrieb: „Ruinen üben einen Zauber aus als wohl erhaltene Kunstwerke, weil sie der Seele im Bilde der Vergangenheit die Idee der Vergänglichkeit vermitteln, nicht nur deshalb, weil das Verwitterte gleich dem Unvollendeten als solches anregend wirkt, der eigenste Zauber der Ruine beruht darauf, dass hier das Schaffen des Menschengeistes in die kosmischen Kräfte eingereiht erscheint und so einen unendlichen Hintergrund hat, statt des begrenzten einer Persönlichkeit oder einer Zeit." Von der Wichtigkeit und Wahrhaftigkeit dieser Worte, welche dieser bedeutende Philosoph bereits vor mehr als einem halben Jahrhundert geschrieben hatte, konnte sich Maria hier vor Ort überzeugen. Es beflügelte sie ein Gefühl der Zufriedenheit.

Am Wutzsee angekommen, blieb die junge Frau stehen und verharrte eine ganze Weile wie angewurzelt. Die Sonnenstrahlen, die über das Wasser durch die baumbestandene Uferzone zu ihr durchdrangen, wirkten auf sie wie ein unbekannter Zauber, der sie hier unbedingt festhalten wollte. Die Wasseroberfläche, die wie ein riesiger, frisch geputzter Spiegel diese Landschaft zierte, spiegelte das blaue Himmelszelt mit einer unendlichen Tiefe. Nach einer Viertelstunde dieser Betrachtung machte sich auf dem Wasser ein leichter, durchsichtiger Nebel bemerkbar, der sich nur zögernd verzog und in die Höhe stieg. Man musste erst einige Jahre in der Fremde weilen, um die Pracht der Heimat zu sehen und zu begreifen, überlegte Maria und schritt nachdenklich in Richtung Elternhaus. Unterwegs begegneten ihr noch einige Frühaufsteher, die sie grüßten, mit ihr ein paar Worte wechselten oder ihr zuwinkten. Obgleich der Putz an einigen Gebäuden bröckelte und der Zustand der Straßen zu wünschen übrig ließ, war es immer noch ihre Heimat. Als sie das Elternhaus betrat, wurde sie von den übrigen Familienmitgliedern am Frühstückstisch erwartet.

„Wo warst du denn?“, fragte der kleine Benjamin seine Mutter. „Sehr weit zurück“, antwortete Maria ihrem Sohn, wobei sie ihn in ihre Arme schloss. Während Großvater und Großmutter sich nach dem Frühstück mit ihrem Enkel beschäftigten und ihn mit einigen Haustieren bekannt machten, machte Maria ihren Mann mit der hiesigen Gegend bekannt. Sie spazierten denselben Weg, den Maria morgens gegangen war.

„Hier habe ich das Empfinden, in meiner Heimat in Ostpreußen zu sein“, bemerkte Wolfgang und fügte hinzu: „Die Seen und der Wald erinnern mich an das Naturbild Selbongen.“

„Wie schade, dass weder du noch ich unsere Heimat uneingeschränkt genießen dürfen. Du bist durch die Siegermächte anderer Nationen vertrieben worden, aber mich haben Leute unserer Nation durch ihre Politik von hier vertrieben“, bemerkte Maria und sagte weiter: „Kaum begreifbar, wie Politik ganz normal denkende Menschen untereinander zerstreiten kann. Und das in einem Maße, das bis zur Verfolgung und Tötung führt.“

„Ja, meine liebe Maria, diese Feststellung habe ich schon in meiner Jugend machen müssen und bin durch verschiedene Erlebnisse immer wieder darauf gestoßen. Um diese Dinge zu erkennen, müssten wir gar nicht weit suchen, wir sollten nur um uns schauen, unsere Person dabei einbezogen. Es schreit zum Himmel, wenn ich oftmals im Krankenhaus die Familienbanden sehe, die ihre todkranke Großmutter oder andere Verwandte besuchen, in ihrem Innern aber nicht das verkörpern, was sie nach außen zeigen, sondern das Erbe im Sinn tragen. Kaum sind sie dann aus der Tür, geht das Streiten los. Und da gleicht eine Generation der anderen. Oftmals kommen die Angehörigen in mein Ärztezimmer mit der Frage, wie lange die oder der Kranke wohl noch hat. Bei einigen Fällen, in denen ich die List bemerke, muss ich an Großmutters Spruch denken: Einen Strick einweichen und zu Fuß nach Hause treiben. Aber es ist auch anders und auch das ist merkwürdig. Das sind Patienten, die trotz ihrer oft aussichtslosen Lage am Irdischen festhalten, statt sich um ihren Geist zu mühen. Wenn diese Leute Reichtum besitzen und über die Schwelle treten, da haben die Erben so richtig was zu tun. Und nicht nur die Erben, auch Anwälte und Gerichte können in solchen Fällen lange leben. Doch daran werden wir wohl kaum etwas ändern und es sollte auch nicht unsere Sorge sein.“

Mit diesem Satz beendete Wolfgang seine Schilderung, um sich gemeinsam mit seiner Frau der Gegenwart zuzuwenden. Ungeachtet der politischen Umstände, die hier herrschten, freuten sie sich gemeinsam, hier sein zu dürfen, um eine wenn auch kurze, dafür aber sorglose Zeit zu genießen. Fast wie eine Reiseführerin erklärte Maria ihrem Mann die Sehenswürdigkeiten dieser Stadt, was dieser auch wissbegierig aufnahm. Vor Jahren, als er seine Frau kennen lernte und hier besuchte, hatte er all diese Dinge nicht gesehen und nicht beachtet. Damals war ihm nur Maria wichtig, heute brauchte er sich um sie nicht mehr zu bangen. Eine Woche wollten sie hier bleiben, um danach noch auf die Insel zu seiner Mutter und seiner Großmutter zu fahren sowie eventuell auf dem Rückweg auch Charlotte zu besuchen. Als sie von ihrem Rundgang zurückkehrten, war es bereits Mittagszeit. Ob bei Tisch oder sonstwo, es gab immer viel zu erzählen. Marias Eltern waren auch neugierig, über Westberlin die Wirklichkeit zu erfahren, denn aus ihren Medien war dies nicht zu erhoffen. Die Zeit verlief viel zu schnell, die eine Woche war bald herum und so nahte auch der Tag der Abreise. Einer, der die Abreise gar nicht wahrhaben wollte, war Benjamin. Es hatte ihm bei Oma und Opa so gefallen, dass er schweren Herzens hier wegging mit dem Versprechen, dass er bald wiederkäme.

Auf den nur mäßig befahrenen Straßen war die Fahrt mit dem Pkw noch ein Vergnügen, obwohl der Zustand dieser Fahrbahnen zu wünschen übrig ließ. Eine zügige Fahrt war vornherein somit ausgeschlossen, was den Reisenden die Betrachtung der Landschaft und eine Unterhaltung während der Fahrt möglich machte. Dabei wurden Erinnerungen wach. Damals war Maria mit der Bahn zur Insel gekommen. Es war Herbst, und als Wolfgang seine Verlobte vom Bahnhof abholte, wurden sie von nasskalten Schauern begleitet und bis auf die Haut durchdrungen. Es wurden Einzelheiten der Flucht noch mal sorgfältig besprochen, denn beide waren sich bewusst, was auf dem Spiel stand. Großmutter durfte davon nichts erfahren, es wäre zu aufregend für sie gewesen und so konnte sie auch bei späteren Nachfragen getrost und mit ruhigem Gewissen antworten, sie hätte davon nichts gewusst. Es waren die ersten kalten Nächte nach einem außergewöhnlich warmen Sommer. Woher sie damals die Kraft und den Mut gehabt hatten, die Flucht anzutreten, war sowohl ihm als auch Maria unbegreiflich. Aber so war es nun mal, wenn man im Leben die Richtung entscheidend verändern wollte, war es immer mit irgendeinem Risiko verbunden, egal, wo und wann diese Änderung eintreten sollte oder musste. Heute waren sie der Schöpfung dankbar, diesen Schritt gegangen zu sein. Denn weiter hier zu leben, ohne Zukunft und Freiheit, wäre für sie wohl schwer zu ertragen gewesen. Es war für beide die höchste Empfindung, dieses Risiko gemeistert zu haben, um neue Wege zu gehen. Sowohl Wolfgang als auch Maria führten ihre Unterhaltung mit Genugtuung auf die damalige Zeit zurück. Es war für sie beide eine nicht zu übersehende schwierige Phase, sich im westlichen System und Umfeld zurechtzufinden. Hier betonte Wolfgang ausdrücklich die Ausdauer und Zuversicht seiner Frau, der er viel zu verdanken hatte. Mit der Bemerkung: „Nun lassen wir die Vergangenheit ruhen und freuen uns nach Jahren, dieses sehen zu dürfen", beendete Maria die Unterhaltung, um sich gleichzeitig um ihren Sohn Benjamin zu kümmern, der sich bei solchen Unterhaltungen vernachlässigt fühlte. Bei der anschließenden Verkehrskontrolle wurden ihre Personalien sorgfältig und mit Bedacht überprüft und sie durften diesmal ohne eine zynische Äußerung vonseiten der Volkspolizei weiterfahren. Auch hier hatte Wolfgang einen Grund nachzudenken. Es war ein Regime, ein System und es herrschten dieselben Gesetze. Wie unterschiedlich doch die Gesetze von den ausführenden Personen praktiziert wurden. Einigen machte es so richtig Spaß, die Besucher aus dem Westen zu schikanieren, während andere lächelten und gute Fahrt wünschten. Auch hier zeigte sich wieder mal, es kam immer auf den Menschen an. Denn der Staat und die Partei konnten Gesetze verabschieden, aber nicht die detaillierten Verhaltensregeln jedes einzelnen Beamten. Hierzu trug wohl zu einem großen Anteil die Erziehung bei. Woher der übrige Anteil kam, blieb wohl noch lange ein Geheimnis. Auch wenn einige seiner Berufskollegen aus der Psychologie meinten, dies genau zu wissen, stimmte es letztendlich doch nicht mit der Wirklichkeit überein. Als junger Student der Anfangssemester glaubte auch er, wie im Westen, so im Osten, seine Ansichten und Überzeugungen an richtiger Stelle einbringen zu können, doch leider musste er bald einsehen, dass es unmöglich war, seine Ideen zu verwirklichen. Also versuchte er, seinen Wirkungsbereich so gut es ging sauber zu halten. Indessen zogen ihnen von Norden dunkle Gewitterwolken entgegen. Das Donnern war noch kaum zu hören, dafür waren schon aus kilometerweiter Entfernung wolkendurchzuckende Blitze zu sehen und eine Regenwand näherte sich den Reisenden im rasenden Tempo. Und bald donnerte und blitzte es um sie herum und es goss von oben so heftig, dass sie gezwungen waren, am Straßenrand abzuwarten. Knapp eine halbe Stunde hielt dieses Schauspiel der Natur an, bevor sich am Himmelszelt ein farbenreicher Regenbogen bemerkbar machte und den Besuchern die Laune in Hoffnung und Zuversicht umwandelte. Wie frisch gewaschen standen jetzt Pflanzen und riesige Bäume da. Die Natur schien noch mehr zu leben und zu wirken als vor dem Gewitter. Doch bekanntlich war die Natur die Tochter der Zeit und beim Betrachten dieser prachtvollen Tochter dieser Gegend wurden wir zwangsläufig an die Mutter Zeit erinnert. Je näher sie der Ostsee kamen, umso mehr fühlte sich Wolfgang dieser Gegend verbunden. Hier war er aufgewachsen und groß geworden. Ostpreußen war die Heimat seiner Ahnen, Großmutter und Mutter. Er war gerade zwei Jahre alt, als sie mit Schwester Charlotte und Großmutter mit einem Handwagen nach Usedom kamen. Hier hatte er denken und handeln gelernt. Sie hatten hier gemeinsam mit Charlotte und Großmutter so manch freudige Erlebnisse erfahren dürfen und hier hatten sie gemeinsame Tage, Nächte, Monate und Jahre auf eine Nachricht von Mutter und Schwester Susanne gewartet, gebetet und immer aufs Neue gehofft. Sie hatten gemeinsam gehungert und sich wiederum riesig gefreut, wenn Großmutter für die Festtage etwas Außergewöhnliches für den Mittagstisch besorgt hatte. Nach dem Krieg, als sie nach Usedom kamen, hatten alle Bewohner gleich wenig zu essen. Ja, oftmals wurden auch von ihm selbst die Jahre vergessen. Insofern war es nur schön, nach Jahren hier gewesen zu sein. Kurz nach zwei Uhr nachmittags erreichte der Ford Taunus mit seinen Insassen Zinnowitz. Langsam ließ Wolfgang das Gefährt durch den Ort rollen, den Ort, von dem er fliehen musste, oder besser gedacht, freiwillig geflohen war. Es war noch alles wie damals. Dieselben Gebäude, die Straßen und auch der Zeitungsverkäufer verdiente immer noch seinen Unterhalt mit dem Verkauf von falschen Nachrichten. Es war derselbe Mann, der vor Jahren auf Parteiversammlungen über die Ungerechtigkeit geschimpft hatte. Bis er eines Tages vor das Kollektiv gerufen wurde. Danach besuchte er die Versammlungen nicht und sprach auch sonst nicht über Politik. Was er dort gesagt bekam, wusste angeblich auch seine Ehefrau nicht. Schon von weitem sahen die Ankömmlinge Großmutter vor der Haustür nach ihrem Besuch Ausschau halten. Eine herzliche Begrüßung fand statt und alle freuten sich über diesen freudigen Moment, welcher im Innern als Ewigkeit haften blieb. Und Benjamin, der von diesem Ereignis am wenigsten verstand, wurde von Großmutter und Urgroßmutter wie ein König empfangen, geachtet und verwöhnt. Bei solchen Treffen, wenn Anna eines ihrer erwachsenen Kinder sah, beschlich sie ein beklemmendes Gefühl. Es war die Empfindung einer Hoffnung und Erwartung von Erlebnissen, die nicht mehr eintreffen würden und deren Zeitgeschehen vor vielen Jahren abgelaufen war. Besonders bei ihrem Jüngsten, der gerade zwei Jahre alt war, als sie ihn verlassen musste. Seine Entwicklung vom Kind zum selbständigen Mann hatte sie nicht im Geringsten miterleben können und konnte es nun kaum begreifen, dass dieser Wolfgang der Gleiche von damals war. Obgleich diese Erscheinungen in Annas Unterbewusstsein auftraten, erklärte sie sich damit das Auftreten solcher seltsamen Empfindungen während dieser Begegnungen. Oftmals musste die gestandene Frau darauf achten, nicht in Selbstmitleid zu verfallen, diese Zeit nicht miterlebt zu haben. Umso mehr war sie erfreut, in ihrem Sohn in Gesprächen und Verhalten sich selbst zu erkennen. Genauso war es auch dieses Mal. Die erste Handlung der Besucher war ein Spaziergang zum Ostseestrand. Diesen Brauch hatte Wolfgang auch nach Jahren nicht vergessen. An wichtigen Tagen und außergewöhnlichen Ereignissen und Erlebnissen schöner Art, bei guten und weniger erfreulichen Nachrichten das Meer aufzusuchen, in die unendliche Weite zu schauen und mit den Gedanken dort fliehen, in das für uns Unerreichbare und Übersinnliche, diesen unsichtbaren Begleitern zu danken und um weiteren Beistand zu bitten. Nach so einem Besuch, verbunden mit seiner Ostseebeichte, wie er es nannte, ging es ihm immer gut. Dieses Mal waren Jahre vergangen, seitdem er hier war, so gab es auch den Geistern und Wesen der weiten Gewässer vieles nachzuholen und zu beichten. So waren Maria und Benjamin lange zurückgekehrt, als Wolfgang immer noch am Strand schreitend sich vom Wasser nicht trennen konnte.

So wurde es abends, und als in der Weite in Richtung Osten aus dem Wasser der Mond wie ein feuerroter Ball immer mehr zum Vorschein kam, war auch Wolfgang verschwunden, um gemeinsam mit Familie den Besuch zu genießen. Es gab beiderseits viele Fragen und Antworten. Man unterhielt sich über Brauchtum und Sitte der alten Heimat und war erstaunt darüber, so wenig erhalten zu haben. Trotzdem waren einige doch recht brauchbar, besonders in schweren Zeiten. Und was blieb denn noch der Dorfbevölkerung übrig, als sich an bestimmte Regeln zu halten? So war der Kirchengang am Sonntag nicht nur eine Handlung, es war ein Bedürfnis, den Ort einmal in der Woche zu besuchen und die vielen Sorgen in Gebet und Gedanken der Schöpfungsmacht zu schildern.

„So war für uns die Kirche in Nikolaiken der Grundpfeiler menschlicher und moralischer Existenz. Das Gotteshaus als solches war doch für das Wahre und Gute gedacht“, erzählte Sophie und sie fuhr weiter fort: „Wenn dieses Haus Gottes etwas anderes verkörpert als das, wofür es geschaffen wurde, waren es die Menschen, die diese Tatsache verdrehten und verstümmelten. Obgleich wir die erste Zeit nach dem Kriege kaum ein polnisches Wort von dem verstanden hatten, was der Pfarrer von der Kanzel predigte, fühlten wir uns trotzdem dort gut aufgehoben. Und das Treffen mit Bekannten nach dem Gottesdienst war auch wichtig und hatte seine Bedeutung. All solche Dinge scheinen heute in Schilderungen Nebensache gewesen zu sein, doch damals hatten sie ihre Bedeutung. Leider ist es heute für euch Jüngere schwer zu begreifen und am ehesten vorstellbar ist es, wenn man es selbst erlebt, doch das würde ich euch nicht wünschen“, beendete Sophie ihre Feststellungen. Und obwohl es für alle an der Unterhaltung Beteiligten ein anstrengender, langer Tag gewesen war, hatte außer Benjamin keiner das Bedürfnis, schlafen zu gehen. Es wurde geredet bis in die Nacht hinein.

„Für Susanne tut es mir in der Seele leid", begann Anna ein anderes Thema und fuhr fort: „Unglaublich, wie sie ihr Leben bis dahin mit Glück gemeistert hat, und hier wird sie nun mit einer Tatsache konfrontiert, an der sie nichts ändern kann."

„Ihre Standhaftigkeit, Ausdauer und Hoffnung lässt uns oftmals staunen", bemerkte Maria auf Annas Äußerung. Nachdem die alte Wanduhr eins geschlagen hatte, erloschen die Lichter bei Familie Kulinna & Co. und Stille kehrte in die Wohnung ein.

Für den Tag hatte Charlotte ihre Ankunft mit ihrem kleinen Sohn angekündigt. Am nächsten Morgen während des Frühstücks gab es immer noch viel zu erzählen und alle Anwesenden waren gut gelaunt. Es schien ein angenehmer Tag zu werden. Leider sollte sich dieser Schein nicht bestätigen. Kurz nach dem Frühstück, als die Familie durcheinanderplauderte, machte sich an der Außentür ein Besucher bemerkbar. Als Anna die Tür öffnete, stand sie einem fremden Herrn gegenüber, der sich mit einem Dienstausweis vorstellte und Herrn Wolfgang Kulinna zu sprechen wünschte. Anna blieb ruhig und rief ihren Sohn vor die Tür. Personen dieser Art sollte man nicht in die Wohnung bitten, das hatte sie längst erkennen müssen.

„Sie sind Wolfgang Kulinna?", begann der Fremde, indem er Wolfgang seinen Ausweis präsentierte.

„So ist es", antwortete Wolfgang, den Fragenden genau anschauend.

Und dieser fuhr fort: „Sie sind in die Deutsche Demokratische Republik gekommen, um Ihre Schwiegereltern zu besuchen, die in Lindow wohnen."

„Und meine Mutter und meine Großmutter in Zinnowitz", ergänzte Wolfgang.

„Davon war im Besucherantrag keine Rede", äußerte der Mann und fuhr fort: „Leider muss ich Sie bitten, die Insel innerhalb von drei Stunden zu verlassen und somit gleichzeitig das Gebiet der Deutschen Demokratischen Republik." Drei Stunden seien wohl angemessen, zu packen und sich zu verabschieden.

„Darf ich erfahren, wer oder was dahinter steht?", stellte Wolfgang erneut eine Frage.

„Wenn Sie vor Jahren von hier geflohen sind, verstehe ich es nicht, dass man Sie jetzt ausweisen muss, und damit erübrigt sich wohl Ihre Frage."

Wolfgang hatte verstanden und eingesehen, dass es zwecklos war, noch weitere Fragen zu stellen. Noch einmal schaute er den Fremden an, drehte sich um und ging in die Wohnung. Er kam gerade zur rechten Zeit, denn seine Großmutter musste sofort behandelt werden. Ihr Herz hatte diese aufregenden Minuten kaum ertragen können. Als sie die Aufforderung des Fremden vernommen hatte, war sie rückwärts in ihrem Sessel zusammengesackt. Nachdem ihr Enkel sie nach bestem Wissen und Gewissen behandelt hatte, erwachte sie bald und konnte eine Stunde später mitreden. Indessen fing Maria an, die Sachen zusammenzusuchen. Eine halbe Stunde später traf dann Charlotte mit ihrem Sohn ein. Statt der freudigen Begrüßung war es diesmal anders. Die junge Berlinerin, die sonst aufgrund ihrer Tätigkeit etwas stiefmütterlich angesehen worden war, konnte heute ihre Macht unter Beweis stellen. Ohne sich in der Wohnung groß umzuschauen, eilte sie zum nächsten Telefon. Knapp eine Stunde dauerte es, als sie wieder mit ihrem Kleinen in der Wohnung erschien.

„Ihr bleibt erst einmal, solange ich hier bin."

Wie dankbar ihr doch alle Anwesenden waren! Und Charlotte fühlte Genugtuung, für ihre Nächsten etwas getan zu haben. Als Maria ihrer Schwägerin die Frage stellte, wie lange sie hier zu bleiben gedenke, erhielt sie die Antwort: „So lange, bis ihr abreist." Ein allgemeines Gelächter hob die Stimmung und die Wohnung von Sophie und Anna fing an zu leben. Nur Sophie hatte ihren Schwächeanfall noch nicht überwunden. Sie versuchte, so gut wie möglich mitzuhalten, doch war ihr die Aufregung von vorhin immer noch deutlich anzumerken. Inzwischen versuchte Charlotte, ihrem Bruder und ihrer Schwägerin die Hintergründe der plötzlichen Ausweisungsaktion zu erklären, wie so etwas zustande kam. Es entwickelte sich eine politische Unterhaltung, die aber im Grundsatz beiderseits sachlich blieb. Die gemeinsamen Jahre der Not hatten Bruder und Schwester in einer Verbundenheit geprägt, die weder durch Wohlstand, Trennung und schon gar nicht durch politische Ansichten auseinander gezerrt werden konnte. Und diese Bindung kam in besonderem Maße in Situationen wie heute zur Geltung.

Anna kümmerte sich immer noch um ihre Mutter, die sich nun zu Wort meldete, indem sie folgendes äußerte: „Da ich mich von meiner Schwäche erholt fühle, möchte ich euch einige Worte mitteilen, die ich vielleicht zum späteren Zeitpunkt nicht so werde schildern können wie jetzt. Es wäre töricht zu glauben, dass die Zeit stehen bleibt. Und so sind meine Worte von soeben schon Vergangenheit. Wir können die Gesinnungen nicht ändern, die bei jedem von uns in seiner Denkweise entstehen, sich festsetzen, streben und wirken. Doch können wir verlangen und erwarten, dass sich in unserem Kreise gleich Gesinnte zueinander fügen und sich angenehm unterhalten. Diese Tatsache glaube ich feststellen zu können, worüber ich mich sehr freue. Unsere Verhältnisse, in die wir inkarniert sind, waren mit irdischem Reichtum nicht gerade überschüttet, dennoch waren eure Mutter, soweit es ihr vergönnt war, und auch ich stets bemüht, euch zu lebensfähigen Menschen zu erziehen. Trotz vieler Hindernisse und Schwierigkeiten auf dem Wege dahin ist uns das weitgehend gelungen. Umso mehr ist es eine Freude, in meinem Herzen zu sehen, wie ihr mit beiden Füßen auf dem Boden der Tatsachen steht.

Damit meine ich auch, euch ein gutes Vorbild gewesen zu sein, was mir vielleicht nicht immer gelungen war. Aber fehlerlos ist bekanntlich nur Christus, somit bin ich mit meinem Handeln doch recht zufrieden. Und wenn man es fühlt, woher das Gute kommt, von welchem Geiste dies ausgeht, dann sind einem viele Herzen zugetan und man erfährt viel Liebe. Diese Liebe habe ich in meinem Leben oftmals erfahren und zu spüren bekommen. Obwohl mich Schicksalsschläge zu Boden warfen, sei es durch den Tod eures Großvaters und Vaters oder durch Susannes und deine Verschleppung, liebe Anna, sowie viele andere mehr oder weniger schmerzliche Erlebnisse, konnte ich immer wieder durch Hoffnung und Glauben Liebe erfahren und dadurch Kraft zum Weitermachen schöpfen. So haben wir unser Dasein, soweit es möglich war, vorangetrieben und weitergemacht. Es fällt mir recht schwer, hier über die Vergangenheit zu sprechen, doch ist es mir ein ernstes Anliegen, euch an unseren Ursprung zu erinnern. Ihr werdet sehen, dass es im Leben genügend Anlässe gibt, wo euch die Besinnung auf den Ursprung helfen könnte. Denn diese Erinnerung könnte euch an so manche Tugend erinnern. Vor fast 200 Jahren gab es in unserer Heimat Ostpreußen eine Anzahl von verschiedenartigen Religionen und Nationalitäten. Und diese Völker haben in einem Land gelebt, gearbeitet und gefeiert. Jeder nach seiner Sitte und Brauch. Ein großer Anteil dieser Bewohner war im Besitz einer Herzensbildung, die sonst selten zu finden war. Bei Feiern und Zusammenkünften sonstiger Art hütete man sich, irgendwas zu berühren, was anderen unangenehm sein konnte. In Gegenwart einer Mutter, die ihren Sohn verloren hatte, vermied man die Äußerung, sich seiner Kinder zu freuen, genauso in Gegenwart einer Witwe, den eigenen Ehemann zu loben. Der Protestant vermied es, in Gegenwart eines Katholiken Martin Luther zu preisen, und der Katholik wiederum in Gegenwart des Protestanten, dass die alte Religion die Sicherheit ewiger Seligkeit gewähre. Leider tun wir heute das Gegenteil und dies fällt uns nicht einmal auf. Oftmals bereiten wir uns auf eine Begegnung vor, indem wir im Voraus in unserem Gehirn verankern, womit wir unseren Gesprächspartner kränken würden. Und hier bitte ich euch, liebe Kinder, lasst uns zu diesem Ursprung zurückkehren, den ich eben nannte. Wir würden uns wundern, welche Zahl guter Wesen uns dabei begleiten würde. Als im Jahre 1941 eines Abends ein heftiger Sturm in unserer Heimat durch die Lande zog, begleitet von heftigem Regen, Blitz und Donner, wandelte er sich in einen Orkan und schlug die Wellen über unseren Gartenzaun bis vor unser Fenster. Es krachte und tobte so stundenlang. Als dann auch die riesigen Pappeln zu krachen und zu kippen anfingen, standen wir im Wohnzimmer angekleidet, in Erwartung, dass unser Haus wohl gleich beschädigt werden würde. Um die dritte Stunde wurde es ruhig und wir konnten uns schlafen legen. Gebäude und Bäume rund um uns wurden beschädigt, nur unser Holzhäuschen blieb unbeschädigt. Drei Tage später kam die Nachricht, dass gerade an diesem Abend in derselben Stunde, als der Sturm uns besuchte, euer Vater an der Front von einem Granatsplitter tödlich getroffen wurde. Wenn ihr euer tägliches Dasein beachten werdet, könnt ihr viele Dinge entdecken, die ihr als Zufall abstempeln werdet, nach tieferen Überlegungen werdet ihr oftmals sofort etwas ganz Anderes entdecken. Es müssen nicht nur traurige Zusammenhänge sein, es gibt genügend freudige Anlässe und Überraschungen. Für mich war es die Nachricht, dass meine Tochter noch lebt, anschließend die Nachricht über Susanne, die gemeinsame Fahrt mit euch nach Ostpreußen und vieles mehr. All das hatte in mein Leben viel Licht, Freude und Mut zum Weiterleben gebracht. Und ist es nicht herrlich, andere fröhlich und heiter zu sehen? Dafür ist unsere Sonne ein gutes Vorbild. Sie scheint auf alle, ihre Strahlen wärmen den Armen wie den Reichen, das unschuldige Kind wie den Verbrecher, den gesunden und kranken Menschen und dadurch tauen viele harte Herzen auf. Dass wir von Ostpreußen in alle Welt verstreut wurden, ist für uns schmerzlich und teilweise grausam. Doch fragen wir uns selbst: Wurde in unserer Heimat immer im Einklang mit Kosmos und Natur gelebt? Und schauen wir doch heute einige unserer Landsleute an, die ihre Identität bewusst vergessen oder leugnen. Leider gibt es immer noch eine Vielzahl von Menschen, die dies nicht verstanden haben, weder den Verlust unserer Heimat noch ihre eigene Vertreibung. Ein kleines Übel, das auf die größeren folgt, erfüllt das Maß und dann ist es kein kleines Übel mehr. Darauf sollten wir achten und wir sollten erkennen, dass oftmals bedeutende Übel nur darauf warten, von einem geringeren Geschehen dieser Art unterstützt zu werden, und schon kann sich das Große ausbreiten. Wir alle nehmen auch unbewusst an den Weltbegebenheiten teil, deren Opfer wir leider selbst geworden sind. Mein innerer Wunsch war es, noch einmal mit euch gemeinsam unsere Heimat zu besuchen, am Grab meines Mannes zu stehen, wo die rauschenden Kiefern auf dem Friedhof mit dem angrenzenden Tiefsee ganz laut „Auf Wiedersehen" rufen. Aber der Schwächeanfall von eben hat mich eines Besseren belehrt. Diesen Wunsch hatte ich vor unserer Reise auch getragen, doch verlangt man zu oft mehr vom Leben, als es uns bieten kann. So werde ich euch in Gedanken gern begleiten und mich für euch freuen, wenn ihr noch einmal diese Reise antreten solltet. Mehrmals schon ist mir gesagt worden: Wieso fahrt ihr in eure Heimat, wo dort doch das Volk lebt, das euch vertrieben hat? Darauf wusste ich immer zu antworten: Vertrieben hat uns nicht das Volk, welches dort lebt, vertrieben haben uns die Politik und andere Herrscher aus Gier nach Macht, Kapital und Religionsmehrheit. Und diese unsichtbaren Kräfte schieben uns, wie auch andere Völker, hin und her wie Schachfiguren. Wenn einzelne Personen anders denken, denn ist es ganz sicher falsch. Obgleich ich jetzt von einer Müdigkeit überfallen werde, die ich sonst nicht kenne, freue ich mich und bin innerlich erleichtert, euch das alles gesagt zu haben. Es ist schade, Susanne nicht mit euch zu sehen, doch diese starke Frau lebt in der Welt der Kunst und genießt somit einen Lebensbereich, der an erster Stelle ihrem Geiste zugute kommt. Früher oder später werde ich über die Schwelle das Jenseits antreten müssen und hier bitte ich euch, um mich nicht zu trauern. Diese Tatsache würde auch mir nicht helfen und ich würde dort keine Ruhe finden. Ich habe mein Leben gelebt und bin in den letzten Jahren für vieles in diesem irdischen Dasein entschädigt worden. Infolgedessen habe ich allen Grund, zufrieden zu sein. Du, liebe Anna, weißt durch unsere häufigen Gespräche am besten, wovon ich rede. Solltet ihr zu meinen Äußerungen Fragen haben, eure Mutter wird sie euch getreu beantworten können. Ich möchte nun ein Nickerchen machen."

Sophie versuchte, sich vom Sessel zu erheben, doch sie fiel rückwärts in den Sessel zurück. Als Wolfgang und Anna aufsprangen, um Großmutter und Mutter behilflich zu sein, sagte diese: „Lasst nur, es ist schön, mitten zwischen euch zu sein. Nur noch eine Weile ..."

Wolfgang fasste sie bei der Hand und merkte, dass sie eiskalt war. Die Erzählerin hatte inzwischen ihre Augen geschlossen und ein kaum merkbares Lächeln blieb starr in ihrem Gesicht. Anna wollte ihre Mutter erheben, doch Wolfgang und Charlotte hielten sie davon ab, denn das wäre jetzt nicht gut, was Anna auch wusste. Oft genug waren Menschen in ihren Armen verstorben. Himmlische Ruhe herrschte im Zimmer und nur die Wanduhr kannte keinen Halt, sie trieb die Zeit voran. Kaum zu begreifen, dass diese Frau, die vor einigen Minuten noch so klar und deutlich Erlebnisse geschildert hatte, jetzt nicht mehr unter den irdisch Lebenden weilte. Maria und Charlotte konnten ihre Tränen nicht verbergen, nur Anna und Wolfgang, die dieses Sterben mehrmals erlebt hatten, sahen auch das Scheiden ihrer Großmutter als einen Teil des Lebens. Als Arzt stellte Wolfgang den Tod fest, doch Charlotte war mit Anna bemüht, einen hiesigen Mediziner herzuholen, denn wer wusste, ob Wolfgangs Feststellung hier im Osten anerkannt wurde! Als ein Amtsarzt erschien, wurde alles Amtliche schnell erledigt. Obwohl Wolfgang den Tränen nahe war, versuchte er die übrigen Familienmitglieder zu beruhigen. Es wurden weitere Maßnahmen besprochen und Vorkehrungen getroffen. Der Leib der Leblosen wurde in das Totenhaus gebracht, nachdem er von den Frauen fertig gemacht wurde. An diesem Abend stand Wolfgang lange wie angewurzelt am Strand, hier konnte er weinen und dadurch sein Herz erleichtern.

So verschieden konnte der Abend vom Morgen eines Tages sein, bemerkte Anna, als sie gemeinsam über den Tagesablauf sprachen. An Susanne hatte Anna ein Telegramm geschickt, wie auch an Herrn Falter, der ihre Mutter immer verstanden hatte und mit ihr stundenlange Unterhaltungen geführt hatte. Obgleich Mutter sie lange davor auf ein plötzliches Scheiden aufmerksam gemacht hatte, war Anna zeitweise ratlos und verzweifelt. Umso mehr war ihr Herz von Dankbarkeit erfüllt, gerade jetzt ihre Kinder bei sich zu wissen. Wenn auch alle Anwesenden außer Benjamin und auch Charlottes Sohn die unfassbare Macht des Todes erlebten, wussten sie doch, dass der Tod zur menschlichen Existenz gehörte. Jetzt erinnerte Anna an Andeutungen ihrer Mutter, die vermuten ließen, dass sie sich von der anderen Seite der Todesschwelle erwartet fühlte. Und so hörte sich auch heute ihre Abschiedsrede an. Diese Tatsache deutete auch darauf hin, dass Sophie die Empfindung hatte, ihr Leben sei erfüllt. Es war schon merkwürdig, dass Sätze, die ihre Mutter so nebenbei sagte, heute so große Bedeutung hatten. So war Sophie in letzter Zeit sehr darum bemüht, das Verhältnis zwischen ihrer Tochter und Herrn Falter geklärt zu wissen. Die langen, intensiven Gespräche mit diesem Herrn und dann letztendlich ihre Freude, das Verhältnis geregelt zu wissen. Um ihre Enkelkinder Susanne und Charlotte war sie sehr besorgt, andererseits war sie von der Lebenskraft dieser beiden Frauen so überzeugt, dass sie alle Sorgen um deren weiteres Leben als unrealistisch empfand.

„Großmutter ist so gestorben, wie sie gelebt hat, wie wir sie kennen, sie trat über die Schwelle in der Erfüllung ihrer Aufgaben", bemerkte Wolfgang und äußerte weiter: „Wie ich Großmutter kenne, hat sie lange zuvor ihre Verhältnisse geordnet, was ihr das Sterben erleichterte." Diese Feststellung Wolfgangs wurde von seiner Mutter weitgehend bestätigt.

„Wir alle hier wissen, dass wir irgendwann sterben müssen, doch was der Tod ist, wissen wir erst, wenn er zugreift. Die Augen für immer so schließen zu können, ist auch eine Gunst des Schicksals", flocht Maria ihre zwei Sätze in die Unterhaltung ein. Viel mehr mochte sie auch nicht äußern, denn obwohl sie Sophie sehr gemocht hatte, war sie nur die Wahlverwandte und sollte im Gespräch schon den anderen den Vortritt lassen. Charlotte wollte sich um einen verlängerten Aufenthalt der Westberliner bemühen, denn sie mochten nicht eher abreisen, bis Großmutter beerdigt und auch sonst alles geregelt war, was Anna Schwierigkeiten bereiten könnte. Ein irdisches Leben ging zu Ende, irgendwo ist ein anderes inkarniert, um dem Gesetz der Schöpfung, des Kosmos und der Natur gerecht zu werden. Die scheidende Seele war den Hinterbliebenen ein Vorbild in vielfacher Hinsicht, wie die neue Seele ihre irdischen und geistigen Aufgaben hier meistern würde, würden wir wohl kaum erfahren. Damit beendete Wolfgang die Unterhaltung, denn Mitternacht war längst vorbei, und die Anwesenden suchten ihre Betten auf. Einschlafen konnte wohl keiner der Erwachsenen sofort. Und als der Morgen graute und die Besucher nach diesem Erlebnis vom Vortage im tiefen Schlaf versunken, versuchte Anna immer noch ihr Schluchzen im Kissen zu ersticken, bis sie kurz vor Sonnenaufgang doch noch einschlief. Wie erstaunt und überrascht war sie dann, als schon gegen halb zehn Herr Falter vor der Haustür stand und zur Begrüßung der kleinen Runde ein Gedicht über die Verstorbene vorlas:

Es war ein Leben einer Frau
auf diesem Erdtrabanten.
Die Menschen kannten sie genau,
sie oft beim Namen nannten.
Sie war ein Wesen, Mensch zugleich,
half manche Not zu lindern,
nun strebt sie auf zum Himmelreich,
gleich anderen Gotteskindern.

Ihr Leben war ein Würfelspiel,
mal fiel die Fünf und mal die Dreie,
am Ende die Entscheidung fiel
und warf sie aus der Reihe.

Nach diesen weisen Worten des Ankömmlings trat eine Schweigeminute ein, eine Stille, als wäre die Verstorbene im Raum anwesend. Während späterer Unterhaltung am Frühstückstisch wusste Herr Falter zu berichten, dass ihn Sophie im letzten Gespräch gebeten hatte, sie für die geplante Ostpreußenreise nicht zu berücksichtigen. Den Grund wollte sie ihm beim nächsten Besuch nennen. Nun war der Grund allen Anwesenden bekannt. Kurz darauf am Nachmittag traf auch Susanne ein. Charlotte und ihre Mutter hatten inzwischen die Aufenthaltsgenehmigung für Wolfgang und Familie erhalten. Nachdem auch Susanne die Verstorbene gesehen und sich an die neuen Umstände und Umgebung gewöhnt hatte, äußerte sie ihre Zufriedenheit über den friedlichen Gesichtsausdruck ihrer vestorbenen Großmutter. „Bei diesem Anblick der Verstorbenen sollten wir nicht die geringsten Bedenken haben und auch daran glauben, dass sie gut aufgehoben ist“, stellte Susanne fest, um den Schmerz ihrer Mutter eventuell zu lindern. Obgleich sie ihre Großmutter von Herzen liebte, war es Tatsache, dass ihr Innerliches an sie nicht so stark gebunden war wie an ihren Bruder oder ihre Schwester Charlotte, die von Großmutter aufgezogen wurden. Vielleicht war das der Grund ihrer spontanen Äußerung. Es könnte aber auch das Mitgefühl und die Entschlossenheit sein, welche die menschliche Betroffenheit empfand und dadurch von sich spontan handelte, überlegte Anna, ihre Tochter anschauend. Die Beerdigung wurde für den nächsten Donnerstag festgesetzt.

Noch am gleichen Abend, als Herr Falter sich von Anna und den anderen verabschiedete, wurde er von Susanne auf dem Weg zum Hotel begleitet, denn die beiden hatten noch einiges zu besprechen. Die junge Frau konnte es kaum erwarten, etwas über ihren Verlobten zu erfahren, und Herr Falter ließ sie auch nicht lange darauf warten.

„Inwieweit ich mich aufs Glatteis begebe, indem ich Ihnen, Susanne, einige Dinge schildere, werden Sie wohl verstehen." Ein Kopfnicken der Angesprochenen bestätigte die Feststellung des Erzählenden. „Da die Agenten ausschließlich unter ihrem Decknamen handeln, ist es immer schwierig, eine bestimmte Sache oder Person aufzuspüren. Dennoch bin ich sicher, dass Georg bereits das zweite Jahr in Polen tätig ist, u. a. im ehemaligen Ostpreußen. Dass er die Order hat, sich von dort aus nirgendwo zu melden, erscheint mir selbstverständlich. Wie lange diese Aktion laufen soll, ist mir unbekannt, doch laufen solche Auslandssachen maximal 30 Monate. Außerdem konnte ich keine Besonderheiten betreffend Ihres Verlobten erfahren. Ihre Mutter hat mir mehrmals erzählt, wie sehr Sie an Georg glauben. Doch möchte ich Sie auch warnen und Ihnen helfen, diese Angelegenheit zu ertragen und Ihre Zukunft nicht unbedingt darauf bauen. Meine Äußerungen sollen ein Anstoß sein, Ihre Bindung mit einem internationalen Geheimagenten zu überdenken. Wie aus den geheimen Unterlagen zu entnehmen ist, hat er einen Dienstwagen oberer Klasse zugeteilt bekommen, was auf seinen Erfolg im Dienste der Deutschen Demokratischen Republik hindeutet. Und ein Mensch, der so tief in dieser so genannten Überwachungsmaterie drinsteckt, kann sich nur selten davon trennen. Wie hoch seine Neigung ist, diesem Dienste treu zu bleiben, darf ich weder bewerten noch beurteilen, zumal ich seine Tätigkeit nur von außen sehe. Eines ist gewiss: Wollte er seinen jetzigen Stand aufgeben, und das ist unumgänglich, wenn er sich Ihnen offenbaren will, hat er einen schweren Weg vor sich, einen Weg, der durch Leben und Tod gleichzeitig bestückt ist und nicht selten im Sande endet. Denn mittlerweile weiß er viel zu viel über das Leben und Wirken verschiedener Persönlichkeiten auf internationaler Ebene und das würde genauso den Osten wie den Westen stören."

Schweigend, ihr Haupt gesenkt, schritt Susanne neben Herrn Falter und hörte dessen Schilderung zu. Er berichtete langsam, nachdenklich, als würde er jedes Wort abwägen, bevor es geäußert wurde. Er sprach im halblauten Ton, als träfe ihn dieses Schicksal selbst. Und er spürte auch die Betroffenheit seiner Zuhörerin. Lange zuvor hatte er überlegt, ob er seine Erfahrungen und Erkenntnisse Susanne so mitteilten sollte. Lange genug versuchte er diese Wirklichkeit zu verbergen in voller Hoffnung, dass sich diese Angelegenheit anderweitig klärte, doch heute blieb keine Alternative offen. Von Zeit zu Zeit schaute er auf die zu seiner Rechten schreitende junge Frau, die immer noch mit starrem Blick zur Erde blickte. Als er wieder mal seinen Blick nach rechts wandte und über die Wangen der sonst so selbstbewussten Person Tränen fallen sah, beschloss er, die Wirklichkeit zu mildern, um sie zumindest teilweise in Glauben und weitere Hoffnung umzuwandeln.

So äußerte er weiter: „Doch wie der Stand auch sein mag, es kommt, wie es kommen soll. Diese Weisheit kennen Sie genau wie ich zur Genüge. So undurchsichtig und aussichtslos die Dinge uns oftmals im Leben erscheinen, finden sich plötzlich Wege, die keiner vermutet und geplant hatte. Und wenn Sie bis dahin auf eine Nachricht gewartet haben, wird es wohl jetzt nicht allzu lange dauern, bis er wieder in Berlin zurück ist. Sollte ich in dieser Sache Näheres erfahren, will ich Sie gerne so bald wie möglich unterrichten."

Antworten konnte die Betroffene nicht sofort, sie nickte als Zeichen ihrer Zustimmung. Diese Nachricht machte sie bestürzt und riss sie seelisch in die Tiefe. In ihrem seelisch angeknacksten Zustand, bedingt durch das plötzliche Ableben ihrer Großmutter, war es schwierig, alles aufzunehmen und einzuordnen. Sollten denn die Monate des Wartens im Sande verlaufen? All ihre Gedanken und Hoffnungen und der Glauben ohne Bedeutung und Wirkung enden? Sollte ihre Verlobung für Georg nur ein Abenteuer gewesen sein? Eine so große Täuschung konnte es doch gar nicht geben. Als sie eine Bank entdeckten, wurde darauf Platz genommen und die Unterhaltung fortgeführt.

Nach kurzem Schweigen begann Herr Falter erneut: „Es passiert nicht selten, dass wir während unseres Daseins neu geboren werden, so wie es mir ging, nachdem ich Ihre Mutter kennen lernte. Wenn ich gedanklich in meine Vergangenheit zurückgehe, ist mir vieles rätselhaft. Ich habe nicht nur Gewohnheiten, Ansichten und Sitten geändert oder ganz eingestellt, mein ganzer Charakter hat sich gewandelt, ich habe meine Interessen derartig geändert, dass meine Bekanntenkreise es kaum verstehen konnten und mich in einer geheimen Sekte oder Lage vermuteten. In Ihrer Mutter lernte ich eine neue Welt kennen, die es für mich davor nie gegeben hatte, obgleich diese für mich so neue älter ist als die meine. Denn es ist die

Welt der Natur und kosmischer Gesetze. Und von so einer Vielfalt an Genugtuung, Freude und Zufriedenheit, die ich seitdem erlebe, hätte ich niemals zuvor auch nur träumen können. Warum ich Ihnen das alles heute erzähle? Weil ich vermute, dass auch Georg so eine Geburt erleben könnte oder vielleicht schon erlebt – dann läuft alles anders als vorher."

„Ich danke Ihnen", äußerte Susanne halblaut, indem sie ihren Gesprächspartner anschaute und ihm ihre Hand reichte. Sie erhoben sich wortlos und traten den Heimweg an. Obwohl der Wind sich zur Ruhe gelegt hatte, wurden sie immer noch vom Rauschen der Ostseewellen begleitet. Susanne stellte noch einige Fragen, inwieweit es sinnvoll sei, dieses oder jenes zu unternehmen, Herr Falter dagegen sah überhaupt keine Möglichkeiten, von außen in Georgs Dasein einzugreifen.

Bis zum Hoteleingang begleitete Susanne ihren Gesprächspartner und war einige Minuten später bei Mutter und Geschwistern. Diese sonst Freude und Hoffnung ausstrahlende Wohnung wirkte an diesem Abend hoffnungslos und bedrückend. Wenngleich jeder der Anwesenden bemüht war, den Tod von Sophie dem Lebensgang einzuordnen, bestätigte so ein Ereignis die menschliche Ohnmacht. Eine Tatsache, die für sie alle unumgänglich war. Von Susanne wurde erwartet, dass sie nach dem Gespräch mit Herrn Falter zumindestens für sich Zuversicht äußerte, doch auch hier schien keine Änderung in Sicht, denn die Gesichtszüge der Zurückkehrenden waren ernst und verrieten innerlichen Schmerz. So wagte es auch keiner zu fragen oder das Thema zu berühren. Die doppelte Last für Susanne wurde von den anderen verstanden, und wenn sie im Gespräch diese Last zu mindern glaubte, würde sie das Thema selbst ansprechen. Nur die beiden Kinder als strebende Natur blieben von der Traurigkeit verschont. Herr Falter war sehr bemüht Anna unter die Arme zu greifen, was die Moral seiner Person in den Augen der übrigen Verwandtschaft steigerte. Denn wie bekannt, erkennen wir den wahren Menschen in der Not und besonders in seelischen Nöten.

Bei den Vorbereitungen für den letzten Weg der Verstorbenen halfen alle mit, so war es für Anna leichter zu ertragen. Am Donnerstag wurde der Trauerzug aus einer Vielzahl von Bekannten, Nachbarn und Verwandten gebildet. Der Prediger hielt eine herzergreifende Ansprache, die viele Anwesende bewegte. Obwohl es in Strömen regnete und dunkle Wolken nur langsam in Richtung Osten vorüberzogen, als wollten sie andeuten, dass nun Sophie mit ihnen langsam davonzog und sich von dem hier verabschiedete, hatte keiner der Trauergäste die Grabstätte vorzeitig verlassen. Am Schluss, bewusst allein am Grabe ihrer Mutter zurückgeblieben, dankte Anna im Geiste der Verstorbenen für ihren aufopfernden Einsatz in der Erziehung ihrer Kinder, für die verschiedenen Jahre der Mühe, sie von Krasnojarsk ins Vaterland zurückzuholen, für ihr beispielhaftes Streben nach neuen Erkenntnissen im Dienste anderer, ihr oft fremder Menschen. Sie war, ist und blieb ihr ein Vorbild in Gedanken und Handeln. Denn bei allem, was sie auch tat, war ihr Geist meistenteils mit beschäftigt. Noch in letzter Stunde ihres Erdendaseins wirkte sie erstaunlich gelassen. „Auf Wiedersehen in unserer gemeinsamen Heimat." Mit diesen Worten verabschiedete Anna sich vom Grabe ihrer Mutter, um sich ihren Kindern, die auf sie warteten, anzuschließen. Danach wurde im engsten Kreise der Verwandten und Bekannten noch viel Gutes über die Verstorbene gesagt und es schien zeitweilig, als wäre sie im Geiste unter ihnen. Diese Unterhaltungen aus dem Bekanntenkreise ihrer Mutter waren für Anna eine Genugtuung und Stärkung für sie in ihrem Glauben. Oftmals wurden Tatsachen erwähnt und geschildert, von denen Anna nichts gewusst hatte und die doch lobenswert waren. Zwei Stunden später waren auch die letzten Gäste verschwunden und nur die Familie, einbezogen Herr Falter, der nun auch fast zur Familie gehörte, waren zurückgeblieben und halfen, den Haushalt nach der Trauerfeier zu ordnen. So ging ein Tag dem Ende zu, ein Tag, der vorgezeichnet und bestimmt war durch Ereignisse davor, diese Erlebnisse und Tatsachen abschloss, um den darauf folgenden die Möglichkeit einzuräumen, ein neues Kapitel zu beginnen.

# Kapitel 13 – Georg in einer Zerreißprobe

Obwohl Georg mit vielseitigen Aufgaben reichlich beschäftigt war, hatte er hier viel Zeit, zu überlegen, nachzudenken und seine Vergangenheit in Gedanken immer wieder zu erleben. Für seine Dienstorder brauchte er Zeit und Geduld und diese Zeit wurde ihm auch zur Genüge eingeräumt. Als Bürger der Deutschen Demokratischen Republik genoss er besonders im Ausland ein fürstliches Leben. Doch über den Preis, den er als Geheimagent für dieses Dasein zahlen musste, hatte er sich noch nie ernsthaft Sorgen oder auch nur Gedanken gemacht. Soweit er in Berlin, Moskau oder Warschau tätig war, hatte er kaum Zeit, darüber nachzudenken. Dann galt es vorwärts zu blicken und ein jeder Tag brachte neue Erfahrungen und Erkenntnisse. Anders war es hier in Ostpreußen, in seiner Heimat. Hier bekam er deutlich zu spüren, dass seine täglichen Aufgaben nur selten mit der Natur übereinstimmten. Hinzu kam die Erinnerung an längst vergangene Zeiten. Als er vor zwei Jahren unerwartet vom Oberst vor die Alternative gestellt wurde, weiterhin Geheimdienst im In- und Ausland zu absolvieren oder lebenslang als Angestellter in den grauen Mauern dahinzuvegetieren, hatte er sich für das Erste entschieden, wohl wissend, was für Konsequenzen es für sein Leben haben würde. Anfangs hatte er sich damit vertröstet, dass die Zeit Wunden heilen würde, doch das Gegenteil war der Fall. Je länger die Zeit, umso mehr musste er an seine Verlobte denken. In letzter Zeit quälten ihn diese Gedanken so offensichtlich, dass er dann spontan nach Selbongen fuhr, um auch nur in Gedanken die damaligen Erlebnisse herbeizuführen. Dass er sich damit selber belog, war ihm mittlerweile auch bewusst. So war er zeitweilig entschlossen, Susanne von seiner Tätigkeit in Kenntnis zu setzen und das Privatleben mit seinem Dienst zu verbinden, wenn auch diese Pläne wohl kaum in Einklang zu bringen waren. Vor Jahren noch war er mit Herz und Seele dabei und immer zu neuen Aufgaben bereit, dem Staate zu dienen, für die Deutsche Demokratische Republik. Heute führte er Ordern aus, wo er von vornherein überzeugt war, dass dies nicht in Ordnung war. Und trotzdem führte er diese Befehle aus und das mit so einer Sorgfalt, dass er dafür stets neues Lob erhielt. Nach seiner Verlobung mit Susanne hatte er sich mehrmals überlegt auszusteigen, doch wie, wann und wo? Und danach? Am Anfang, vor Jahren, hatte man ihm versichert, er könne kündigen, wenn ihm diese Tätigkeit keinen Spaß mehr mache. Im äußersten Fall müsste er dann seinen Namen ändern. Inzwischen waren die Gesetze mehrmals geändert worden. Einer seiner Freunde hatte gekündigt – danach war er plötzlich nicht mehr da, weder im Dienst noch in seiner Wohnung auffindbar. Wo er drinsteckte, war Georg durchaus bewusst. Ebenso war ihm bewusst, dass Menschenrechte nur als Gesetz und Bezeichnung einer gewissen Ordnung galten und erwähnt wurden. Bei Verhandlungen auf internationaler Ebene und bei Verabschiedung von Gesetzen wurden Interessen großer Wirtschaftszweige und politischer Machenschaften berücksichtigt. Der einzelne Mensch konnte bei solchen Beschlüssen gar keine Rolle spielen. Daran zu glauben, wäre töricht. Wie Schachfiguren wurden wir per Verordnungen hin und her geschoben. Doch irgendwann musste er sich entscheiden, obzwar er diese Entscheidung seit Monaten vor sich hinschob. Doch wenn er sich entschieden hatte, dann musste dieser Entschluss Bestand haben. Dass Susanne einen anderen Mann fürs Leben verdient hatte als ihn, war Georg klar. Allein, dass er sie so lange ohne Nachricht warten ließ, war Grund genug, diese Behauptung zu stellen. Bei einem kurzen Aufenthalt in Nikolaiken hatte er Jan getroffen. Leider war es zu spät gewesen, dieser Begegnung auszuweichen. Jan erzählte ihm von seiner Trennung von Charlotte und versuchte ihm dabei zu erklären, dass es aufgrund der aufgetretenen Schwierigkeiten keine Alternative gab. Nach dieser Nachricht schaute Georg seinen Bekannten verachtend an und verabschiedete sich von ihm. Ein innerlicher Hass gegen diesen Menschen steigerte sich zur Wut. Doch dann versuchte er sich zu beruhigen und fragte sich selbst: „Wie bist du denn selbst? Wie gehst du denn mit Susanne um?“ Hier entdeckte Georg seinen Charakter und sein Handeln. Trotzdem hatte er kein Bedürfnis, diesem Kerl noch einmal zu begegnen.

Er fuhr ins Novotel, wo er eine Verabredung mit dem Ober für abends vereinbart hatte. Leider hatte er von diesem noch nicht viel erfahren können. Gute Informationen ließen halt etwas länger auf sich warten. Sie trafen sich wieder nach dem Abendessen und unterhielten sich anfangs über die Tagesgeschehnisse im Lande. Sie waren inzwischen auf „du“ und führten interessante Gespräche über Sitte und Brauchtum Deutscher und Polen. Dass diese Gewohnheiten beider Völker nach und nach der Vergangenheit angehörten und aufgrund des technischen Fortschritts für immer verschwanden, war ihnen auch nicht neu. Ob der Ober von ihm gezielte Dinge erfahren wollte, konnte Georg noch nicht herausfinden. Dafür verfolgte er selbst eine gezielte Richtung, wofür er den Wegweiser hier zu erfahren glaubte. Sie setzten sich in eine Ecke, wo sie das grelle Licht der nackten Glühbirnen und die zum Teil heiteren Gespräche der Westtouristen nicht sehr störten. Dic Untcrhaltung fand wie üblich in polnischer Sprache statt.

„Scheinen wieder mal überwiegend Heimatgeschädigte zu sein“, bemerkte der Ober und fuhr weiter fort: „Merkwürdig und für mich unbegreiflich. Sie verlassen ihre Heimat und können nicht schnell genug in den Westen kommen, zahlen sogar nicht selten viel Geld dafür und es zahlen die gleichen Menschen dafür, ihre Heimat wiederzusehen. Es leben hier so viele Menschen, einige weniger und andere mehr betucht, doch verhungert ist in diesem Lande wohl kaum einer. Dabei wird die Auswanderung vieler Menschen auch heute noch erschwert, mit dem Hintergedanken der Regierung, sie hier zu behalten. Und trotzdem wollen sie hier nicht zurückbleiben. Leider haben Millionen dieser Menschen die Wahrheit und die Wirklichkeit über ihre Heimat nicht erfahren können und vielleicht auch nicht erfahren dürfen. Ich hatte mir vor zwei Jahren einen Dokumentarfilm angesehen. Es war ein Film über die damaligen Verhandlungen zwischen den Westmächten und Russland mit Beteiligung der westdeutschen Regierung, erzählt von einem britischen Offizier, der als Schutz den Verhandlungen beiwohnte. Dieser Mann hatte eindeutig geschildert, dass die Bundesregierung auf Ostpreußen verzichtet. Und so ist es mir nicht ganz verständlich, wenn verschiedene Verbände an diesem Beschluss vorbeisehen und andere Aufteilungen fordern."

„Darüber kann ich dir deutlich und getreu der Wirklichkeit antworten", begann Georg, indem er äußerte: „Um das alles zu verstehen, muss man hier gelebt haben. Man muss von Anfang an nach Kriegsende dabei gewesen sein. Wie es nach jeder Zerstörung, nach jedem Brand, nach jeder Naturkatastrophe und nach jedem Krieg die Tatsache ist, ziehen zuerst Räuber und Plünderer durch das Land. Und so war es auch dieses Mal der Fall. Von ehemaligen polnischen Gebieten östlich des Flusses Bug sind die Menschen vertrieben worden und diese Familien suchten eine Bleibe in den leer stehenden Gebäuden in Ostpreußen. Doch bevor diese Menschen kamen, durchzogen das Land Leute, die jeder Regierung und jedem Staate zur Last fallen, die nur auf solche Gelegenheiten warten. Überwiegend Plünderer aus ehemals an das Masurenland angrenzenden polnischen Provinzen. Mit Pferdewagen kamen sie meistens nachts gefahren, haben nicht nur die leer stehenden Gebäude und Höfe leer geplündert, sondern auch die deutschstämmige Bevölkerung überfallen und ausgeraubt. Einige kamen mit ihren Familien, wohnten einige Tage oder Wochen auf einem Hof, räuberten die Nächte durch, denn die deutschen Einwohner waren ja die Verlierer und mussten gehorchen. Wenn sie dann die Gegend ausgeplündert und in der Gegend bekannt waren, zogen sie beladen in ihre Heimat zurück. Als darauf die arbeitenden Menschen von hinterm Bug kamen, waren sie nicht viel reicher als die ausgeraubten Einheimischen. Und sie wurden von der deutschen Bevölkerung mit Skepsis und Misstrauen empfangen. Trotzdem entstand in relativ kurzer Zeit ein harmonisches Zusammenleben, abgesehen von Ausnahmen, die auch heute noch bestehen. Dass diese Ausnahmen für alle Seiten, Parteien und Religionen gefährlich sind, war uns bekannt. Dass die Regierung bemüht war, die deutschstämmige Bevölkerung im Lande zu behalten, stand außer Frage. Andererseits war es heute noch verboten, öffentlich deutsch zu sprechen. Menschen, die kein Polnisch konnten, hatten keine Stelle, bei der sie sich beschweren konnten, wenn ihnen von irgendeiner Seite Unrecht angetan wurde. Es sei denn, sie hatten eine Fürsprecherin oder einen Fürsprecher aus der polnischen Bevölkerung. Und damit habe ich dir auch deine Frage beantwortet, warum die Menschen von hier geflohen sind. Sie waren Fremde und schutzlos im eigenen Geburtsland. Es ist schon bedrückend, wenn du auch 30 Jahre nach dem Kriegsende deine Muttersprache nicht sprechen darfst. Dies sollte nur die Antwort auf deine Frage sein. Die Beurteilung und Wertung dieser Umstände ist nicht mein Ding. Dass verschiedene Verbände und Organisationen ihrer Heimat gedenken, wundert mich nicht. Obgleich ich genügend Personen kennen lernte, die so verbittert sind, dass sie ihre Heimat weder sehen noch davon hören wollen. Andererseits betrachtend, wie heutzutage Minderheiten um ihre Heimat kämpfen und oftmals auch Blutvergießen nicht scheuen, so muss ich doch meinem Volke großes Verständnis im Rahmen der Völkerverständigung einräumen. Denn kaum eine Minderheit oder ein Volk hat den Verlust seiner Heimat so schweigend und widerstandslos hingenommen wie die Ostpreußen. Und sie freuen sich, wenn sie heute ihre Heimat besuchen dürfen und freundlich empfangen werden. Und so geht es auch mir, denn ich zähle mich auch zu den Genannten“, beendete Georg seine Erzählung.

„Wie du mir die Dinge soeben geschildert hast, muss man tatsächlich von Anfang an dabei gewesen sein, um Bescheid zu wissen, geschweige denn, die Dinge zu werten“, äußerte der Ober und fügte hinzu: „Es ist nur schade, dass über diese Geschehnisse nur wenig oder gar nichts in den Medien und Regierungen geredet wird. Stattdessen erzählen uns die Sozialisten, wie schlimm der Kapitalismus ist, und der Kapitalismus schürt die Angst vor dem Kommunismus. Doch wer genau hinsieht, der erkennt in einem wie im anderen am Ende das Muss.“

„Die Welt bleibt immer dieselbe, das eine Volk liebt, lebt und empfindet wie das andere“, äußerte Georg und fragte weiter: „Warum sollten unsere Völker davon befreit sein? Dabei sind die Lebenssituationen gleich.“ Das Gespräch kam nun auf Kopernikus. Als der Ober voller Stolz äußerte, dass der ein Pole war, antwortete Georg: „Das ist richtig, wobei ich einräumen muss, wäre er drei Jahre früher geboren, wäre sein Geburtsort Deutschland gewesen, so ist er polnischer Bürger deutscher Herkunft.“

„Ob das so der Wahrheit entspricht, sei dahingestellt, da ich aber in Geschichte noch nie ein Licht war, muss ich es für heute so stehen lassen“, kam die Antwort vom Ober.

„Ob du nun Pole oder Deutscher bist, hilft weder dir noch mir, also lassen wir dich doch ein deutscher Pole sein oder ein polnischer Deutscher", scherzte Georg, um dieses Thema zu beenden.

„Dem habe ich nichts hinzuzufügen, außer meiner Bemerkung, dass wir unser Vaterland doch lieben sollten, um auch patriotisch zu wirken", hielt der Ober am Thema fest und führte weiter aus: „Und wenn das der Fall ist, sehen wir auch gerne große Persönlichkeiten in unseren Reihen."

„Was heißt hier patriotisch wirken und sein Vaterland lieben?", fragte Georg seinen Gesprächspartner und sich zugleich und fuhr fort: „Hier käme wohl nur infrage, den Geist des Volkes zu reinigen oder dessen Denkweise zu ändern und zu verbessern, doch wie das vor sich gehen soll, ist mir ein Rätsel. Eventuell könnte dieses Kunststück langfristig über Generationen nur Philosophen und Dichtern gelingen, wenn es sie in Reihenfolge gäbe. Leider ist es anders im Leben. Sobald es einen oder mehrere große Namen dieser Sorte gibt, dauert es meistens Jahrhunderte, bis wieder welche auftauchen."

„Das Merkwürdige ist nur, dass diese Phänomene in jedem Volke auftauchen und verschwinden", bestätigte der Ober Georgs Feststellung.

Mit solchen und ähnlichen Unterhaltungen verbrachten die beiden nicht nur diesen einen Abend. Mittlerweile schienen sie sich so gut zu kennen, dass auch persönliche und vertrauliche Angelegenheiten geäußert wurden. Und als Georg an einem solcher Abende erfuhr, dass der Ober ein Agent des polnischen U. B. war, wunderte es ihn nicht besonders, denn dafür hatte er ihn lange davor gehalten. Auch der Ober hatte von Georg Dinge erfahren, die nur wenige wissen durften. Übrigens war er hier sowieso unter falschem Namen eingetragen. Auch seine wichtige Herzensangelegenheit namens Susanne hatte er seinem Freund anvertraut in der Hoffnung, dieser wüsste einen Ausweg. Und er hatte den Ausweg, indem er ihm geraten hatte, das Doppelspiel seiner Empfindungen zu beenden.

„Egal, wie du dich entscheidest", äußerte der Ober Georg gegenüber, „ein Mensch leichtsinniger Art und harten Herzens kann damit leben, aber nicht du. Dich richtet das Ungewisse zugrunde. Auch ich musste Ähnliches bewältigen, wenngleich meine damalige Lage vielleicht etwas milder anzusehen war, allein dadurch, dass ich kein gläubiger Mensch bin, spielten für mich die Gefühle und Empfindungen nicht eine so bedeutende Rolle, wie es bei dir der Fall ist." Dies alles war Georg bewusst, doch half es ihm immer noch nicht, die Entscheidung zu treffen.

Nach diesem Gespräch trafen sich die Agenten längere Zeit nicht. Der U. B.-Mann wurde als Ober in ein Hotel nach Lötzen versetzt, dort hielten genauso Busse aus dem Westen wie in Allenstein und enthielten somit auch ein breites Beobachtungsfeld für den Ober. Georg wurde zwischendurch nach Berlin in die Zentrale gerufen, woraufhin er wieder bei Nacht und Nebel nach Polen zurück musste. Diesmal sollte er einige Befehle in Warschau und Umgebung ausführen, um anschließend in Sopot den Danziger Raum in Angriff zu nehmen. Dort schien die Arbeiterbewegung besonders aktiv zu sein. Bevor er jedoch seine Tätigkeit in Warschau aufnahm, besuchte Georg seinen bekannten Ober in Lötzen. Es war ein langes, wichtiges Gespräch, das die beiden Herren an jenem Abend führten. Wie oftmals in Alleinstein waren sie auch hier die letzten Gäste, die den Raum des Restaurants verließen. Als sie sich am nächsten Tag nach dem Frühstück verabschiedeten und Georg in seinem Pkw das Gelände verließ, schaute ihm der Ober so lange nach, bis Georg seinem Blick hinter der nächsten Straßenbiegung entschwunden war. Er konnte nur schwer begreifen, dass ein Mann wie Georg seine Karriere, seine Zukunft und sein Leben für eine Frau aufs Spiel setzte. Was musste das für ein Geschöpf sein, das man so lieben konnte, dachte der Ober und bewegte sich in sein Hotelzimmer. Er überdachte noch einmal das Treffen mit Georg, dem er seine Unterstützung und Hilfe bei einer Flucht in den Wesen versprochen hatte. Schade für so einen weisen Menschen, der so vieles wusste und sich doch selber ruinierte, indem er sich hin und her innerlich zerreißen ließ, wodurch sein körperlicher Zustand genauso in Mitleidenschaft gezogen wurde. Denn so niedergeschlagen hatte er Georg noch nicht erlebt. Nun wollte er dafür sorgen, dass sein Freund mit einem polnischen Reisepass Polen in Richtung Westen verlassen konnte. Es würde Georg eine Menge Geld kosten, doch er war von seinem Plan nicht abzuhalten.

Indessen war der ostdeutsche Agent unterwegs mit seinem Pkw in Richtung Warschau. Er kannte die Gegend und kam schnell voran. Dabei ging ihm das Gespräch mit dem Ober durch den Kopf. Ob das wohl das Richtige war? Doch nun war die Sache ins Rollen geraten und sollte auch so schnell wie möglich voranschreiten. Das Geld dafür hatte er, so sollte ihn nichts aufhalten können. Egal, was er im Westen auch machen sollte, mit Susanne gemeinsam würde es schon gehen. Heute noch würde er ihr einen Brief schreiben, sie solle auf ihn warten. Viel mehr würde er ihr nicht schreiben können, denn wer wusste, wo sein Brief diesmal landete. Vom Hotel aus telefonierte er noch einmal mit dem Oberst und ließ den Tag ausklingen. Ein Besuch im Kellerrestaurant „Krokodil“ in der Altstadt brachte ihm auch nicht die nötige Ruhe, um einen Brief an Susanne zu schreiben, so ließ er es dann für heute. Einschlafen konnte er an diesem Abend lange nicht. Er erinnerte sich mit guten Gedanken an Susannes Bruder Wolfgang, den er ganz sympathisch fand, an ihre Mutter und Großmutter von der Ostseeinsel, an Charlotte. Was mochten wohl all diese Menschen von ihm denken? Doch das war nur zweitrangig, jetzt galt nur ein Ziel – Susanne. Mit der Passbeschaffung war nur ein geringer Teil der Schwierigkeiten überwunden. Hoffentlich hatte er den Ober richtig eingeschätzt, denn sonst wäre er verloren. In drei Monaten musste er noch einmal für einige Tage nach Allenstein und dann sollte es losgehen. Auch der Ober war zu dieser Zeit dort, um alles in die Wege zu leiten. Es war schon morgens, als Georg endlich seinen nötigen Schlaf fand.

# Kapitel 14 – Die Begegnung in der Kunstausstellung

Es war später Nachmittag, als Susanne in ihrer Wohnung im Westen Berlins eintraf. Wie es ihre Gewohnheit war, setzte sich die junge Frau auch diesmal erst in den Korbsessel, um die auswärtigen Erlebnisse noch einmal zu überdenken und daraus Erkenntnisse zu gewinnen. Mit Zufriedenheit dachte sie daran, dass ihre Mutter einen Lebensgefährten gefunden hatte und somit nicht allein zurückgeblieben war. Charlotte schien als allein erziehende Mutter keine außergewöhnlichen Schwierigkeiten zu haben. Im Gegenteil, ihre ruhige Ausstrahlung und ihr Sohn ließen ein harmonisches Dasein vermuten, was bei einem Zusammenleben mit Jan wohl nicht der Fall gewesen wäre. Allein das Hin-und-her-Pendeln zwischen Berlin und Sensburg brachte genug Unruhe in ihr Leben, von den Besuchen in Jans Elternhaus ganz abgesehen. Auf ihre neue Bekanntschaft schien ihre Schwester großen Wert zu legen, was auch wohl seine Berechtigung hatte. So schienen sich viele Dinge zum Guten zu wenden. So schwierig es sein mochte, sich auf einsamen Wegen durchzuhelfen, umso deutlicher schienen diese Wege ihre Berechtigung in unserem täglichen Dasein zu finden und letztendlich auch unsere Seele zufrieden zu stellen. Was sie von Herrn Falter über Georg erfahren hatte, stimmte sie nicht gerade heiter. Doch bei reiflicher Überlegung konnte sich Susanne nicht vorstellen, dass es unmöglich war, ihr eine Nachricht auf irgendeine Art zukommen zu lassen. Doch jeder Baum konnte nur Früchte des Bodens tragen, aus dem er hervorkam. Aber konnte diese Aussage auf Georg überhaupt zutreffen? Wurde er nicht schon wie sie auch als Bäumchen aus seinem Boden entwurzelt, um ihn danach mehrmals zu verpflanzen und anderen Böden anzupassen? Sie hatte das Glück im Unglück, ihre Entwicklungsjahre mit Menschen guter Gesinnung zu verbringen, seine Entwicklung war von Staat und Partei geformt worden. Das Ende ihrer Entwicklung war durch die Kunst bestimmt worden. Den Endspurt seiner Entwicklung hatte der Geheimdienst in Verbindung mit Verlogenheit und Geld bestimmt. So schwebte Susanne mit ihren Gedanken in einem Wechselbad, mal sprach der Verstand und dann wieder das Herz. Andererseits war sie eines Charakters, der im Stande war, beides zu verbinden, und das stärkte sie und ließ sie hoffen. Auf ihre Tätigkeit im Schauspielhaus freute sich die Sängerin und es war auch ein großer Teil ihres Lebens. Morgen hatte sie noch einen freien Tag und dann gings los. Dann war da immer noch der Unbekannte, der sich von Zeit zu Zeit meldete, dass er noch da war, indem er am Ende ihres Auftritts laut aus dem Publikum rief: „Bravo, Su Bromowna!“ Es musste ein Mann sein, der sie von Moskau her kannte. Es war eine eher sanfte Stimme. Einerseits würde Susanne gerne wissen, wer es wohl sein mochte, andererseits war ein Dasein mit Rätseln doch viel interessanter. Jede Sache ist für den Menschen interessant, solange es ein Rätsel blieb. „Nach der Erfüllung der Lust beginnt die Unlust", pflegte ihre Großmutter zu sagen.

Während sie ihr Wesen nach mehrtägiger Abwesenheit wieder in ihre Wohnung einbrachte, den Koffer auspackte und die herumliegenden Notenblätter sortierte, klingelte es an der Haustür. Als sie nach unten ging, um zu öffnen, entdeckte sie vor der Tür einen bunten Strauß mit einem Kärtchen: „In der Hoffnung, Sie endlich wieder auf der Bühne zu sehen! Ihr Verehrer!" Leider war dieser Verehrer zu schnell verschwunden, wie immer. Sie erkannte die Schrift, die sie bereits mehrmals erhalten hatte. Nur schade, dass sich dieser Herr so bedeckt hielt, so blieb er auch weiterhin ein Rätsel für die Sängerin. Und es wurden auch diesmal die Blumen liebevoll in eine mit Wasser gefüllte Vase gestellt. Immer wieder konnte sich Susanne an blühenden Gewächsen erfreuen. Für den nächsten Vormittag war sie zur Eröffnung einer Kunstausstellung geladen, worauf sie sich heute schon freute. Es war ein bekannter Maler, dessen Werke sie seit Jahren bewunderte. Bei solchen Anlässen traf man oftmals bekannte Personen, mit denen es erholsam war, interessante Gespräche zu führen.

Als es dann am nächsten Vormittag so weit war, machte sich Susanne auf den Weg. Nachdem sie vom Künstler und einigen Anwesenden nett begrüßt wurde, fühlte sich die Genannte recht wohl in dieser Umgebung. Es waren bekannte Gesichter aus Politik, Wirtschaft und Wissenschaft vertreten, dabei auch ihr persönlich bekannte Theaterbesucher. Und diese suchten besonders das Gespräch mit Susanne, wovor sie sich auch nicht zu drücken suchte. Es war schon interessant zu erfahren, welche Leute ihre Vorstellungen im Theater besuchten und wie diese Personen ihren Gesang bewerteten. Dabei war ihr auch bewusst, dass nicht alle den Charakter und die Offenheit besaßen, ihr gegenüber die Wirklichkeit ihrer Wertung zu offenbaren, trotzdem versuchte sie, jedes Gespräch zu verstehen und zu werten.

Eine halbe Stunde später kam Susanne endlich dazu, die ausgestellten Gemälde anzuschauen. Die Bilder betrachtend, versank die junge Frau darin und vergaß ihre Umgebung dabei. Das riesengroße Werk am Eingang der Kunsthalle faszinierte sie außerordentlich. Die hohen Meereswogen im Hintergrund spiegelten deutlich den Vordergrund des Bildes, mit den tanzenden Blättern von den fast kahlen Bäumen und dem Herbst im Lande. Es spiegelte genauso unser Leben wider. Obwohl der Sturm an den Wogen und gebogenen Bäumen und Sträuchern zu erkennen war, gab er sich in den tanzenden Blättern fast noch deutlicher zu erkennen. Er trug und schleuderte sie hin und her, bis sie dort gelandet waren, wo sie irgendwann aufgesammelt wurden oder Neuem zum Leben verhalfen. Die dunklen Quellwolken vervollständigten das Herbstbildnis dieses schönen Werkes. Aufmunternd dagegen ein Kunstwerk ganz anderer Art. Die aufgehende Sonne mit den in Richtung Osten ziehenden Wildgänsen ließen uns nur zu deutlich den Frühling vermuten und die am Bache sprießenden Kätzchen verhießen uns neues Leben, Hoffnung und Zuversicht in die Zukunft. So könnte Susanne diese Ankündigungen und Spiegelungen der Natur in Gemälden stundenlang betrachten, ohne ihrer überdrüssig zu werden. Denn damit verband sie Erlebnisse und Vergangenheit. Es liegen in der Natur so viele übersinnliche Wesen und Kräfte, die uns Menschen in unserem Dasein immer dann stärker werden lassen, wenn wir es am wenigsten vermuten, überlegte die Betrachterin beim nächsten Bild.

Währenddessen füllte sich der Raum nach und nach. Doch das störte und hinderte Susanne nicht, ihre Betrachtung fortzusetzen und ihrer Begeisterung begleitet durch Phantasie, freien Lauf gewähren. Die Werke des Künstlers waren so vielseitig und so verschiedener Art, dass es ein wahrer Genuss war, diese anzuschauen und von einem Gedankenbereich in den anderen zu stolpern. Auch die Verbindung zwischen Anschaulichem und Abstraktem brachte er vortrefflich zum Ausdruck. Es war doch herrlich, die Kraft zu besitzen, das zu sein, wozu die Natur einen gemacht hatte. Es war doch wohltuend, einen Menschen anzusehen, an dem weder etwas verbogen noch verbildet war, dem man ansah, dass er komplett war, und sei es auch ein kompletter Narr. So hatte er auch in der Natur seine Bedeutung.

In ihre Gedanken vertieft, zuckte Susanne kurz zusammen, als ihr von hinten leicht auf die linke Schulter geklopft wurde. Als sie sich umschaute, konnte sie es kaum fassen: Es war ein Bekannter aus der Moskauer Studienzeit. Bis zum vierten Semester hatten sie gemeinsam an Vorlesungen teilgenommen, danach hatte er die plastische Kunst gewählt und sie hatte ihn kaum gesehen, was ihr sehr gelegen kam, denn seine Art zu denken und handeln war und ist wohl noch nicht die ihrige. Damals hatte er ihr mehrmals angedeutet, sie näher kennen lernen zu wollen. Da ihrerseits keine Rückmeldung kam, hatte er seine Bemühungen bald eingestellt.

„Was für ein Zufall!“, äußerte der ehemalige Student in russisch.

„Wirklich ein Zufall?“, äußerte fragend und lächelnd die Angesprochene. Dabei schlug sie vor, an einem kleinen, etwas abgelegenen runden Tisch Platz zu nehmen. Zu damaliger Zeit war die fast tägliche Begegnung mit diesem Menschen normal und manchmal sogar lästig, überlegte Susanne und fuhr in ihren Gedanken fort; heute war es ein angenehmes Treffen, hier einige tausend Kilometer weiter nach Westen. Und jetzt dachte sie auch an Olgas Worte, die zu sagen pflegte: „Die Begegnung mit einem Menschen könnte dieselbe sein, der Geist dieser Begegnung ist immer ein anderer."

Während der Unterhaltung beim Kaffee erfuhr Susanne, dass ihr Bekannter auch Maler war und zur Zeit für einige Monate in Westberlin lebte. Als sie dann erfuhr, dass er der heimliche Blumenabsender war, musste sie doch herzhaft lachen. Nun war es kein Rätsel mehr. Dabei musste sie feststellen, dass er immer noch nicht aufgegeben hatte, ihr nachzutrachten. Sie stellte auch fest, dass sie vieles aus ihrer Jugendzeit vergessen oder begraben hatte. Sie unterhielten sich abwechselnd, mal über längst vergessene Zeiten und mal über die Gegenwart. Als sie die Ausstellung verließen, um im nahen Café ihre Unterhaltung fortzusetzen, war es bereits nachmittags. Und nun durfte die Theatersängerin auch erfahren, dass die Applausrufe mit ihrem russischen Namen auch von ihrem Gesprächspartner stammten.

„Du bist noch genauso vital und jugendlich wie vor 15 Jahren", bemerkte der Maler.

„Wenn ich jetzt im 30. nicht vital sein soll, wie soll es denn im 50. sein?", antwortete Susanne lächelnd auf das Kompliment. Gern würde sie an Familie Gurion Grüße ausrichten lassen, wenn der Künstler wieder nach Moskau fuhr, doch vermutete sie, dass die Kunst allein nicht sein Grund war, hier in Westberlin zu weilen. Als sich die beiden trennten, war es vier Uhr nachmittags. Auf seinen Vorschlag, sich irgendwann zu treffen, willigte Susanne ein, indem sie sagte: „Das können wir gern nach einer Vorstellung machen, aber bitte keine falschen Hoffnungen." Darauf lächelte er, als hätte er keine anderslautende Antwort erwartet, und entfernte sich von seiner Gesprächspartnerin.

Susanne schaute ihm trotzdem nach und kehrte in Gedanken in die Studentenzeit nach Moskau zurück. Obwohl ihr Bekannter aus dieser Zeit sie soeben vital und jugendlich genannt hatte, wusste sie genau, dass sie von ihrer damaligen jugendlichen Lebenskraft vieles verloren hatte. So schien es ihr heute kaum möglich, unter ähnlichen Umständen zu überleben, geschweige denn, noch heiter zu sein und sorglos die Zukunft zu sehen. Das konnte sie auch nur damals, unbelastet, mit gesundem Denken und klarem Verstand. Hier wurde es Susanne bewusst, dass derselbe Mensch in Not und schweren Zeiten stärker und belastbarer ist als im Wohlstand und Reichtum. Heute würde das Fehlen von warmem Wasser in der Wohnung zum Problem, damals wurde über so was erst gar nicht geredet. Das Wertvolle an der Sache war, dass sie damals alle unter gleichen Umständen lebten. Und vielleicht ist es gar keine Frage des Alters? Die heutige Begegnung mit ihrer

Vergangenheit wertete Susanne als Erinnerungen an zurückliegendes Geschehen, zurückgebliebene Personen und Orte. Und hier ist es nicht nur Familie Gurion, die in Moskau zurückgeblieben war, es waren Tulin und viele andere, mit denen sie Leid und Freud erlebt und getragen hatte. Und davor die Kolchosensiedlung Tschersk, wo sie ihre Jugend verbracht hatte. Ein Ort, in dem die Menschen wie auf einer Insel lebten. Umgeben von einer Wildnis, die so manchem Aussteiger zum Verhängnis wurde. Und wie viele sind es, die auf der Suche nach Freiheit in dieser Wildnis irgendwo in einer Höhle für immer hängen blieben? Dass sie heute erfahren durfte, wer ihr heimlicher Verehrer war, sowie die Lösung des Rätsels der Applausrufe in russisch waren nur Begleiterscheinungen der heutigen Begegnung. Die Unterhaltung in russisch ließ sie für kurze Zeit die Berliner Umgebung vergessen.

Inzwischen war Susanne in ihrer Wohnung und öffnete neugierig den Brief, welchen sie soeben ihrem Postfach entnommen hatte. Am Äußeren des Umschlages erkannte sie, dass es eine Nachricht aus Moskau war und von wem sonst, wenn nicht von Familie Gurion. Es war eine Mitteilung, dass der vorgesehene Besuch nach Usedom nicht stattfinden würde, dafür wären sie aber drei Tage in Ostberlin, wo sie sich gerne mit ihr treffen wollten. Postwendend antwortete Susanne, dass sie es versuchen würde, in den genannten Tagen Ende Oktober in Ostberlin ihre Schwester zu besuchen, und beschrieb dabei die Tätigkeit ihrer Schwester Charlotte im Ministerium. Familie Gurion nach Jahren zu sehen, wäre ihr eine große Freude und Genugtuung. Noch am gleichen Nachmittag wurde die Antwort nach Moskau abgeschickt.

Auch mit ihrer Schwägerin und ihrem Bruder führte Susanne an diesem Abend noch lange Gespräche über die Ereignisse der letzten Tage, den Tod der Großmutter und über Herrn Falter, der sich fast nahtlos in die Familiengeschehnisse eingefügt hatte. Noch an diesem Abend äußerte Susanne zum ersten Mal gegenüber dritten Personen ihren Unmut und ihr Misstrauen gegenüber ihrem Verlobten, der immer noch nicht von sich hören ließ. Um ihr eventuell zu helfen, wurde sie in diesem Denken und Vermuten von ihrer Verwandtschaft unterstützt. Ohne Hoffnung und Zuversicht, vom Glauben auch teilweise verlassen, kehrte Susanne in ihre Wohnung zurück.

In ihrer Wohnung beschloss die junge Frau, mit einem Partner so lange keine nähere Verbindung einzugehen, solange sie keine Nachricht über Georgs Verbleib hatte. Nun hatte sie ja Herrn Falter, der schon versuchen würde, Näheres zu erfahren. In diesem Sinne sich selbst Mut zusprechend, legte sich Susanne zu Bett, wo sie auch gleich vom tiefen Schlaf umgeben wurde.

Als sie am nächsten Morgen erwachte, war die Sonne bereits unterwegs und erhellte mit ihren Strahlen die Wohnung, sodass Susanne, sich der Sonne schämend, sofort aus dem Bett sprang. Und jedes Mal, wenn Susanne dieses geistige Bedürfnis und sinnliches Verlangen verspürte, so in den Tag hineinzuspringen, mit Mut und Glauben diesem Tag entgegenzutreten, war sie mit sich zufrieden. Denn sie wusste es genau, nur so gewann man das Würfelspiel Leben. Obgleich es nicht immer so war. Oftmals grübelnd, vertieft in Gedanken und hoffnungslos in Vergangenheit versunken, konnte sie so im Bette liegen bleiben, aber Gott sei Dank kam da immer zur rechten Zeit diese innerliche Kraft und Stärke, die sie rechtzeitig hochpeitschte und ins Geschehen führte. Daran denkend verstand sich und sah sich die junge Frau als ein winziges Teilchen des Kosmos, in dem alles funktionieren sollte und musste. Denn auch die Sonne und der Mond, die Sterne und andere Planeten mussten am bestimmten Ort zur bestimmten Zeit erscheinen, und somit auch sie.

# Kapitel 15 – Eine neue Geschichte beginnt

Obgleich hier in den letzten Tagen vieles geschah, schien sich an und in Annas Wohnung nichts geändert zu haben. Still und ruhig wie sonst auch wurde das tägliche Streben von Anna und ihrem Besucher fortgesetzt. Und doch begann für Anna ein neuer Abschnitt in ihrem Leben. Es war ein Abschnitt, auf den ihre Mutter sie seit Monaten vorbereitet hatte. Außerdem hatte die Krankenschwester unzählige Male Sterbende begleitet, dass auch beim Abschied ihrer Mutter für sie keine Welt zusammenbrach. Geistig und sinnlich geordnet hatte Sophie dieses Dasein verlassen, was auf Anna beruhigend wirkte und ihr selbst den Gang über die Schwelle erleichtert hatte. So wurde jetzt Sophie auch weiterhin von ihrer Tochter mit wohlwollenden Gedanken begleitet, was ihr Weilen in der Astralwelt nicht unangenehm gestalten sollte. Gründe gab es genügend, um ihrer Mutter zu Dank verpflichtet zu sein, und dies war Anna auch deutlich bewusst. Oftmals genug pflegte sie zu sagen, was der masurische Dichter Ernst Wiechert so schön formulierte:

Und gib, dass ohne Bitterkeit
wir tragen unser Bettlerkleid
und deinem Wort uns fügen.

Dieses waren nicht nur Äußerungen ihrer Lippen, danach hatte sie auch ihr Leben gestaltet und es war ihr immer eine Freude, Früchte dieser Bemühung zu erkennen. Ob in der Heimat oder in der Fremde, sie war immer sie. In der Heimat begrüßte sie herzlich Flüchtlinge und in der Fremde war sie dankbar gegenüber der hiesigen Bevölkerung für jeden guten Willen des Entgegenkommens. Nachdem ihre Mutter für immer diese Welt verlassen hatte und ihre Kinder mit Anhang auch die Insel verlassen hatten, fühlte sich Anna einsam und verlassen, obwohl ihr Freund Franz, so hieß Herr Falter mit Vornamen, noch für einige Zeit hier blieb.

„Wie wäre es, wenn wir für zwei oder drei Wochen nach Ostpreußen reisen würden, um das Erlebnis der letzten Tage zu verarbeiten und etwas Kraft zu schöpfen?", sagte Anna beim Frühstück am nächsten Tage, nachdem sie zu zweit zurückgeblieben waren.

„Dieser Vorschlag gefällt mir und ich will mich ab sofort gern darum bemühen. So bekomme auch ich die Gelegenheit, deine Heimat zu sehen und kennen zu lernen."

In den nächsten Tagen wurden sich die beiden einig, die Insel nicht für ständig zu verlassen. Nur noch ein Jahr, dann wollte Herr Falter seine Tätigkeit in der Wissenschaft ganz aufgeben und konnte dann für immer auf die Insel zu Anna kommen. Anna hatte noch für einige Jahre ihren gesetzlichen Urlaub nachzuholen, so wurde erst einmal für eine Woche gemeinsam nach Berlin gefahren und Herrn Falters Wunsch, seine Partnerin in Berlin zu sehen, ging endlich in Erfüllung. So wunderte sich Anna nicht wenig, wie rege und heiter ihr Freund auf einmal war. Seine Bewegungen waren eher die eines 30-Jährigen als eines 60-Jährigen.

„Zwar kenne ich das Großstadtleben auch verschiedener Gesellschaften von Krasnojarsk, welches wohl mit Berlin kaum zu vergleichen sein wird, und so wirst du mir wohl oftmals zur Seite stehen müssen“, wandte Anna sich an ihren Partner, der sofort antwortete: „Du, liebe Anna, kannst es immer noch besser unterscheiden als ich, denn dein aufgeklärter Geist kennt genau die Bedeutung der Gegenstände und des Verhaltens, was für unser Leben wichtig ist und was nicht. Und das zählt, alles andere bedeutet, sich selbst in die eigene Tasche zu lügen. Obwohl du viel Not und Elend durchleben und über dich ergehen lassen musstest, zeugt dein Leben davon, dass du von der Quelle des großen Daseins und Lichtes geschöpft und es in dir verewigt hast.“

„Mit so viel Lob deinerseits hatte ich nun wirklich nicht gerechnet“, äußerte Anna, ihren Freund lächelnd anschauend.

„Ja, liebe Anna, ein Lob sollte immer am richtigen Ort und zur richtigen Zeit ausgesprochen werden, dann ist die positive Beurteilung für beide Seiten wirksam. Alles andere ist schmeicheln oder, wie der Volksmund sagt, Honig um den Bart schmieren.“

Eine Woche noch war der Wissenschaftler bei Anna, dann fuhren sie gemeinsam nach Berlin, Hauptstadt der Deutschen Demokratischen Republik. Während sie in Berlin die Wohnung des Herrn Falter betraten, fühlte sich die Insulanerin etwas unwohl, fremd und ungewohnt. Es war eine recht hübsche Wohnung, obwohl die Einrichtung nicht ganz ihrem Geschmack entsprach. Obwohl sie nicht bedeutend kleiner war als ihre Wohnung auf der Insel, wirkte sie eng und etwas ungemütlich. Die farblosen Wände, bestückt mit abstrakten Gemälden, ähnelten eher einem Ausstellungsraum als einer Wohnung. Die Ledergarnitur mit dem Tisch aus Eiche und dem Schreibtisch am Fenster würde man gut als Büroraum einstufen können. Ebenso schien der Perser mit seinem Quadratmuster auf dem Fußboden hier fremd zu sein. Am Gesichtsausdruck seiner Partnerin sah der Gastgeber die Enttäuschung und Unzufriedenheit in ihr. Doch bevor er zu Worte kam, äußerte Anna: „Nun, um ehrlich zu sein, habe ich mir deine Wohnung doch etwas anders vorgestellt.“

„Das sehe ich an deinem Gesichtsausdruck, liebe Anna, doch mit deiner Hilfe kann hier vieles anders werden. Wie glücklich war ich, als wir im Juli 1954, von Sowjelowo in Russland zurückkehrend, hier eine Wohnung zugeteilt bekamen. Meine Frau und ich hatten damals vom Leben nicht mehr erwartet. Heute haben sich auch meine Bedürfnisse und Wünsche geändert, was gemeinsam mit dir auch gelingen wird."

„Insofern muss ich mit meinem Denken eure Empfindungen von damals bestätigen, denn diese Zeiten habe auch ich nicht vergessen und bin letztendlich froh, dass wir vieles gemeinsam haben. Wir haben unsere Heimat Ostpreußen verloren, genauso unsere Ehepartner, wir mussten die Verschleppung nach Russland und das karge Leben dort durchleben. Nun hat uns das Schicksal zusammengeführt, damit wir gemeinsam wirken. Und wie ich es sehe, werden wir bei der Wohnung anfangen."

Damit beschloss Anna das Thema und rief ihre Tochter an, diese möge mit ihrem kleinen Sohn auf eine Tasse Kaffee herüberkommen. Als Tochter und Enkelsohn erschienen, fühlte sich auch Anna nicht mehr ganz so fremd. So entstand eine nette, teilweise heitere Unterhaltung. Herr Falter lud auch Charlotte ein, die Reise nach Ostpreußen mit ihrem Sohn mitzumachen, worauf diese sofort abwinkte mit den Worten: „Ihr werdet auch ohne uns genug Freude an der Reise haben. Sie werden verstehen, dass ich nach dem Verhalten meines ehemaligen Verlobten keine große Lust verspüre, diese Landschaft zu besuchen. Vielleicht, wenn mein kleiner Jan erwachsen genug ist, um einiges zu verstehen, fahren wir irgendwann diese Gegend besuchen. Doch so lange wollen wir gern abwarten."

Als Anna ihre Tochter bat, bei ihr übernachten zu dürfen, schaute diese sie etwas verständnislos an, antwortete aber trotzdem mit den Worten: „Selbstverständlich, ist doch keine Frage."

„Ihr werdet verstehen", wandte sich Anna an Franz und Charlotte, „dass mir diese Wohnung zu fremd ist, um hier gleich zu übernachten."

Obwohl etwas enttäuscht, lächelte Franz mit den Worten: „Du warst immer schon eine vollständige Dame und das wirst du auch zeitlebens bleiben."

Wenn auch Charlotte das Handeln ihrer Mutter nicht ganz verstehen konnte, so bewunderte sie innerlich die Persönlichkeit und Standhaftigkeit dieser Frau, die ihre Mutter war, und ein bisschen stolz war sie ebenfalls auf sie.

Eine Stunde später brachte Herr Falter seine Gäste zu Charlotte in die Wohnung. Als der kleine Jan eingeschlafen war, unterhielten sich Mutter und Tochter noch eine Zeit lang, dabei fragte Charlotte ihre Mutter: „Sag mal, bist du sauer auf Franz, dass du nicht dort übernachtest?"

„Absolut nicht", antwortet Anna und erwiderte weiter: „Ich kann es einfach nicht und wieso soll ich mir diesen Zwang auferlegen?"

„Aber sag einmal, Mutter, wo lebst du denn? Was soll er von dir denken?"

„Du wirst dich wundern, liebe Charlotte, was Franz von mir denkt."

„Aber deine Art gehört doch der Vergangenheit an“, versuchte Charlotte ihre Mutter zu bekehren.

„Darum, Charlotte, denn ich und Franz gehören genauso der Vergangenheit an.“

„Ich hatte dir einiges zugetraut, doch dass du mit dir so streng umgehst, hätte ich nicht gedacht. Du hast uns in dieser Richtung auch niemals belehrt.“

„Dazu habe ich kein Recht, liebe Charlotte, denn ihr seid alle erwachsen und solltet es wissen, wie ihr mit eurem Körper und der Moral umgeht. Ich denke und handele, wie ich erzogen worden bin, was ich dazugelernt habe und was ich als wichtig für meine Person sehe.“

„So muss es dir doch unter die Haut gehen, wenn du unsere Art zu leben betrachtest“, äußerte Charlotte fragend, worauf ihre Mutter antwortete: „Dulden, ertragen und sich selbst überwinden, all das lernt man mit zunehmenden Alter durch Erlebnisse, Erfahrungen und Selbsterkenntnis. All diese Faktoren zusammengenommen machen einem das Leben leichter und öffnen die Tore zur Freiheit unserer Mitmenschen.“

„Ich könnte mir aber vorstellen, dass du immer vom Neuen diese Überwindung anstreben musst, um Dinge zu ertragen, die nicht in deinem Sinne geschehen“, versuchte Charlotte zu erfahren und erhielt auch die Antwort: „Dem ist nicht so, liebe Charlotte, wenn du eine bestimmte Sache, bestimmte Dinge oder auch eine bestimmte Richtung einmal beschlossen hast, das heißt, dich davon gelöst hast, brauchst du dich von dieser Sache nicht zum zweiten Mal zu lösen, denn du hast dich überwunden und besitzt genug Kräfte, um es ohne Anstrengung zu ertragen“, äußerte Anna abschließend an diesem Abend.

Zum nächsten Frühstück hatten die Damen Herrn Falter geladen, der kurz nach neun Uhr auch fröhlich erschien. Beim Frühstück wurde gescherzt und geplant, was noch an diesem Tage zu tun sei. Nachdem die Gäste Charlottes Wohnung verlassen hatten, machten sie einen Spaziergang durch die nähere Umgebung des Herrn Falter, um Anna die Einkaufsmöglichkeiten in der Nähe zu zeigen. Deutlich spürte die Insulanerin den Unterschied zwischen der Ostseeinsel und dieser Großstadt. Die grauen Dunstwolken über der Stadt ließen den Himmel längst nicht so klar erscheinen. „Doch daran gewöhnt man sich recht schnell“, erklärte der Gastgeber seiner Partnerin, die zu seinem Bedauern diese Tatsachen gleich beim ersten Spaziergang wahrnahm. Doch das war ihre Art, die auch Franz mittlerweile verstand und mit der er auch gut leben konnte.

Während Franz in den nächsten Tagen seiner Tätigkeit an einem Forschungsprojekt nachging, war Anna von morgens bis abends in ihrer neuen Umgebung mit Einrichten und Umgestalten beschäftigt.

# Kapitel 16 – Nur kaum bekannte Tatsachen

Noch drei Tage, dann war die vorgesehene Zeit für den Raum Warschau abgelaufen und Georg fuhr dann wie geplant wieder nach Allenstein. Zweimal hatte er sich hier mit einem Kurier in der DDR-Botschaft getroffen, dem er seine Arbeit ablieferte und der ihn mit neuen Befehlen und Zuwendungen versorgte. Aufgrund der immer größeren Unruhen in der Arbeiterschaft jetzt auch in Warschauer Fabriken und Umgebung hatte Georg alle Hände voll zu tun, wofür er auch reichlich belohnt wurde. Er wohnte nur in den besten Hotels der polnischen Hauptstadt, wo überwiegend Diplomaten, Staatsmänner und bedeutende Politiker logierten. Diese Tatsachen in den Vordergrund stellend, überlegte Georg, ob es doch richtig und sinnvoll war, das alles zu verlassen und, ein lebensgefährliches Risiko eingehend, sich in eine ungewisse Zukunft zu stürzen, zumal auch der Ober die gemeinsamen Absprachen nicht immer ernst zu nehmen schien. Es tauchten zunehmend Schwierigkeiten auf, mit denen er nicht gerechnet hatte. Noch nahm Georg es nicht ganz so ernst, denn etwas Zeit hatte er noch zum Überlegen. Jetzt beeilte er sich zum Danziger Bahnhof der polnischen Hauptstadt, von dort aus fuhren fast täglich Züge Moskau – Paris. Mit diesen Ausreisenden unterhielt sich Georg schon mal gerne. Und an diesem Tage sollte es besonders interessant werden, denn die Aussiedler kamen aus seiner heimatlichen Umgebung. Es war eine 80-jährige Bäuerin mit ihrem Sohn aus dem kleinen Ort Fasten. Da es bis zur Abfahrt noch eine halbe Stunde Zeit war, unterhielt sich die alte Dame rege. Sie erzählte ihm, wie gerne sie hier bleiben würde, auf ihrem Hof zwischen See und Wald gelegen. Wie schön wäre es, hier auf diesem Boden die letzten Tage ihres Daseins zu verbringen und hier im Masurenland begraben zu werden. Aber allein schaffte sie es nicht und ihr Sohn sah hier für sich keine Zukunft. So musste sie denn mit nach Bochum in den Westen.

„Kennen Sie Bochum?", fragte die Frau, ihn hoffnungsvoll anschauend, um von ihm eine beruhigende Antwort zu erhalten. Die Dame war etwas schwerhörig, so unterhielt Georg sich mit ihr in deutsch und etwas lauter als üblich. Bevor er der Frau auf die Frage, ob er Bochum kannte, antworten konnte, kam ein Milizionär auf sie zugeschossen, alle drei energisch auffordernd, ihm ins Dienstzimmer der Bahnmiliz zu folgen. Dort eingetroffen, mussten sie sich ausweisen. Dabei weinte die alte Frau vor Aufregung, ihn bittend, er möge sich doch beeilen, denn in wenigen Minuten müssten sie abfahren. Doch dies ließ den Machthaber kalt. Er antwortete ihr: „Morgen um diese Zeit geht vom gleichen Bahnsteig wieder ein Zug in Richtung Westen."

Gerne hätte Georg etwas gesagt, doch sollte er hier in seiner Tätigkeit nicht auffallen. Am Schluss seiner Amtshandlung, nachdem er den Festgenommenen deutlich erklärt hatte, dass es in Polen und besonders hier in Warschau in öffentlichen Räumen und Plätzen verboten war, deutsch zu sprechen, sagte er der Frau: „Es ist überall gut, wo wir nicht sind."

„Da gebe ich Ihnen recht, darum fahre ich auch dahin, wo ihr nicht seid."

Sprachlos blieb der Beamte stehen, ohne etwas sagen zu können, und Georg konnte sich trotz des Ernstes der Lage ein Schmunzeln nicht verkneifen. Einige Minuten mussten sie noch warten, dann wie üblich hatte der Zug auch heute Verspätung. Als der Milizionär aus ihrem Blickfeld verschwunden war, unterhielt sich Georg noch mit den Abreisenden. Kaum zu glauben, welchen Hass einige Leute in sich trugen – mehr als 30 Jahre nach Kriegsende immer noch Verbot der Muttersprache. Als Georg die Abreisenden verabschiedete, rief ihm die Frau aus dem offenen Fenster des Zuges zu: „Jetzt bin ich doch froh, von hier wegzukommen, diese vielen Jahre der Schikanen!"

Diese letzten Worte der alten Bäuerin machten den Agenten nachdenklich und brachten ihn ins Grübeln. Vielleicht geht es mir wie dieser Frau, die mir so viel Gutes über ihre Heimat erzählt hat und nur zu gern geblieben wäre? Mit welchem Widerwillen hatte sie diese Reise angetreten? Und dann dieser plötzliche Wandel, verursacht durch das Verhalten dieses primitiven und menschenfremden Milizionärs? Vielleicht ist es doch klug, die Zukunft und das Leben in dieser Zukunft nicht von Äußerungen und von dem Verhalten anderer abhängig zu machen, um ungehindert seinen Weg zu gehen? Dieses wäre wohl das Richtige auch für mich, überlegte Georg, indem er zu seinem Pkw schritt. Er verabschiedete sich auch vom Nikokaiker Taxifahrer, der die Ausreisenden von Fasten hier zum Bahnhof herbrachte. Genau wie die Aussiedler, so äußerte auch er Georg gegenüber sein Bedauern über den Fehltritt seines Landsmannes, worauf Georg ihm antwortete: „Daran müssen wir keine Gedanken verschwenden, mir ist dieses Verhalten nicht fremd und diese Leute wird es immer geben." Jetzt fuhr er zur Traktorenfabrik „Ursus", wo er für 15 Uhr mit einem Vorarbeiter verabredet war.

Während er abends im Hotel seinen Tagesbericht für seine Dienststelle schrieb, wurde ihm bewusst, dass seine Tätigkeit kein Dauerzustand bleiben und er früher oder später dorthin abgeschoben werden würde, wo es nicht ihm, sondern seinen Befehlshabern sinnvoll erschien. Obgleich die Kirchenuhr schon Mitternacht geschlagen hatte, war Georg immer noch nicht müde genug, um sich schlafen zu legen. Er grübelte und es tauchten ein Dutzend Fragen auf, die sein Inneres arg beutelten und ihn zeitweilig verzweifeln ließen. Er schob den Vorhang zur Seite und schaute über die Dächer der nur dürftig erleuchteten Stadt. Es war Vollmond und der wolkenlose Himmel mit den vielen Sternen erweckte in ihm eine für ihn unbegreifliche Sehnsucht, die er sich selbst kaum erklären konnte. Es war sein Verlangen nach irgendetwas Greifbarem, woran er sich halten könnte, was ihn bedrückte und im Handeln hinderte. Doch dieses Greifbare gab es für ihn nicht und würde es wohl auch erst noch nicht geben. Beim Anblick des Mondes begriff er auch seine Schlaflosigkeit dieser Nacht. Ach, Susanne, seufzte der sonst so selbstbewusste Ostagent, während er sich vom Fenster wandte, sage du mir doch, was für uns beide das Richtige wäre. Du hast die Kunst, das Theater und deinen Applaus. Was aber ist mit mir? Wo soll ich hin und was willst du mit mir anfangen? Würdest du alles, was du jetzt besitzt, für mich aufgeben? Sollte ich nicht einmal tiefer nachdenken und überlegen? All diese Fragen stellte Georg seiner Geliebten im Geiste und in Gedanken. Beten hatte er als Kind gelernt, als seine Mutter noch lebte. Leider wurde ihm diese Eigenschaft durch Marx' und Engels' Lehre im Heim in jahrelangen Praktiken ausgetrieben. Und so glaubens- und hoffnungslos versuchte Georg nun festen Boden unter seinen Füßen zu schaffen, wie er sich auch entscheiden sollte. Übermorgen musste er weg von hier, wieder nach Allenstein. Und das war gut so, denn einige Tage später traf hier eine Delegation sowjetischer Veteranen ein. Bei Überprüfung der Namen war ihm dabei der Name Gurion aufgefallen, so wäre es nicht angebracht, sich hier zu zeigen. Er war froh, endlich von hier wegzukommen, denn ein langer Aufenthalt in einer Stadt war nicht sein Ding. Der nächste Tag brachte nichts Neues.

Einen Tag später kurz nach zwölf Uhr meldete Georg sich nach langer Zeit im Novotel, wo man ihn als Firmendelegierten bereits kannte. Und nicht nur sie kannten ihn, er kannte genauso nicht nur die Angestellten des Hotels, auch ihr Denken und Handeln waren ihm nicht fremd. So wusste Georg genau, wo, wann und an wen er sich zu wenden hatte. Außerdem fühlte er sich hier zu Hause. Obwohl er in seiner Heimat viel Leid ertragen musste durch den Tod seiner Mutter, die Einweisung ins Waisenheim, dann die Trennung von seinen Brüdern, waren ihm diese Umgebung und dieser Boden trotzdem vertraut. Und auch Allenstein hatte sich in den letzten Jahren sehr verändert, wie viele andere Städte. Und dennoch blieb es Allenstein. Der Ober wollte erst am nächsten Tage hier eintreffen, so hatte Georg genügend Zeit, sich heute dem Personal und den westdeutschen Gästen zu widmen. So schlenderte er ab dem späten Nachmittag durch die Aufenthaltsräume des Hotels, hier ein polnisches, dort ein deutsches Gespräch auffangend, um sich dann erst kurz vor Mitternacht an die Theke zu setzen. Seinen Thekennachbarn von links und rechts war anzusehen, dass sie hier bereits länger saßen. Deren Gespräche über

Politik und Privatleben wirkten recht heiter und manchmal unkontrolliert. Diese Tatsachen störten Georg nicht und waren übrigens recht harmlos gegen bereits erlebte Abende in Moskau oder anderswo. Für seine Berichte konnte der Agent aus diesen Unterhaltungen wohl kaum etwas verwenden. Es waren überwiegend Menschen, die das ganze Jahr täglich ihren Weg zum Arbeitsplatz hin- und zurückgingen oder -fuhren und sich freuten, wenn es denn so weit war, dass sie diese Umgebung mit den immer gleichen Gesichtern für einige Tage oder Wochen verlassen konnten. Wenn sie dann in dieser Zeit die Zügel der Automatendisziplin lockerten und ihre Sorgen in ihrer Art am Thekentisch austauschten, war es wohl kaum eine Sache des Übertreibens und schon gar keine Frage der Moral, überlegte Georg, indem er in die Unterhaltung einbezogen wurde. Diesmal waren es Westberliner, die mit zwei Bussen angereist waren und auf dem Wege nach Lötzen hier für eine Nacht eine Pause eingelegt hatten. Auch diesmal waren es fast nur Heimatbesucher, die dieses Land als Kinder verlassen mussten. Einige waren aufgeregt, ob ihr Dorf noch genauso aussah wie vor 20 oder auch 30 Jahren, andere freuten sich, hier zu sein, um die Schönheit der Natur zu bewundern, und so reisten die Menschen alle mit ihren Hoffnungen, ihrer Zuversicht und Vorstellung in die Heimat, oftmals auch nur die Heimat ihrer Väter. Doch bezahlen mussten sie alle. Und sie zahlten gerne, um noch einmal ihre Heimat zu sehen, nicht selten ein letztes Mal. Die Reiseleiter erklärten die Bedeutung verschiedener Denkmäler, die an den Sieg polnischer Heere über den deutschen Orden erinnerten oder auch polnische Dichter darstellten. Über das Schicksal der damaligen Bevölkerung und somit auch der Gäste wurde kein Wort verloren. So trug ein jeder sein Schicksal in sich, welches dann abends am Thekentisch oder sonstwo in halblautem Gespräch ausgetauscht wurde. Und diese Reisen würden noch Jahrzehnte so laufen, erklärte ein Busunternehmer Georg und fuhr weiter fort: „Denn es war kein Kreis mit einigen tausend Menschen, auch keine Region mit einigen hunderttausend, es war ein Land, das mit seiner Bevölkerungszahl Länder wie Dänemark, Norwegen und viele andere übertraf. Und diese Menschen, vertrieben und ausgewandert in alle Himmelsrichtungen, haben ihre Wahlheimat in Deutschland und in ganz Europa gefunden."

„Und Sie sind der Meinung, dass diese Leute alle ihre Heimat noch einmal besuchen wollen?", stellte Georg dem Busunternehmer die Frage, indem er sich an den Tisch zu diesem setzte. „Natürlich sind es lange nicht alle, denn die ältere Generation ist teilweise verstorben oder kann es aus Altersgründen nicht mehr. Dafür sind andere dabei, die jeden Sommer hierher kommen wollen, um sich der Natur zu erfreuen. In meiner Reisegesellschaft sind einige, die bereits zum zweiten und dritten Mal mit mir hier sind. Wenn dann das Wetter noch schön ist, habe ich auch für das nächste Jahr viele Buchungen derselben Gäste", beschloss der Unternehmer seine Feststellung.

Als Georg vom Nachbartisch das Wort „Hoferbeck" vernahm, versuchte er sich dorthin zu orientieren und war auch bald dabei. Hoferbeck lag auch nur fünf Kilometer von seinem Heimatdorf Lindendorf entfernt. Mit einer Runde Bärenfang kaufte sich Georg in die Runde ein und erfuhr auch gleich, woher die drei Männer gebürtig waren. Sie waren Masuren und froh, hier dabei zu sein. Als sie von ihm erfuhren, dass er in Lindendorf geboren und bis zu seinem neunten Lebensjahr dort gelebt hatte, war er einer der ihren. Da Georg die späteren Jahre im Heim verbracht hatte, bat er den rothaarigen Tischgesellen, etwas über die Zeit nach dem Kriege zu erzählen, worauf der Angesprochene sprach: „Was soll ich Ihnen viel erzählen. In jungen Jahren gedachte ich, die Welt zu verändern, und heute freue ich mich, einige Tage mit dieser Gesellschaft in meiner Heimat dabei zu sein. Mein Jahrgang verhalf mir, dass ich noch im Elternhaus bei Mutter bleiben durfte, als Hitler alle Jugendlichen an die Front schickte. Den Russen war ich gerade alt genug für den Viehtrieb. Am zweiten Tage nach Sonnenuntergang kurz vor Ortelsburg, als die beiden Wachposten beim Lagerfeuer für kurze Zeit einschliefen, sind wir alle drei Treiber weggelaufen. Fast ein Jahr lang mussten wir uns in der Johannesburger Heide verstecken, bis wir dann nach und nach zu unseren Müttern zurückkehrten. Einen von uns hatte die Kugel einer Milizpatrouille erwischt, als wir von der Behausung einer Försterei flohen. Leider konnten wir ihm nicht helfen. Der Schuss war tödlich. Zwei Tage später lernten wir andere Ausreißer kennen und schlossen uns zusammen. So waren wir denn eine Truppe aus acht Männern, darunter ein ehemaliger Wehrmachtsangehöriger. An Lebensmitteln mangelte es nicht, denn im Walde lief genug Wild herum und Waffen besaßen wir mit der Zeit auch. Dieser Zustand musste so schnell wie möglich beendet werden und wir trennten uns auch, sobald sich die Gelegenheit gab. Inzwischen hatten sich polnische Behörden etabliert und staatlich gesteuerte Einrichtungen begannen ihrer Tätigkeit. Mit der Unterschrift für den polnischen Personalausweis mussten wir die polnische Staatsangehörigkeit anerkennen. Wer verweigerte, wurde von der Miliz eingesperrt und so lange gefoltert, bis er bereit war zu unterschreiben. Auf diese Art gab es einige Monate später keine oder nur wenige deutsche Bürger in Ostpreußen. Ich selbst konnte in Hoferbeck in einer Genossenschaft arbeiten, anfangs als Beifahrer und später als Traktorenführer. Irgendwann Anfang der Fünfzigerjahre war mein Freund Ferdi an mich herangetreten und erzählte mir, wir sollten uns zusammenschließen, um dem Kommunismus das Regieren zu erschweren. Für diese Art Unternehmen war ich sofort zu haben. Bei einer nächsten Zusammenkunft waren wir sieben Mann an der Zahl. Die Zukunftspläne der Sabotierung staatlicher Institutionen und Einschüchterung kommunistischer Parteigenossen erläuterte uns ein mir bis dahin unbekannter junger Mann, der soeben als Agent aus dem Westen kam, wie er uns gegenüber äußerte. Da er überwiegend zwischen Ost und West illegal pendelte, wurde Ferdi zu seinem Vertreter ernannt. Er war Traktorenführer und besaß auch das erste Motorrad in dieser Region überhaupt. Angeheizt mit Versprechungen des Westagenten, den Kommunismus zu stürzen, verließen wir diese Zusammenkunft. Beim nächsten Treffen, geleitet von Ferdi, wurde auch der nächste Einsatz besprochen. Die Truppe bestand nur aus hiesigen deutschstämmigen Mitgliedern. Bei gelegentlichen Einzeleinsätzen, die immer am Abend oder nachts stattfanden, haben wir Parteifunktionäre angehalten, die ihren roten Ausweis zerreißen und versprechen mussten, in Zukunft der Partei nicht anzugehören. Auch mit dem Traktor und dem Anhänger wurden in Nachbardörfern nächtliche Ausflüge unternommen, dabei staatliche Einrichtungen demoliert und in Geschäften und Läden die Vorräte vernichtet, indem sie mit Petroleum begossen wurden. Dabei wurde, wenn möglich, für die Rückkehr ein anderer Weg als die Hinfahrt gewählt. Auch die Spuren der Reifen wurden links und rechts des Fahrzeuges anders aufgezogen, sodass schwer zu erkennen war, wo das Fahrzeug hin- und wo zurückgefahren war. Es entstand Unruhe nicht nur bei den Behörden, auch die Bevölkerung wusste diesen Widerstand nicht so recht zu deuten. Unsere Treffen fanden regelmäßig statt. Und der Agent besuchte uns auch regelmäßig, uns mit neuen Parolen und Versprechungen versorgend. Die Parteifunktionäre weigerten sich, öffentlich aufzutreten, und ein heimliches Unbehagen schlich durch das Masurenland. So vergingen Wochen und Monate, bis es an einem späten Abend geschah. Als würde der Himmel dieses Unheil ahnen, bedeckten dunkle Wolken Mond und Sterne. Es schien eine dunkle Nacht zu werden, für den geplanten Einsatz wie geschaffen. Der Treffpunkt war lange davor vereinbart und es schien alles nach Plan zu laufen. Auch die beiden Milizionäre mit ihren Fahrrädern waren an diesem Nachmittag gesichtet worden, sodass wohl von dieser Seite keine Gefahr drohen sollte. Pünktlich wie vereinbart war Helmut bei Ferdi erschienen und Minuten später rollte das Motorrad mit den beiden die Birkenchaussee entlang in Richtung Hoferbeck, um den Traktor flott zu machen. Es verging eine Stunde nach der vereinbarten Zeit und wir konnten uns nicht erklären, dass Ferdi immer noch nicht da war. Denn seine Zuverlässigkeit übertraf jeden von uns. Als er auch in der nächsten Stunde nicht erschien, verließen wir unverrichteter Dinge, Böses ahnend, unseren Treffpunkt und gingen jeder in seiner Richtung nach Hause. Am Tage darauf mussten wir erfahren, dass Ferdi mit dem Motorrad gestürzt war und in Sensburg im Krankenhaus lag. Helmut war mit leichten Verletzungen davongekommen. Einen Tag später ist Ferdi dann gestorben. Betroffenheit und Ratlosigkeit verbreiteten sich unter uns und lähmten unser Tun und Denken. Denn er war ein wahrer Mensch und uns allen ein Vorbild, von den Dorfbewohnern geachtet und geschätzt. Ein Aushängeschild der deutschen Jugend nicht nur in Selbongen. Unbegreiflich, dass dieser Mann, dieser Mensch der Hoffnung, ein Symbol der Zurückhaltung und Bescheidenheit, jetzt nicht mehr da war. Und so weinten nicht nur seine Angehörigen, sondern auch viele Dorfbewohner um ihn. Wie es in unserer Truppe weitergehen sollte, wusste keiner von uns. Am Tage von Ferdis Beerdigung zogen genauso dunkle Wolken über das Dorf wie an jenem unvergesslichen Abend. Da die Wohnung seiner Eltern und Geschwister nur klein war, wurde der Sarg mit dem Leichnam auf dem nahe liegenden Schulhof aufgebahrt. Die Trauergäste füllten den Schulplatz und der Besucherstrom schien kein Ende zu nehmen. Auch einige Bewohner der Nachbarorte konnte man erkennen. Besonders die deutsche Jugend war in der Überzahl vertreten. Nach der Traueransprache des Predigers hatte sich die Jugend zu einem Chor geformt und, ohne von einem Dirigenten geführt zu werden, ein Lied angestimmt. In diesem Moment schienen die Uhren dieser Zeit stehen geblieben zu sein, als hätte alles Lebende den Atem angehalten, um diese Töne der Trauer mit den Wolken ziehen zu lassen. Und wir sangen mit ganzer Kraft, mit unserem ganzen Können und unserer ganzen Trauer, die unsere Herzen fast zerriss. Die Worte des Liedes werde ich nie vergessen: Werden wir uns im Jenseits treffen, wo kein Kummer sein wird. Danach zog der Trauerzug langsam zu dem rund einen Kilometer entfernten Friedhof. Währenddessen schlenderten merkwürdige Gestalten die Straße entlang und um das Beerdigungsgeschehen herum, denen jedoch keiner der Trauernden besondere Aufmerksamkeit schenkte. Auf dem Friedhof wurde der Gesang, begleitet vom Rauschen der Tiefseewellen, weit mit dem Wind bis über den Inulzer See getragen. Mit dem Untergang der Sonne endete auch für Selbongen ein besonderer Tag, ein Tag der Kundgebung masurischer Jugend, die einen aus ihren Reihen mit Würde zu Grabe trugen. Auf dem Heimweg vom Friedhof hatten wir uns in unserer Truppe für ein nächstes Treffen verabredet, zu dem es aber nicht mehr kam. Zwei Tage danach erschien die Miliz an meinem Arbeitsplatz und ich wurde verhaftet. Jetzt wurde mir klar, wieso diese Gestalten am Beerdigungstag in Selbongen rumschlichen. In Untersuchungshaft konnte ich erfahren, dass meine Freunde aus der Sabotiertruppe bereits verhaftet worden waren. Wie ich später erfuhr, hatte Ferdi nach seinem Motorradsturz im Krankenhaus in Selbongen in seiner Benommenheit unsere Taten preisgegeben, so hatte die U. B. leichtes Spiel, uns alle zu verhaften. Wie es im einzelnen damals zum Motorradsturz kam und wie und auf welche Art die polnischen Ordnungskräfte die Nachrichten und Angaben von Ferdi genau erhielten, habe ich später erst durch Erzählungen erfahren. Wir sind nach mehrmonatiger Untersuchungshaft vor ein Militärgericht in Allenstein gestellt worden. Dort haben wir alles zugegeben, was man uns angekreidet und was wir begangen hatten oder auch nicht begangen hatten, denn wir waren durch die Verhöre und andere Untersuchungsmethoden matt und zermürbt, dass wir endlich in ein normales Gefängnis wollten. Ich bin zu zehn Jahren Freiheitsstrafe verurteilt worden, einige zu 15 Jahren und unser Agent erhielt die Todesstrafe. Ob die Vollstreckung durchgeführt wurde, ist mir unbekannt. Es gingen Gerüchte um, er sei freigekauft worden. Wie viel Wahrheit darin steckte, entzieht sich meiner Kenntnis. Ich bin nach mehreren Einsprüchen der Pflichtverteidiger nach fünf Jahren entlassen worden und meine Freunde auch nach sechs bzw. sieben Jahren. Wir durften danach in den Westen ausreisen, doch um sich nach diesem Eingriff zu erholen, brauche ich wohl Jahrzehnte, wahrscheinlich reicht das für mein ganzes Leben. Nun nehme ich an, dass Sie mich verstehen werden, wenn ich diesen Heimatbesuch genieße. Und wenn ich Ihnen schildern sollte, wie mein Leben abgelaufen ist, dann könnte ich sagen: Kindheit, im Walde irrend um das Überleben kämpfend, Untersuchungshaft und Gefängnis und jetzt im Westen Arbeitsstelle und Familie. Durch Besuche von Kulturveranstaltungen versuche ich diese Vergangenheit zu verdrängen, denn vergessen geht wohl kaum. Wenn man dann im Nachhinein erfährt, dass über unser Land längst davor entschieden war und die Machthaber, die uns Agenten schickten, diejenigen waren, die unsere Heimat ohne Widerspruch und Einwände dem Kommunismus in die Hände spielten, dann wird deutlich, dass man weder für Deutschland noch für Ostpreußen oder das Masurenland gekämpft und sein Leben aufs Spiel gesetzt hat. Wir waren den bösen Kräften ausgesetzt, die überall und immer dabei sind. Oftmals habe ich mir gesagt, ich schweige darüber, und dennoch falle ich immer wieder in diese Zeit zurück. Aber nun haben wir uns wohl einen Bärenfang verdient."

„Dieser Meinung bin ich auch, aber einen Doppelten auf meine Rechnung", bestätigte Georg die Forderung seines Landsmannes und sagte weiter: „Obgleich ich aus dieser Gegend stamme, weiß ich eigentlich recht wenig darüber, was nach dem Kriege hier vor sich ging. In den Medien werden internationale Ereignisse bekannt gegeben, doch diese Landschaft mit ihren Menschen ist für Medienmacher zu gering, um sich damit zu beschäftigen. Dafür ist sie aber für uns wichtig und sie geht trotzdem nicht unter. Der Name Ostpreußen mag wohl mit der Zeit weniger

Bestand haben, dabei wird ein jeder wissen, wovon die Rede ist, wenn das Land der tiefen Seen und dunklen Wälder genannt wird."

Damit steuerte Georg die Unterhaltung dem Ende zu, in der er zwangsläufig in die Rolle des Zuhörers gedrängt worden war. Aber dies war ihm nicht neu, denn wer etwas erfahren wollte, musste zuhören können. In seinem Zimmer angekommen, beladen mit Überlegungen über die soeben erfahrenen Geschehnisse in seiner Heimat, waren Vergleiche mit seiner Tätigkeit wohl kaum zu übersehen. Es war die Rede vom Kampf gegen die Herrscher, gegen den politischen Gegner Kommunismus. Wenngleich von vornherein deutlich war, dass dieser Kampf zum Scheitern verurteilt war, ließen sich diese jungen Menschen hinreißen, zugunsten ihrer Heimat vielleicht doch noch eine Wende zu erzwingen. Es war weder ein Glaubenskrieg noch ein beschlossener Kampf auf hoher politischer Ebene. Es war ein verzweifelter Versuch, den neuen Machthabern zu zeigen, dass wir noch hier sind und auch gerne hier bleiben würden. Wenn wir nur nicht weiterhin schikaniert werden würden und unsere Muttersprache dann und wann sprechen dürften. Was doch in der eigenen Heimat wohl kaum zu viel verlangt sei. Aber leider war auch das den neuen Herrschern zu viel. Es musste alles vernichtet werden, was an die Vergangenheit erinnerte, einschließlich der Gedenktafeln gefallener Soldaten aus dem Ersten Weltkrieg. Und was mache ich? Ich arbeite für den Kommunismus und gegen meine Heimat. Genau gesagt gehöre auch ich zu den herumschleichenden Gestalten. Von Kulturveranstaltungen hatte der Mann gesprochen. So wäre es doch möglich, dass dieser Herr auch Susanne kennt. Einen Brief an Susanne könnte er doch mitnehmen, überlegte der ostdeutsche Agent und begann auch gleich mit dem Schreiben. Bis dahin war jeder Schriftverkehr gescheitert, oder wenn der Zusteller in Susannes Straße von irgendwo beauftragt war, Susannes Post zu kontrollieren, dann konnte sie auch keine Nachricht erhalten. Den Berliner Touristen würde er bitten, den Brief seiner Verlobten persönlich zu überreichen, wenn dieser dies machen wollte. So war Georg sofort am Schreiben, denn jetzt war ihm klar, wohin er gehörte. Er schrieb seiner Verlobten einen kurzen Brief, in dem er sich erkundigte, ob sie auf ihn wartete, denn wenn sie an ihm immer noch festhielt, wollte er nun alles riskieren, um in den nächsten Monaten bei ihr zu sein. Er schrieb ihr, wie sie ihm schnellstens ins Hotel ein Zeichen zukommen lassen könne. Am Schluss schrieb Georg wie folgt: Heute fiel es mir wie Schuppen von den Augen und nach einer langen Unterhaltung mit dem Herrn, der dir diesen Brief überreicht, gehe ich jetzt nur noch einen Weg, den ich zwar schon von dir erfahren habe, leider jedoch zu oft rückfällig wurde. Aber so ist es, liebe Susanne, wer mit dem Teufel aus einem Gefäß isst, braucht einen langen Löffel. In tiefer Sehnsucht und Verbundenheit – Dein Verlobter. Seinen Namen nannte der Absender bewusst nicht. Obwohl es spät geworden war, fand er noch keinen Schlaf. Angesichts der heutigen Gespräche fühlte er sich einem Verräter ähnlich. Dass er von hier aus in den Westen flüchtete, war wohl der einzige Ausweg, um woanders neu anzufangen.

Am nächsten Tage nach dem Frühstück war sich Georg mit dem Überbringer des Briefes einig. Dieser machte es mit Lust und Freude, denn die Sängerin Susanne hatte er im Schauspielhaus bereits zweimal singen hören. Und dieser Anlass war nun ein Grund, sie persönlich kennen zu lernen. Als die Touristen das Gelände des Hotels verließen, schaute Georg dem Bus und seiner Nachricht nach. Diesmal hatte er ein gutes, beruhigendes Gefühl, dass sein Brief Susanne bald erreichte. Er war unruhig und fühlte das Ende eines alten und den Anfang eines neuen Abschnittes in seinem Leben. Und obwohl gefährlich und risikoreich, so war er froh, diese Gratwanderung zu beenden. Zwischendurch schlichen sich auch Angstgefühle ein, die er von sich zu schütteln versuchte. Was würde ihm wohl der Ober erzählen und wie weit mochte dieser in seiner Sache vorgedrungen sein?

Um seine innerliche Unruhe zu bändigen, fuhr Georg aus Allenstein heraus in Richtung Osterode, wo er am See im Walde ungestört seine Lage nochmals in Gedanken überprüfte und zwei Stunden später zurückfuhr. Den Ober auf der Hotelterrasse erkannte er von weitem. Als auch der ihn wahrnahm, kam er seinem Freund entgegen. Um sich näher zu unterhalten, machten sie einen Spaziergang in die Natur. Hier wurden ihre Gespräche vom Winde fortgetragen und verweht. Im Raume waren solche Unterhaltungen nicht angebracht. Am See entlang, begleitet vom Kreischen einiger Wasservögel, begann das vertrauliche Gespräch unter Freunden.

„Leider hat sich die Angelegenheit etwas verzögert und wir werden uns etwas gedulden müssen“, begann der Ober seinen Bericht. „Der zuständige Beamte im Passbüro ist plötzlich erkrankt.“

„Es ist schon typisch für euch Polen. Es klappt niemals so, wie es geplant wird“, äußerte Georg ungeduldig auf die Nachricht des Obers.

„Da stimme ich dir zu“, fuhr der Ober fort und fügte hinzu: „Da muss man euch Deutsche loben, dass ihr alles genau macht bis zum letzten Atemzug. Warum findest du keinen deiner deutschen Kollegen, der dich in den Westen bringt? Zeige mir doch einen, dem du vertrauen könntest wie mir. Bei euch gilt nur das Gesetz: Und wenn es das Leben anderer kostet.“

„Nun mach mal einen Punkt, Verräter gibt es auch unter euch Polen genügend.“

„Doch diese Verräter handeln nicht, um das Gesetz zu achten, sondern überwiegend aus persönlichen Gründen. Entweder ist da eine Frau im Spiel oder Geldgier und ähnliches“, verteidigte der Ober seine Landsleute und sagte weiter: „Aber wie ihr Deutschen denkt und handelt, wissen wir ja und es ist auch noch nicht verklungen.“

Diese Bemerkung genügte dem ostdeutschen Agenten, um seinem Freund auf dem Fuße zu kontern, indem er sagte: „An dieser Stelle muss ich dich daran erinnern, dass meine Heimat in der Vergangenheit für viele Völker und Religionen Platz hatte. Heute, wo ihr hier die Herrscher seid, seid ihr nicht im Stande, das hiesige Volk zu dulden, und verbietet denen noch 30 Jahre nach dem Kriege die Muttersprache. Wo und wann gab es denn Ähnliches, dass die Gläubigen aus ihren Kirchen vertrieben wurden? Ich war Zeuge, wie bei einer Konfirmation im Jahre 1951 in Rastenburg die Fensterscheiben des Hauses Gottes von deinen Landsleuten mit Steinen eingeworfen wurden. Fahr doch mal nach Nikolaiken und schau dir die verwüsteten Gräber des Judenfriedhofes an. Auch das ist nach Kriegsende geschehen.“

„Nun beruhige dich, mein Freund“, unterbrach der Ober seinen Gesprächspartner und äußerte weiter: „Dass die polnische Bevölkerung gleich nach dem Kriege offene Wunden hatte, solltest du doch verstehen. Und dass dabei auch unschuldigen Menschen viel Unrecht geschah, ließ sich wohl kaum vermeiden. Und wir Polen sind halt so, wie wir sind“, kam es vom Ober, worauf Georg erwiderte: „Und du bist der Meinung, dass diese Ausschreitungen zum Frieden beitragen?“

„Das meine ich nicht“, antwortete der Ober, „ dafür bin ich aber der Ansicht, dass nur die Achtung des Mitmenschen Frieden erzeugt und erhält. Obgleich wir Polen die Gesetze nicht so genau achten wie ihr, so hilft unsere Art schon eher im Einzelfall als das Gesetz. Ein Gesetz ist nämlich für ein Land, eine Region oder eine Gruppe gemacht. Der Einzelne kann da kaum erfasst und berücksichtigt werden. In solchen Fällen hilft aber die Korruption. Die kann schon mal hier und dort helfen. Nur hat die so genannte Korruption zwei Feinde: einerseits das Gesetz und andererseits die Missgunst der anderen Leute. An deinem Fall können wir das doch deutlich sehen. Du spionierst für die DDR gegen den Westen und andere Nachbarstaaten. Nun hast du erkannt, dass es so etwas wie Liebe und Menschlichkeit gibt. Welches Gesetz soll dich darin verstehen und dir darin helfen? Ja, mein Lieber, wenn es um andere Interessen geht, zeigen wir schon leicht mit dem Finger, wenn wir aber selber dran sind, suchen wir Hilfe, egal woher sie kommt. Schlimm wird es nur, wenn wir des Teufels Hilfe in Anspruch nehmen, ich meine damit ‚unmenschlich‘ handeln, dann wird es irgendwann gefährlich für alle Beteiligten“, endete der Ober seine Abwehr.

Auch Georg hatte noch einiges zu sagen. „Jetzt kenne ich auch näher die Ursache, wieso Polen nie so richtig selbstständig ist. Entweder hat der Osten oder der

Westen mitbestimmt oder beide zugleich. Und das aus diesem Grunde, weil jeder außer dem allgemeinen Gesetz noch ein persönliches hat."

Hier musste der Ober herzhaft über die trockene Ausführung seines Gesprächspartners lachen. Für einige Minuten wurde die rege Unterhaltung unterbrochen, zwei Männer näherten sich ihnen und deren Unterhaltung schien genauso aufregend zu sein wie die ihre. Die beiden überholten Georg mit dem Ober und führten, diese kaum wahrnehmend, ihr Gespräch weiter. Als sie vorbei waren, machte der Ober seinen Gesprächspartner auf die ausgebeulten Hosentaschen aufmerksam und erklärte ihm: „Hier sollte man annehmen, dass die beiden auf dem Wege sind, irgendeine Sache zu erledigen, die im Gesetz nicht verankert ist, und somit gilt das eigene Gesetz. In den ausgebeulten Hosentaschen trägt jeder eine Wodkaflasche mit hochprozentigem Inhalt. Das ist hier die Grundlage solcher außergesetzlichen Verhandlungen." Jetzt musste Georg laut lachen über die Ursachen der ausgebeulten Hosentaschen. Und der Ober fuhr fort: „Natürlich gibt es auch hier verschiedene Ebenen. So werden wir so eine Angelegenheit wie deine nicht mit einer Flasche Wodka zu Stande bringen. So was wird im Hotel oder Restaurant erledigt, wo der Alkohol als Hilfsmittel dient, um die Beteiligten zu entgeistigen. Aber das kennst du auch bei euch in Deutschland, diese außergesetzlichen Verhandlungen, wenn die vornehmen Herren mit Schlips und Kragen mit Millionenbeträgen um sich werfen."

„Anfang der sechziger Jahre", erzählte Georg, „hatte ich die Möglichkeit, in Nikolaiken mit einem Filmregisseur zu sprechen. Er drehte damals mit seinem Team einen Film in Nikolaiken, ich traf mich mit ihm im Restaurant ‚Syrena' und ich habe von ihm vieles erfahren, was mir neu war. Er wusste damals schon zu behaupten, dass fast jeder denkende Mensch bestechlich sei, es käme nur auf die Summe an. Ich erinnere mich noch, als er sagte: ‚Geld ist das Teufelszeug und dieser waltet international. Ihn interessieren auch kaum kleine Summen. An Leute, die Vertrauen und Anerkennung gewinnen, an diese Personen schleicht er sich heran, um sie als Werkzeug für seine Machenschaften zu missbrauchen. Denn es geht ihm darum, solche Vertrauenspersonen zu stürzen, um der Menschheit den Glauben an das Gute zu nehmen.' Damals lebte ich noch in Polen und hatte mich um die Ausreise nach Ostdeutschland bemüht. Für mich, der im Heim aufgewachsen und mit marxistischen Ideologien erzogen war, waren diese Worte des Regisseurs eine neue Erkenntnis. Damals in dieser Unterhaltung, welcher auch ein Direktor eines Bauunternehmens beiwohnte, hatte ich auch erfahren, dass Kommunalpolitiker und bedeutende Parteifunktionäre der Stadt in anderen, weiter entfernte Kirchen den Gottesdienst besuchten, um von der hiesigen Bevölkerung nicht gesehen zu werden."

„Ja“, unterbrach der Ober Georg, „auch das ist das zweite Gesetz.“

Und Georg äußerte weiter: „Der Regisseur war der Meinung, dass Polen viel schneller vorankäme, wenn mehr Einheit unter den verantwortlichen Personen zu verzeichnen wäre. Er pflegte zu sagen: ‚Wo drei Polen zusammenkommen, sind es gleich vier Meinungen.‘ Am Schluss dieses Themas will ich noch sagen, was mir immer wieder in Polen auffällt. Im Geschichtsunterricht der Schulen wird jede gewonnene Schlacht der polnischen Heere erwähnt und festgehalten, in einer Zeit, wo wir davon so weit wie möglich abrücken wollen. Dieser Unterricht stärkt die Jugend und gibt ihr Selbstbewusstsein.“

„Wenn es anders wäre“, sagte der Ober weiter, „bräuchtest du hier in Polen nicht zu spionieren. Denn es wird wohl im sozialistischen Lager kaum ein Land geben, das den Kommunisten so viele Schwierigkeiten bereitet wie Polen. Wenn wir an den Westen grenzen würden wie ihr, wäre auch vieles anders.“

„Wozu auch die Kirche einen großen Teil beträgt“, bestätigte Georg die Feststellung des Obers. Auf einer Böschung an einer Kiefer, unweit des Seeufers, ließen sich die Herren nieder, um ihre Unterhaltung fortzusetzen. Die Sonne neigte sich nur zögernd und kündigte für den nächsten Tag schönes Wetter an.

„Wir werden die Menschheit wohl kaum ändern können.“ Mit diesen Worten reichte der Ober seinem Gegenüber die Rechte, die von Georg ergriffen wurde, und dieser Händedruck räumte sämtliche Unstimmigkeiten aus dem Wege.

„Deine Sache sollte wohl innerhalb von vier Wochen erledigt sein“, beruhigte der Ober seinen Freund und es wurde ein Treffen mit dem zuständigen Offizier im Restaurant „Nowoczesna“ vereinbart. Dort sollte auch die Geldübergabe stattfinden. Dabei wurde an viele andere Dinge gedacht und es wurden Umstände besprochen, die eventuell auftreten könnten. Die Aufgabe des Obers war es, für Georg einen Pass mit gefälschtem Namen zu besorgen, damit er Polen in Richtung Westen verlassen konnte. Was danach kam, war nicht seine Sache. Und dieses Danach bereitete dem ostdeutschen Agenten Sorgen, obwohl er alles genau überdacht hatte. Denn im Westen gab es zur Genüge Ostagenten, die ihm unangenehm werden könnten. Doch im Westen musste er erst einmal ankommen.

Die Sonne war soeben untergegangen und ruhig stieg aus dem Wasser ein grauer Schleier empor, auch die Vögel suchten nach und nach ihre Nester für die Nacht auf. Die beiden Herren von der Böschung waren auch bereits verschwunden und die Natur waltete ihres Amtes wie täglich um diese Tageszeit. Auch im Novotel waren neue Gäste eingetroffen und ebenso wurden Gespräche geführt, Empfindungen freigelegt und Gedanken ausgetauscht. Dann würde die Sonne wieder aufgehen und so weiter und so weiter. Bevor die beiden auseinander gingen, vergingen noch Stunden. Sie nahmen Platz in einer abgelegenen Ecke im Aufenthaltsraum und merkten bald, dass hier in den Mauern nicht nur die Unterhaltung, sondern auch das Denken ein anderes war als in der freien Natur. Als die beiden dann ins Freie wechselten, begann Georg: „Jetzt ist mir auch klar geworden, dass die mehrere Meter dicken Mauern der Wolfsschanze Hitler und seinem Stab nicht nur Schutz waren, sondern auch mörderische Gedanken beflügelten. Und dieses mörderische Handeln hielt bis in die letzten Kriegsstunden an."

„Leider", fuhr Georg weiter fort. „Wenn ich dabei an den Aufstand im Warschauer Ghetto denke und an die Niederschlagung des Aufstandes in den letzten Kriegstagen, gibt es auch in mir viele offene Fragen. Ich hatte mich mit einem Augenzeugen unterhalten, der mir einige Dinge über dieses grausame Ereignis genau erzählen konnte. So sagte er mir, dass in diesem Ghetto viele Juden gefangen gehalten wurden. Diese Menschen sind von außen zu diesem Aufstand ermuntert worden, mit der Aussicht, von außen auch Hilfe zu bekommen. Leider sah die Wirklichkeit ganz anders aus. Als die Aufständischen diese Hilfe nötig hatten, sahen die andern von außen dem Gemetzel mit Gelassenheit zu. Obwohl polnische Untergrundkämpfer und besonders die Sowjetfront nur mehrere hundert Meter davon entfernt waren, warteten sie so lange, bis die Hilfesuchenden niedergeschlagen waren."

Nach diesen Worten Georgs schaute ihn der Ober mit ernsthaft traurigem Blick an, indem er äußerte: „Ja, damals in diesem Aufstand sind auch meine Eltern ums Leben gekommen. Ich bin auch ein Pole jüdischer Herkunft und kann deine Erkenntnis bestätigen. Nur wird darüber heute offiziell noch nicht geredet. Doch in naher Zukunft kommt auch diese Wahrheit ans Tageslicht. Als du die Verwüstung des Nikolaiker Judenfriedhofes nach dem Kriege erwähntest, erkannte ich in dir meinen wahren, aufrichtigen Freund. Und darum freue ich mich umso mehr, dir helfen zu können."

„Und hier wird uns deutlich, dass die Erinnerung die kreative Schöpfung des Menschen ist, indem wir die Zwischenzeit der Jahre mit verarbeiten und dabei die Gelegenheit und Möglichkeit haben, die Wahrheit zu erkennen", äußerte Georg am Schluss, und als die beiden ihre Unterhaltung beendeten und den Platz im Freien verließen, um sich zur Ruhe zu begeben, waren in den meisten Zimmern des Hotels die Lichter erloschen und es kehrte rundherum Ruhe ein, nur dann und wann noch ein Geschirrklappern aus der unteren Etage, wo schon für das Frühstück der Gäste gesorgt wurde. Auch der Nachtportier war froh, die Eingangstür endlich schließen zu dürfen, nachdem die beiden Hotelgäste im Innern des Hauses waren.

## Kapitel 17 – Die Überraschung

Nach der Rückkehr von einem zweiwöchigen Aufenthalt in Oberstaufen und einem Besuch in München musste sich Susanne erst langsam an Berlin gewöhnen und einfinden. Besonders der Aufenthalt in den Bergen war ihrem leiblichen und seelischen Wohl gut bekommen. Ein Angebot aus München, am dortigen Theater die Stelle einer Sängerin anzunehmen, war der Grund ihres Besuches in der Hauptstadt Bayerns. Und es hatte ihr dort gefallen.

Das öffentliche Treiben der Großstädte hatte viel Ähnliches. Genauso hatte viel Gemeinsames die Welt der Künste, wie auch die einzelnen Künstler, die in ihrem Denken und Handeln die Schöpfung vielseitiger Dinge als Grundlage ihrer Gestaltung betrachteten. Aufgrund dieser Dinge war es Susanne sofort am ersten Tage nach ihrer Ankunft in München klar, ob sie in dieser Stadt wirken möchte. Und sie nahm diese Herausforderung an. Nach Aufnahmegesprächen und Besichtigung der Häuser ihres zukünftigen Wirkens war der neue Vertrag abgeschlossen. So war sie denn ruhigen Gewissens in die Berge nach Oberstaufen und Umgebung gefahren.

Bis zum Wechsel nach München waren es noch ganze sechs Monate, also genügend Zeit, einzelne Dinge zu regeln. Voller Hoffnung, Erwartung und Neugier, neue Dinge zu erfahren, fuhr Susanne zu ihrer Schwägerin nach Charlottenburg. Diese wollte in der Zeit ihrer Abwesenheit den Postkasten leeren. Freudig wie immer wurde Susanne von Maria und Benjamin begrüßt, und es warteten gleich mehrere Briefe auf sie. Zwei dieser Nachrichten schienen außergewöhnlich zu sein. So öffnete sie den ersten Brief, ohne Postwertzeichen, anscheinend vom Absender selbst in ihren Postkasten geworfen. Und Susanne hatte sich nicht geirrt, es war eine wichtige Nachricht, obwohl nur in einigen Sätzen auf einem Zettel.

„Liebe Frau Kulinna, aus meinem kurzen Aufenthalt in Allenstein habe ich für Sie eine Nachricht mitgebracht. Leider sind Sie zur Zeit nicht in Berlin, doch wie bekannt, werden Sie nächste Woche wieder im Schauspielhaus auftreten. Ich würde mich freuen, Sie nach langer Zeit singen zu hören. Wenn es Ihnen angenehm sein sollte, werde ich nach der Vorstellung im Theater-Café auf Sie warten. Ihr Unbekannter.“

„Diese Nachricht könnte von Georg sein“, rief Susanne, indem sie den zweiten Brief öffnete, dessen Absender die Familie Gurion war. „Eine Nachricht aufregender als die andere“, äußerte die Empfängerin, setzte sich und erfuhr von Herrn Gurion, dass er und seine Frau in drei Wochen mit einer Regierungsdelegation

Ostberlin besuchen würden. Auch den Namen des Hotels gab Herr Gurion an, in der Hoffnung, Susanne während der vier Tage zu treffen.

Aufgeregt teilte sie diese Nachrichten Maria mit und es begann eine rege Unterhaltung. Wolfgang hatte erst in einer Stunde Dienstschluss. Für die Zeit des Aufenthalts der Gurions wollte Susanne ihre Schwester im Osten besuchen, vom Theater aus würde es wohl möglich sein, und wenn auch nur für zwei Tage. Aber was mag nur hinter der Nachricht auf dem Zettel stecken? Sollte es wirklich eine Nachricht von Georg sein? Konnte es die Nachricht sein, auf die sie bereits Jahre wartete? Und sollte damit die Ungewissheit ein Ende nehmen? Zu viele Fragen drängten sich Susanne auf, doch beantworten konnte sie heute nicht einmal eine einzige.

So hieß es nur geduldig warten. Dieser Ansicht waren auch Maria und Wolfgang, der mittlerweile eingetroffen war. Die Nachricht, dass Susanne nach München ging, erfreute ihre Verwandten nicht gerade, trotzdem hielten sie es ihr zugute, einen neuen Lebensabschnitt zu beginnen. Und dieser Neubeginn sollte ihre Lebenserfahrung um vieles bereichern. „Denn solange du jung und allein bist, ist jede Entscheidung eine Erkenntnis nur für dich“, äußerte Wolfgang in der Rolle als ihr älterer Bruder. Danach berichtete Susanne über ihre Eindrücke und Erlebnisse in Oberstaufen und von den Wanderungen im Allgäu. Innerlich etwas unruhig und von der Reise müde kehrte sie am späten Abend in ihre Wohnung zurück.

Am nächsten Morgen war Susanne früh auf den Beinen. Es war für sie eine unruhige Nacht gewesen. Allerhand Gedanken waren Gegenstand ihrer nächtlichen Überlegungen, die oftmals am Tage leichter und überwindbarer erschienen. Zweimal war sie nachts aufgestanden, beim ersten Mal schaute sie durch die Fensterscheibe auf die erleuchtete Stadt und auf den wolkenbedeckten Himmel, um zehn Minuten später den Schlaf im Bette zu suchen. Beim zweiten Mal konnte Susanne ihren tiefen Schmerz nicht länger verbergen und Tränen, die sie bisher zurückgehalten hatte, stürzten reichlich aus ihren Augen. Das äußerliche Tun, als wäre alles in bester Ordnung, und das innerliche Empfinden machen ihr doch sehr zu schaffen. Die anfänglichen Schwierigkeiten zwischen Ost und West, zwischen Politik, Religion, Wirtschaft und Nationalität hatte die junge Sängerin so gut es ging überwunden.

Doch diese Dinge mit seinem Ich umzuwandeln, zu verstehen und einzuordnen nach Verständnis, Empfindung und Gefühl, war wohl ein jahrelanger Prozess, der immer wieder neu begann und viele Male zu Ende gegangen schien. So genügte es nicht, allein eine gute Gesangsstimme zu besitzen, um hier wie dort zu singen. Denn hier im Westen Deutschlands wurde auf der Bühne Haltung, Bewegung und Gesichtsausdruck an erster Stelle gewertet, wobei sie während ihres Studiums in

Moskau diese Eigenschaften sich fast selbst beigebracht hatte. Frei und ungezwungen hatte sie damals die Bühne betreten, während sie heute nach außen eine andere, als sie es war, darstellen musste. Beherrscht hatte es Susanne in kurzer Zeit und trotzdem würde sie am liebsten auch heute noch, nach Jahren, manchmal auf der Bühne ihre Maske abwerfen und so richtig loslegen. Einmal ließ sie ihre Zügel fallen, das Publikum tobte und trotzdem wurde sie nach der Vorstellung ermahnt, hier sei Berlin und nicht Moskau. Doch das war lange her und sie fügte sich, wie es von ihr verlangt wurde.

Auch musste sie voller Unruhe an die Begegnung mit dem Unbekannten im Café denken. Sie erahnte in diesem Treffen eine Nachricht von Georg. Nun, jetzt, als der Tag begann, kamen auch andere Gedanken und voller Lust zum Wirken bereitete sich Susanne auf die Probe vor, die in zwei Stunden im Schauspielhaus begann. Als sie dann an ihrem Wirkungsort eintraf, wurde sie von den Übrigen herzlich begrüßt und sie erfuhr, dass sie hier sehnsüchtig erwartet wurde, und das nicht nur von der Leitung. Egal unter welchen Umständen und in welcher Stadt, so fühlte Susanne, dass das Theater ihr Leben war. Viel zu langsam verlief dieser Tag, an dem sie doch so sehnsüchtig den Abend und das Treffen im Café erwartete.

Und endlich war es dann so weit. Das Haus, auch auf den Rängen bis zum letzten Platz gefüllt, schien ruhig und erwartungsvoll dem Beginn des Musicals entgegenzusehen. Als dann der Vorgang aufging, spielen die Künstler, tanzten oder sangen in ihrer gewohnten Rolle. Und als die Welt der Träume vorüber war, das Publikum, in Gedanken noch bei der Aufführung, den Weg nach Hause ging, war hier auch ein außergewöhnlicher Zuschauer mit einer wichtigen Nachricht für Susanne.

Im Theater-Café sitzend musste er auf die Sängerin nicht lange warten. Lächelnd gab er sich zu erkennen, dass er heute der Auserwählte sei. Er begrüßte Susanne mit den Worten: „Durch diesen Anlass habe ich zumindest die Gelegenheit, auch einmal Ihre Hand zu schütteln."

„Ich hoffe, Ihre Nachricht ist eine erfreuliche", erwiderte Susanne, während sie sich zu dem Herrn an den Tisch setzte.

„Darüber dürfte es wohl keine Zweifel geben, denn außer dem Brief hier durfte ich von Ihrem Verlobten auch mündlich einiges erfahren. Doch bitte lesen Sie vielleicht den Brief, damit Sie wissen, woran Sie in meiner Gesellschaft sind", entgegnete der Herr.

Ohne ein Wort zu sagen, nahm Susanne den Brief entgegen, öffnete ihn und überflog die geschriebenen Zeilen. Dabei wurden ihre Gesichtszüge vom Überbringer genau beobachtet und jede Veränderung darin erkannt. Demnach müsste es eine bedeutende und erfreuliche Nachricht sein. Als der gelesene Brief von der Empfängerin in die Handtasche gesteckt wurde, trat eine Schweigeminute ein, doch dann überschüttete sie den Herrn mit vielen Fragen, die dieser zu ihrer Beruhigung auch größtenteils beantworten konnte.

Als das Café um 23 Uhr geschlossen wurde, hatten es fast alle Besucher und somit auch Susanne mit ihrem Boten verlassen. In ihrer Wohnung eingetroffen, musste sie nun zuerst diese Nachricht in sich aufnehmen. So holte Susanne den so genannten Brief noch einmal hervor und las ihn langsam Zeile für Zeile, als wolle sie auch das verstehen und zur Kenntnis nehmen, was zwischen den Zeilen stand.

Nach Monaten, ja sogar Jahren kam eine Nachricht, geschrieben auf einem Stück Papier, was man wohl kaum einen Brief nennen durfte. Eine Nachricht, die doch so vieles ausdrücken sollte, einfach so dahingemalt mit einem Kugelschreiber, ja nicht einmal mit einem richtigen Füllhalter? Aber wo ist hier der Unterschied zwischen Tinte aus dem Füllhalter und der Mine aus dem Kugelschreiber? Der Unterschied, den man kaum erklären kann und der so deutlich zu erkennen ist. Wieso erkennt sie das, was für ihn scheinbar nicht erkennbar ist? Denn gelernt hat sie es auch nirgendwo, diese Dinge zu unterscheiden.

Und doch können Empfindungen durch eine gemalte Sprache mit schwarzer Tinte eher zum Ausdruck kommen als durch die Kugelschreibermine. Aber können Empfindungen der lebendigen Seele in toten Buchstaben hingemalt werden? Das sollte wohl schwer sein, wenn nicht gar unmöglich. Hier merkte Susanne, dass sie in ihrem Denken und Werten doch etwas überzog und an jeden Satz der Nachricht von ihrem Verlobten Maßstäbe ihres Überlegens und Denkens setzte. An dieser Erwartungshaltung konnte und durfte sie Georg nicht messen und schon gar nicht werten. Seine Gesellschaft, Umgebung und Tätigkeit war genau das Gegenteil der ihren. War denn ein Zusammenleben zweier so unterschiedlicher Welten möglich? Hatte es denn einen Sinn, dass Georg jetzt alles, was für ihn bis dahin Lebensinhalt war, riskierte und aufs Spiel setzte? Und würde er später so viel Kraft und Glauben besitzen, um neu geboren zu sein? Solche Gedanken beschäftigten Susanne stundenlang bis in die Nacht hinein. Sie fühlte sich in einem Wechselbad von Gedanken und Überlegungen. Mal sprach der Verstand und dann war wieder das Herz am Zuge. Bis sie letztendlich beschloss, die Entscheidung auf den nächsten Tag zu verlegen und alles noch einmal zu überschlafen.

Am nächsten Tage waren Wolfgang und Maria für Susanne Berater. Trotzdem war allen dreien bewusst, dass Susanne diese nicht alltägliche Entscheidung letztendlich ganz nach ihrem Empfinden treffen musste. Gut und objektiv von Bruder und Schwägerin beraten, kehrte sie am späten Nachmittag in ihre Wohnung zurück und schrieb an Georg einen Brief, den sie am nächsten Tage an einen anderen Namen zum Postamt Allenstein auf Poste Restante abschickte. Und so schrieb sie, wie von ihrem Verlobten empfohlen und angefragt:

„Mein Lieber! Leider ist eine lange Zeit vergangen, in der ich voll Hoffnung und Zuversicht auf ein Lebenszeichen von dir wartete. Dieses Warten und das Ungewisse, was mit dir wohl geschehen sei, bereiteten mir zahlreiche schlaflose Nächte. Doch nun weiß ich es, du lebst noch. Wie mir der Überbringer deiner Nachricht erzählte, geht es dir auch gut. Dein Zögern mit einer Nachricht auf irgendeine Art, um mir zumindest die Sorgen um dich zu ersparen, ist mir unbekannt und teilweise unverständlich.

Auf deine Frage, ob ich noch allein bin und auf dich warte? Ja, ich bin allein und warte, doch was und wie du dich entscheidest, dass musst du selbst am besten wissen. Ich warte gerne ein halbes oder ein ganzes Jahr länger, wenn du in dieser Zeit eine Lösung findest, die dir keinen Ärger bringt und bei der du kein großes Risiko eingehen musst. Nur eines solltest du dabei bitte berücksichtigen: Mit einem liebenden Herzen spielt man nicht und noch einmal monatelanges Warten auf eine Nachricht kommt nicht in Frage. Ausgerechnet in deiner Tätigkeit kennst du genügend Mittel und Wege, mit welchen du mir jederzeit auch nur einige Worte rübersenden solltest. Denn die Liebe ist kein Geheimdienst und sollte so ausgesprochen oder geschrieben werden, wie man es fühlt und empfindet. Und sollte es anders sein, so muss auch hier klar und deutlich darüber gesprochen oder geschrieben werden.

Nur so können wir frei und unbelastet von innerlicher Unruhe leben. In so einem Zusammenleben wirkt unsere Liebe zueinander wie eine Pflanze natürlicher Heilmittel, die in unseren gegenseitigen Empfindungen täglich aufs Neue blüht und uns schützt vor Angriffen von außen. Wie gern würde ich dich hier an meiner Seite wissen, doch bevor es dazu kommt, sollten Ansichten, Verständnis füreinander und Gewohnheiten gemeinsam besprochen werden. Was deine Tätigkeit betrifft, so kennst du meine Auffassung dazu genau.

Obgleich es eine Zeit lang her ist, lebe ich immer noch in Erinnerungen an unser erstes Treffen in Moskau damals, als du mir, der 17-Jährigen, Einzelheiten über die Großstadt erklärt hast, dann die gelegentlichen Begegnungen und unser letztes Zusammensein in unserer Heimat, worüber ich ein Lied komponiert habe, das ich auch heute noch singe. Als ich erfahren habe, dass du in unserer Heimat tätig bist, und du trotzdem nichts von dir hören ließest, war dies für mich unbegreiflich. Ich würde dir zu gerne ganze Seiten voll schreiben, aber wie ich bereits anfangs erwähnte, ist es wohl kaum möglich, lebendige Empfindungen auf totes Papier zu übertragen.

Und zum Ende meiner Schrift nochmals an dich, mein Lieber! Überlege, entscheide dich und handle. Ein Zusammenleben in gegenseitiger Achtung, Schätzung und Toleranz ist nur in einer Welt möglich, wie ich sie dir geschildert habe. Ob du fähig bist und genügend geistige Kraft aufbringen kannst, diese Welt anzunehmen, das weißt nur du ganz allein. Bei dieser Gelegenheit möchte ich noch von mir bemerken, dass ich wohl spätestens zu Ostern nächsten Jahres in München singen und wohnen werde.

Ich denke weiterhin an dich in der Hoffnung, dass du für uns beide die richtige Entscheidung treffen solltest. Deine Susanne."

Noch am selben Tage ging der Brief auf die Reise nach Polen. Nachdem Susanne den Brief in den Postkasten beim Postamt eingeworfen hatte, fiel ihr ein Stein vom Herzen. Diesen Brief zu schreiben, hatte sie viel Kraft und Überlegung gekostet. Somit waren die Tage davor in den Bergen schon nützlich, um jetzt gesunde Entscheidungen zu treffen. Mit Mutter und Schwester aus dem Osten unterhielt Susanne regen Briefkontakt, so erfuhr sie auch Näheres über Charlotte, Mutter und Herrn Falter. Mutter war oftmals unterwegs von Usedom nach Berlin und es schien ihr zu gefallen.

Irgendwann würden sie sich wieder in Zinnowitz treffen. Seit Großmutters Tod war noch keiner der Jungen auf Usedom gewesen. So stellte sich heraus, dass doch Sophie diejenige war, die das gemeinsame Leben der Familie gefördert hatte. Anna war durch Herrn Falter mit anderen Dingen beschäftigt, worüber sich ihre Kinder freuten. Nach so vielen Jahren Sibirien tat es ihr gut, jetzt Deutschland kennen zu lernen, und sei es auch nur Ostdeutschland.

Wenn sie gerade für ein paar Tage die Insel verlassen hatte, war es immer wieder eine Freude, an den Ostseestrand zurückzukehren. Von dort aus hatte sie das Gefühl, alles überblicken zu können. Im Rücken das weite Meer und vor sich ganz Deutschland. Ein schönes Gefühl, diese Dinge zu sehen und zu spüren, stellte Anna während ihrer Spaziergänge fest. Inzwischen war es wieder Spätherbst geworden und raue Winde aus dem Osten kündigten an, woher die Kälte anrückt. Auch die ersten Nachtfröste machten sich bemerkbar.

Um diese Zeit beschlich Anna wie jedes Jahr ein seltsames Gefühl. Es war das Angstgefühl einer Mutter, die immer noch in Gedanken um ihre Kinder bangte, wenn kühle Schauer die Lüfte durchdrangen. Auch wenn ihre Kinder alle längst erwachsen waren, wurde sie diese inneren Angstgefühle nur langsam los. Seit ihrer Verschleppung während des strengen Winters 1945 wurde sie von dem Gedanken, dass ihre Kinder froren, jährlich heimgesucht. Nach Überlegungen dann die Gewissheit, dass ihre Kinder es warm und auch genügend zu essen hatten, was sie innerlich beruhigte, doch musste sie dann an die vielen anderen Kinder der Welt denken. So vergingen dann einige Tage, bis sich auch Anna an den Winter gewöhnt hatte.

Als sie an einem dieser kühlen Tage vom Einkauf in ihre Wohnung zurückkehrte, wartete dort ein Brief von Susanne auf sie. Erfreut öffnete sie den Brief, denn von ihrer Tochter aus Westberlin hatte sie lange nichts gehört. Annas Partner war in Berlin und kam erst zum Wochenende zurück. So freute sie sich besonders auf eine Nachricht von außen, und sie las:

„Liebe Mutti! Leider habe ich dich diesmal lange auf eine Antwort auf deinen Brief warten lassen. Verzeih bitte, doch sind die Umstände meiner Gedanken zur Zeit sehr wechselnd und manchmal auch etwas ungeordnet. Vielmehr hoffe ich, dass du guter Dinge bist und dich bester Gesundheit erfreust sowie auch Herr Falter. In meinem Leben scheint sich einiges zu ebnen, ob zum Guten oder umgekehrt, kann ich heute noch nicht schreiben. Zumindest scheint die Ungewissheit zu enden, denn ich erhielt inzwischen von meinem Verlobten eine Nachricht. Er ist zur Zeit im Ausland tätig und auf meinen Brief erwarte ich jetzt eine Nachricht seinerseits. Näheres kann ich dir heute noch nicht schreiben. Sobald ich mehr höre, melde ich mich gern mit einem Brieflein.

Ursprünglich hatte sich Familie Gurion für einen Besuch im Osten angekündigt, doch scheint es damit nicht zu klappen, die Reise ist verschoben worden, wie Frau Gurion mir schreibt. Im Theater geht es mir weiterhin gut. Wie es aussieht, werde ich nach München gehen, doch damit habe ich noch einige Monate Zeit. Die Freizeit im Allgäu ist mir sehr gut bekommen und trotzdem muss ich schreiben, es ist kein Vergleich mit unserer Heimat. Wenn man am Wasser das Licht dieser Welt erblickt, bleibt es fürs ganze Leben haften. So ist es keine Frage, wo ich meinen nächsten Urlaub verbringe.

Doch zuerst habe ich noch andere Sorgen. Welcher Art meine Unruhe ist, wirst du dir vorstellen können, denn du warst Zeuge unserer Verbundenheit in unserer Heimat. Und nun, nach monatelangem und dann jahrelangem Warten, eine Nachricht, geschrieben auf einem Blatt Papier. Eine Anfrage, ob ich immer noch warte. Ja, habe ich ihm geschrieben, ich warte noch, obgleich ich gern auch was anderes geschrieben hätte. Doch bin ich gezwungen, meine Annahmen und Vermutungen nicht voreilig zu werten, was mir in meiner Enttäuschung nicht leicht fällt. Die vergoldeten Tage und Nächte, wo ich mit meinen Gedanken bei ihm war, soll das alles Täuschung gewesen sein?

In Zuversicht, dass mein nächster Brief an dich, liebe Mutter, ein anderer ist, der auch dich erfreut, verbleibe ich herzlichst deine Susanne."

„Ach ja, liebes Kind, auch dir bleiben Kummer und Sorgen nicht erspart", sagte Anna mit halblautem Ton zu sich, den Brief ihrer Tochter zur Seite legend. Aber wo steht es denn geschrieben, dass nur Glück unsere Erfüllung ist?

# Kapitel 18 – Georg und der Ober

Fünf Wochen waren vergangen, seit Georg dem Berliner Touristen seine Nachricht für Susanne mitgegeben hatte. Dreimal war er bereits beim Postamt, leider immer noch keine Antwort von seiner Verlobten. So malte er sich allerhand Gründe aus, die eine Nachricht an ihn verhindern könnten. Dem Ober begegnete er zweimal in der Woche und dann gab es immer viel zu erzählen. Morgen war Freitag, dann war wieder ein Treffen vereinbart worden. Doch am Freitagvormittag erkundigte sich Georg beim Postamt und – es war kaum zu glauben, eine Nachricht von Susanne.

Jetzt hielt er den Brief in seiner Hand, diesen Brief, den seine Verlobte in ihren Händen gehalten hatte. Öffnen würde er ihn in seinem Hotelzimmer. Dort eingetroffen nahm er erst mal auf einem der Stühle Platz und etwas aufgeregt und nervös überschlug sein Blick den mit Liebe geschriebenen und mit Blumen verzierten Brief. Er musste an seinen Brief denken, den er an sie geschrieben hatte, ein einfaches Blatt Papier, aus einem Ringheft entnommen, mit Löchern am linken Rand. Er erkannte auch hier die Überlegenheit von Susanne, bevor er die Nachricht gelesen hatte. Während sein Blick Zeile für Zeile aufnahm und innerlich festhielt, wurde sein Gesicht immer ernster, und das zu beobachten, ließ erkennen, dass diese Nachricht deutliche Worte beinhaltete. Nachdem Georg den Brief zweimal gelesen hatte, legte er ihn nachdenklich auf den Tisch.

‚Es ist nicht der Brief, den ich erwartet hatte, worin in jeder Zeile das Wort Liebe dominiert. Es ist eine Aufforderung zur aufrichtigen Bekennung zur Sache. Dabei die deutliche Bemerkung, die Liebe sei kein Geheimdienst und ich solle mich nun entscheiden. Das werde ich auch tun, denn ich muss es tun. Welche Entscheidung für meine und ihre Zukunft die bessere ist, kann ich heute auch so nicht wissen‘, überlegte Georg und fuhr in Gedanken fort: ‚Jetzt in der Gegenwart muss ich wissen, was ich will. Und übrigens habe ich Maßnahmen eingeleitet, die dieser Entscheidung den Weg weisen.‘

Er erinnerte sich an die Verlobung in Selbongen, dabei konnte Susanne sehr lieb sein und wiederum ernst genug, um die Richtlinien des Daseins zu beherrschen. Worte wie „du mein Mädchen“ konnten ihr nicht schmeicheln, um die Zuneigung zu bekunden, musste es schon etwas Glaubhaftes sein, ausgedrückt in Sprache und Charakter. Und hier überlegte der Agent noch einmal ernsthaft, ob er in Zukunft, abgesehen von den mit dem Geheimdienst verbundenen Schwierigkeiten und Hindernissen, auch im Stande sein würde, mit Susanne ein geordnetes Familienleben zu führen. Die Zweifel und Betrachtungen, mit denen sich Georg seit mehr als einer Stunde quälte, verschlimmerten seinen seelischen Zustand aufs Äußerste. Was er auch dachte und wie er auch überlegte, es war alles nur für Minuten, um dann wieder neuen Gedanken den Weg zu ebnen. So wusste er auch zwei Stunden später noch keinen festen Beschluss.

Den Rest des Nachmittags verbrachte Georg im Hause eines führenden Gefängnisbeamten in Wartenburg, der in diesem Gefängnis auch Erich Koch nach dem Kriege überwacht hatte. Am Abend dann zur gewohnten Zeit das Treffen mit dem Ober. Wie immer in letzter Zeit genossen die Gesprächspartner die Schönheit der Natur der Allensteiner Gegend. Sie unterhielten sich anfangs über die ständig wachsenden Unruhen der Arbeiterschaft in Polen, über die wenig bekannten Hintergründe dieser Unruhen, um dann wie so oft über Gegensätze nationaler Art zu sprechen.

„Ohne die Kirche wäre auch die Arbeiterschaft machtlos", begann Georg und fuhr fort: „Mit dem Vatikan im Rücken ist vieles machbar. Ohne die Unterstützung dieser Macht hätten es auch die Nationalsozialisten schwerer gehabt. Der starke Untertanengeist, welcher Machthaber verschiedener Nationen und Parteien beherrscht, ist von außen unverkennbar. Wenn ich überlege, dass führende Personen in der Provinz hier im sozialistischen Staate stundenlange Anfahrtswege in Kauf nehmen, um unerkannt einen Gottesdienst zu besuchen, dann wird es schon deutlich, welche Rolle gespielt wird. Was in diesem Falle wiederum das Volk stärkt. Und natürlich die Kirche umso mehr. Das war auch einer der Gründe, warum in Polen nur wenig Kolchosen gegründet werden konnten und die entstandenen nach kurzer Zeit aufgelöst wurden."

„Damit hat die Partei- und Regierungsführung bei euch in Ostdeutschland wiederum keine Schwierigkeiten", ergriff der Ober das Wort und äußerte weiter: „Das muss man euch Deutschen lassen, was Gehorsamkeit anbetrifft, kann euch so leicht keiner was vormachen. Und so ein Volk zu führen, bedarf bedeutend weniger Anstrengung als die Führung irgendeines anderen Staates. Doch diese Unterschiede sind uns bekannt, so lässt sich damit auch leben. Geheimdienstagenten und Hilfsmilizen gibt es wohl bei euch nicht viel mehr als bei uns. Nur habe ich bei euch in Deutschland bemerkt, wenn ein Mensch im Gefängnis eine Strafe für Aneignung von Staatseigentum verbüßt, wird er nach der Haft kaum noch geachtet und es wird mit dem Finger auf ihn gezeigt. In unserer Gesellschaft wird so ein Mensch ohne Bedenken wieder in den Kreis seiner Bekannten aufgenommen."

„Da stimme ich dir zu", sagte Georg und erzählte weiter: „Auch hier ist wieder das Gesetz, dass diese Menschen auf ewig verurteilt. Die Haftstrafe ist nur ein Teil dieser Verurteilung. Und da alle Völker sich an irgendetwas festhalten wollen und vielleicht auch müssen, so ist es hier der Staat mit seinen Gesetzen. Und dass eine Regierung oder Partei einen Glauben nicht ersetzen kann, sollte wohl allgemein bekannt sein. Und hier zeigt sich auch ein unübersehbarer Untertanengeist, aber nicht wie schon erwähnt, sondern gegenüber dem großen Bruder in Moskau. Und so beherrscht einer den andern und möchte stets oben stehen, und dass es nicht selten ganz anders kommt, dafür sorgen schon andere Kräfte, denn der Weltengang mit dem riesigen Kosmos im Universum muss wie vorgeschrieben weitergehen."

„Klug gesagt. Und trotzdem wäre doch interessant zu wissen, was unsere Völker grundsätzlich unterscheidet", fragte der Ober, seinen Freund aus der Geheimdienstszene anschauend.

„Darüber gibt es Meinungen, Behauptungen und Feststellungen zur Genüge. Und davon können wir vieles bestätigen, dem zustimmen oder widersprechen", äußerte Georg und fügte hinzu: „Doch merkwürdig erscheint es mir, dass der polnische Staat nach dem Kriege Einrichtungen verschiedener Art, Industrieanlagen, Immobilien, riesige Waldbestände sowie Seen mit Fischbeständen kostenlos übernommen hat, und dieser Staat ist dabei noch ärmer geworden als zuvor. Dass der Bruder aus dem Osten vieles geraubt hat, ist verständlich. Umso unverständlicher ist es, dass dieser Bruder noch ärmer erscheint als Polen."

„Diese rätselhaften Fragen klären wir beim nächsten Treffen", sagte der Ober, und als die ersten Fledermäuse den Abend ankündigten, verschwanden auch die beiden hinter den Mauern des Hotelgebäudes.

Hier herrschte wie immer Leben im heiteren Stil. Georg und der Ober mischten sich unter die Gäste, denn sie waren ja nicht hier, um sich nur zu unterhalten. Nach kurzer Zeit suchte Georg sein Zimmer auf, denn am heutigen Abend schien er nicht viel aufnehmen zu können. Die Nachricht von Susanne beschäftigte ihn innerlich doch sehr und dem Ober hatte er nur deshalb davon nichts gesagt, weil er es noch einmal ganz für sich allein lassen wollte, um sich darin zu vertiefen und die endgültige Entscheidung herbeizuführen. Am nächsten Dienstag sollte das Treffen mit dem entscheidenden Mann im Restaurant „Nowoczesna" stattfinden. Doch darauf wollte Georg heute keinen Gedanken verschwenden. Er möchte keine Überlegung auslassen, die für seine Zukunft entscheidend wäre. Es war für ihn eine Gratwanderung zwischen Verzweiflung und Unentschlossenheit.

Noch einmal las er Susannes Schrift und den Vorwurf, ihr keine Nachricht hinterlassen zu haben, und die Bemerkung, dass die Liebe kein Geheimdienst wäre. „Ja, liebe Susanne", sprach er zu sich selbst und äußerte im leisen Ton weiter: „Warum habe ich dich wohl aus alldem raushalten wollen? Wenn du wüsstest, dass ich im

Westen bereits zweimal spioniert habe, dass ich inzwischen am Schwarzen Meer und in Vietnam war, du könntest es wohl kaum verstehen und schon gar nicht begrüßen. Und dazu das große Schweigen, zu dem ich immer wieder verpflichtet werde. Dass du diese Dinge nur mit Mühe nachvollziehen kannst, ist mir auch begreiflich, liebe Susanne." Müde und erschöpft schlief Georg an diesem Abend auf dem Stuhl ein.

Als durch das offene Fenster ein Windstoß mit der Gardine ein Buch auf den Boden warf, wachte Georg auf, schloss das Fenster und auch die Zimmertür, indem er von innen den Schlüssel stecken ließ. Bevor er im Bett einschlief, versuchte er sich zu erinnern, wo und was er an diesem Abend getrunken hatte, doch war er mitten im Denken eingeschlafen.

Am anderen Morgen war es bereits neun Uhr, als Georg im Frühstücksraum erschien. Die ersten Frühstücksgäste verließen den Raum, so war er einer der letzten Hungrigen. Vom Tisch neben dem Pfeiler lächelte ihm ein rothaariger junger Mann zu. Er erwiderte mit gezwungenem Lächeln und nahm in einer Ecke neben dem Fenster am Tisch Platz. Heute saß er ganz gern allein, zu Gesprächen am Morgen war er nicht aufgelegt. Während ihm serviert wurde, überlegte Georg, worüber er mit dem rothaarigen Herrn gestern Abend Gespräche geführt hatte und was er mit ihm getrunken hatte. Er konnte sich nicht erinnern, irgendwann einmal abends auf einem Stuhl eingeschlafen zu sein, wie es ihm gestern passiert war. Geredet hatten sie über relativ unwichtige Dinge. Als Handelsvertreter einer Düsseldorfer Firma hatte er sich vorgestellt. Auch er hatte bereits sein Frühstück beendet und winkte Georg beim Hinausgehen zu.

Gestern während der Unterhaltung hatte dieser merkwürdige Herr ihn für kurze Zeit verlassen. Sollte das alles eventuell mit seiner Müdigkeit von gestern zusammenhängen? Sollte der Schoppen Rotwein etwa Schlafmittel enthalten haben? Diese Methoden waren dem Agenten Georg nicht unbekannt, doch fühlt er sich hier vor solchen Intrigen sicher. Mit unwohlen Gedanken und guter Hoffnung verließ er jetzt auch den Raum. Als Georg sein Zimmer aufsuchte, bestätigte sich seine Ahnung: Der Brief von Susanne, der zuvor noch auf dem Tisch gelegen hatte, war verschwunden. Er eilte die Treppe hinunter zur Rezeption und erfuhr dort, dass der rothaarige Gast vor einer Viertelstunde das Hotel mit seinem Pkw verlassen hatte. Dies war für Georg ein zusätzlicher Schlag und Seitenhieb, womit er niemals gerechnet hatte. Ratlos und hoffnungslos schritt er zu seinem Pkw, um den Wald und See in Richtung Osterode aufzusuchen.

Hier war er allein mit der Natur. Hier musste Georg immer wieder an die Äußerung eines Hamburger Urlaubers denken, der in Sensburg aufgewachsen und bis

1968 dort gelebt hatte. ‚Wenn ich in die Gegend von Osterode komme, bekomme ich ein anderes, neues Lebensgefühl. Hier kann ich von ganzem Herzen lieben und hassen, weinen und lachen, schreien und schweigen, fröhlich und traurig sein, hier spüre ich die Muttererde und das Vaterland. Hier bin ich so richtig wieder einmal zu Hause. Wie viel Wahrheit in diesem Bekenntnis doch steckt‘, überlegte Georg, indem er am See entlangwanderte. Könnte er dies von sich auch so frei sagen wie dieser Urlauber? Wenn ja, dann aber nur bedingt. Doch das könnte damit zusammenhängen, dass er dieses richtige Zuhause und somit auch die richtige Freiheit nie erlebt hatte, geschweige denn, es bewusst genießen konnte. Mit acht Jahren war für ihn nicht nur die Kindheit beendet, es war ein Ende der normalen menschlichen Entwicklung, die doch gerade angefangen hatte, und den Rest der Kindheit hatte er in Heimen und später die Jugend in Internaten verschiedener Schulen verbracht. Die Selbständigkeit und Freiheit, von der er träumte, war niemals eingetreten. Nach dem Studium in Warschau Ausreise in die DDR, wo er sich dem Geheimdienst verpflichtet hatte. So hatte er nach zweijähriger Ausbildung und Umbildung diese Pflichten übernommen.

Erst mit Susanne lernte er eine andere Welt kennen. Doch würde er in Susannes Welt auch zurechtkommen? Und hier erinnerte sich Georg daran, als er die damals 17-jährige Anfängerin auf dem Bahnsteig in Moskau zum erstenmal sah. Sie hatte sich ihre Welt selbst ausgesucht, die Welt der Kunst. Er ging auf die andere Seite, auf die Seite der Politik und Machenschaften. Und beides war wichtig und vielleicht sogar nötig für die Weltenentwicklung der Menschheit.

Das eine, das uns vorantreibt im Streben nach ständig neuen Wegen und Errungenschaften, das den Untergang und das Ende unserer Epoche wie vorgeschrieben herbeiführt und eventuell beschleunigt, andererseits die Kunst, die uns an unseren Ursprung erinnern und in unserem Dasein stärken soll, dass trotz aller Ereignisse, die die Menschheit erschüttern, verursacht überwiegend durch die neuen Errungenschaften, das Leben doch schön und lebenswert sein kann. Bei diesem Gedanken dachte Georg an den Vers aus Goethes Geheimnissen, den ihm Susannes Mutter Anna während des Aufenthaltes in Selbongen auf einen Zettel geschrieben hatte. Nach diesem Urlaub hatte er diesen Vers so viele Male gelesen, bis er ihn auswendig wusste.

Denn alle Kraft dringt vorwärts in die Weite,
Zu leben und zu wirken hier und dort;
Dagegen engt und hemmt von jeder Seite
Der Strom der Welt und reißt uns mit sich fort:

In diesem inneren Sturm und äußeren Streite
Vernimmt der Geist ein schwer verstanden Wort.
Von der Gewalt, die alle Wesen bindet,
Befreit der Mensch sich, der sich überwindet.

Ja, überwinden, sich selbst von der Gewalt befreien. Jetzt, wie er bereits die ersten Schritte in dieser Richtung getan hatte, wollte und musste er dabei bleiben. Hoffentlich kam nichts Unvorhergesehenes dazwischen, wie es zum Beispiel heute der Fall war. Und auch hier hieß es ruhig bleiben.

Es traf sich gut, dass der Ober auch heute Abend im Hotel wohnen würde. Der sollte wohl mehr wissen als er. Gestärkt durch seinen Aufenthalt in der freien Natur am Wasser unter hohen Tannen und Kiefern stieg er in sein Fahrzeug und fuhr zurück nach Allenstein, von dort aus anschließend nach Sensburg, wo er eine Verabredung hatte. Hier ging es um Informationen über die Produktion von Panzerteilen in einer Sensburger Fabrik. Obwohl heute ein Tag war, an dem Georg Tätigkeiten dieser Art gern vergessen würde, wollte er trotz allem seine Pflicht gegenüber seinem Auftraggeber gewissenhaft erfüllen. Doch großes Interesse zeigte er am heutigen Treffen nicht. Er erfüllte seine Pflicht, notierte sich bestimmte Angaben, entschädigte den Informationsträger mit der vereinbarten Summe und fuhr noch kurz über Selbongen nach Lindendorf, seinem Geburtsort.

Ungewiss, ob und wann er diese Gegend noch einmal besuchen konnte, nutzte er heute noch diese Fahrt, um in die Vergangenheit zurückzukehren. Er stellte sein Fahrzeug auf dem Gelände der Oberförsterei Pfeilswalde ab und bewegte sich besinnlichen Schrittes zum Ufer des Maizsee. Einige Minuten betrachtete der Masure die Ruhestätte der Frau Meta Wiechert, bevor er am Ufer, auf den Wasserspiegel schauend, stehen blieb. Kein Lüftchen regte sich über dem Wasser und das wahre Spiegelbild der Natur, der blaue Himmel und die hohen Bäume, die den See vom Walde abgrenzen, sowie das hochgewachsene Uferschilf, all das sah im Spiegelbild genauso prachtvoll aus wie über dem Wasser.

Wie Georg im Schatten eines Haselnussstrauches am Ufer diese Pracht in tiefen Gedanken an seine Kindheit betrachtete, ließ er die hier herrschende Ruhe der Natur auf sich einwirken. Und plötzlich hörte er ein ihm bekanntes Geräusch brechender Zweige. Gleich darauf sah er auch den Verursacher des Geräusches: Es war ein Zwölfender, ein gesund ausgewachsener Hirschbulle. Georg wagte kaum zu atmen und stand regungslos auf seinem Posten, um das Tier nicht zu verjagen. Sich erst vorsichtig umschauend, trat das Wild ins Freie, es schien hier seine Tränke zu sein. Dieser Prachtkerl sah im Spiegelbild genauso gut aus, dachte Georg.

Als er anscheinend genug getrunken hatte, hob er seinen Kopf so, dass das Geweih auf seinem Rücken lag. Er schaute über das weite Wasser, öffnete das Maul und ein klagendes Gebrüll hallte über den See, um dann als Echo überm Wald zurückzukehren.

Ein Schauer durchdrang die Glieder des so selbstbewussten Geheimagenten. Ein Dampfstoß aus dem geöffneten Maul des Tieres verriet, dass diese Klage aus tiefstem Innern kam. Danach verschwand der Bulle aus dem Blickfeld des Betrachters und ein Knistern der Sträucher verriet, dass der Hirsch das Weite suchte. Zwei oder auch drei Minuten später antwortete ein Gefährte mit einem Brüllen aus der Ferne von der anderen Seite des Seeufers.

Wie angewurzelt stand Georg noch einige Minuten auf seinem Beobachtungsposten, bevor er seine Schuhe und Socken auszog, um mit diesem Wasser und dem sandigen Grund die nackten Füße zu netzen. So wanderte er einige Schritte durch das klare Wasser, streifte wieder Socken und Schuhzeug über und bewegte sich zu seinem Fahrzeug. Wohin seine Gedanken während dieser Handlungen wanderten, ist schwer zu erraten. Als Außenstehender konnte man beobachten, wie sich der Heimatbesucher mit einem Taschentuch über die Wangen streifte. Es konnten Tränen der innerlichen Empfindung sein.

Für den Rückweg wählte Georg die nähere Strecke und fuhr direkt über Rechenberg und Sensburg ins Hotel. Noch immer war er vom Erlebnis der letzten Stunde ergriffen. So deutlich wie heute hatte er die Pracht der Natur noch nicht erlebt. Er hatte nicht vermutet, dass einfache Dinge seinem Leben so viel Glanz und Bedeutung verleihen könnten. Welch ein erfülltes Dasein musste doch ein Förster verspüren? Diesen Gedanken schlossen sich schnell Phantasie und nie erfüllte Träume an sowie verborgene Wünsche. Mit solchen und ähnlichen Gedanken beschäftigt, verlief die Rückfahrt viel schneller als die Hinfahrt und so war Georg fast überrascht, dass er plötzlich vor dem Hotel stand.

Den Ober konnte er noch nicht sichten, so kam dieser scheinbar später. Er selbst verspürte jetzt noch kein Verlangen, sich unter das Volk zu mischen. Übrigens beherbergte das Haus an diesem Wochenende nur wenige Durchreisende. Der Sommer hatte sich längst verabschiedet und das angenehme Herbstwetter erfreute nur an ausgewählten Tagen, denn die Nächte kündigten unmissverständlich die kühle Jahreszeit an. Diesmal fiel Georg die Trennung von Lindendorf außergewöhnlich schwer. Auf dem Wege in sein Zimmer hatte er immer noch das Bild des Bewohners der Johannisburger Heide vor Augen. Auch er wurde oftmals gejagt und verfolgt, doch kannte er sein Revier genau und wusste auch, wo er hingehörte, dachte Georg an die soeben verflossenen Stunden zurück. Sosehr er die Zusammenkunft mit Susanne herbeisehnte, beschlich ihn doch eine innere Unruhe, die das Verlassen dieser Gegend vermutete. Schwermütig dachte er zurück, wie er allein bei hellem Mondschein dieses Land, nicht selten nach zerstreuenden Tagen, durchquerte, um die nötige innerliche Ruhe wiederzufinden.

Wie schwer ums Herz mag es wohl alten Menschen sein, die hier geboren, aufgewachsen in Freud und Leid, dann mit 60, 70 oder noch mehr Jahren von hier vertrieben wurden oder mit der jungen Generation mit ausgewandert sind, um hier nicht allein zu bleiben. Wenn diese Menschen in irgendeiner Großstadt im Westen Wohnung beziehen, ist doch deren seelischer Zustand kaum zu beneiden und viele gehen an diesem Zustand zugrunde.

Doch jetzt musste er sich um seine Lage kümmern, denn das Verschwinden des Briefes war sicherlich nicht zufällig passiert. Nach dem Abendessen tauchte sein Freund auf. Auch er hat heute keine besonderen Aufgaben und so wurden Tageserlebnisse und Erkenntnisse ausgetauscht.

„Mir ist aufgefallen“, begann der Ober, „dass du dich der hiesigen Bevölkerung nicht immer als Deutscher zu erkennen gibst. Den Grund für dieses Verhalten wüsste ich gern.“

„Den will ich dir auch gern sagen“, antwortete Georg und erzählte weiter: „Am Blick des mir gegenüberstehenden Menschen erkenne ich, ob er Fremden gegenüber offen ist oder in seinem Innern Vorurteile birgt. Einer Person mit Vorurteilen offenbare ich mich nicht. Vor längerer Zeit war ich auf einem Postamt Zeuge eines bedenklichen Vorfalls. Eine Kundin sprach die Schalterbeamtin in deutsch an, worauf diese ihr in deutsch antwortete. Sofort kam aus der Schlange wartender Kunden die drohende Bemerkung, es sei nicht erwünscht, dass hier deutsch gesprochen würde. Mir gelang es, diese Gegensätze diplomatisch zu schlichten, und bevor bei einigen so etwas aufkommt, vermeide ich es von vornherein. Doch in diesem Zusammenhang frage ich dich: Gibst denn du dich als derjenige aus, der du im Herzen bist?“, fragte Georg den Ober, der ihm antwortete: „Nein, denn für unser Volk gibt es hier nur mäßiges Verständnis. Und mehrmals habe ich erleben müssen, dass hier, insbesondere in Stammtischgesprächen, über mein Volk bedeutend mehr und deutlicher gelästert und gescholten wird als in Deutschland. Und das tut weh. Wie viel Elend, Krankheit und Not müssen manche Menschen durchmachen, damit sie den Mitmenschen begreifen und verstehen? Doch diese Angelegenheit werden wir nicht ändern können. Amerika und Russland betrachten sich als die unbesiegbaren Weltpolizisten. Doch ist mir nicht ein Fall bekannt, dass einer der Genannten auch nur einen kleinen Konflikt auf diplomatischem Wege lösen konnte. So müssen wir davon ausgehen, dass diese herrschenden Mächte nur darauf warten, an irgendeinem Volke ihre neuen Vernichtungswaffen auszuprobieren. Aus der Geschichte wissen wir, dass nur Männer in den Krieg gezogen sind, um zu kämpfen. Im Zweiten Weltkrieg war das alles zu wenig, es wurden gezielt auch Frauen und Kinder vernichtet. Inzwischen hat man auch die Frauen so weit, dass sie sich freiwillig zur Waffe bekennen und melden. Nur frage ich mich, was soll aus diesem Kind werden, das unter dem Herzen einer Frau auf seine Inkarnation wartet, die mit einer Maschinenpistole herumläuft?"

Mit diesem fragenden Satz beendete der Ober das ernste internationale Gesprächsthema. Er sah Georg an, dass dieser ihm eine Angelegenheit mitteilen wollte, und forderte ihn auch gleich auf, sich zu äußern. Als dieser dem Ober offenbarte, dass er von seiner Verlobten einen Brief erhalten habe und dieser vom Tische aus seinem Zimmer verschwunden sei, wurde der Ober ernst und nachdenklich, bevor er endlich äußerte: „Und das sagst du mir erst jetzt? Mir scheint, du hast den Ernst deiner Lage nicht ganz erkannt. Dass einer eurer Leute dich hier von Zeit zu Zeit besucht, das sollte dir wohl einleuchten. Zu diesen Leuten schien mir der Rothaarige von gestern zu gehören. Er hat uns beide seit dem frühen Abend beobachtet. Dadurch, dass er eventuell deinen Brief hat, würde man dich im äußersten Falle früher als geplant von hier abrufen."

„Hoffentlich nicht zu früh", warf Georg ein und fuhr fort: „Wie lange müsste ich denn ab unserem Treffen am Dienstag noch warten?"

„Mehr als drei bis vier Tage sollten es wohl nicht sein, wie man mich wissen ließ", antwortete der Ober.

Fast erschrocken nahm Georg diese Nachricht entgegen. Sollte es wirklich schon in einigen Tagen losgehen? Dabei war ihm bewusst, je früher, desto besser ist es, aus diesem Sumpf auszusteigen. Denn irgendwann, wenn er genug und zu viel wusste, würde man ihn verschwinden lassen. Sein Äußeres würde er zumindest für einige Monate durch einen Bart und eine andere Haarfarbe verändern müssen. So kam er nun auch in Gedanken dem Ziele näher.

Den Reisepass bekam er auf seinen richtigen Namen ausgestellt. Dies sollte der bedeutendste Schritt in seinem und für sein Leben sein. Es sollte eine Geburt sein, die ihm den Sinn des irdischen Daseins verdeutlichen sollte. Bis dahin hatte er stets auf Anordnungen und Befehle anderer Personen und Kräfte gewirkt und gehandelt. Nun sollte es anders werden, er wollte es selbst bestimmen, was für ihn und seine Zukunft gut war. Hier war es nicht allein die Liebe zu Susanne, wenn diese auch der Auslöser seiner Handlungen und auch jetzt die führende Ursache seines waghalsigen Unternehmens war. Er wollte einfach nicht weiter Schachfigur sein.

Als der Ober zu Georg an den Tisch zurückkehrte, von dem er sich für Minuten entfernt hatte, äußerte er: „Nun mache dir nicht zu große Sorgen, mit Gottes Hilfe wird es schon gelingen.“

„So sehe ich es auch“, antwortete Georg und fügte hinzu: „Und da für mich Gott die Erfahrung ist, wird es auch mit meiner Erfahrung gelingen.“

„Hast du denn außer Susanne noch einen Anhaltspunkt im Westen, wo du dir eventuell Rat holen könntest?“, fragte der Ober, worauf Georg äußerte: „Zwei meiner Brüder, mit denen ich aber seit Jahren keinen Kontakt pflege. Ja, mein Lieber, du schaust mich etwas verwundert an, aber ich bin vom Sozialismus so durchdrungen, dass auch meine Brüder für mich Kapitalisten und Ausbeuter waren. Mein Vater ist vor einigen Jahren verstorben. Dieses Geschehen habe ich auch kaum zur Kenntnis genommen. Mein ältester Bruder hatte mir zwar ein Telegramm geschickt, doch mich bewegte es nicht. Die jahrelange Prägung dieses Systems hat mich gefühllos gemacht.“

„So ist es denn wirklich allerhöchste Zeit umzusteigen“, bemerkte der Ober und er äußerte weiter: „Meine Ausreise in mein Land nimmt nun auch Konturen an, sodass ich den nächsten Frühling nicht mehr hier sein werde. Und vielleicht komme ich mit den Störchen als Agent wieder in deine Heimat zurück“, scherzte der Ober. „Also findet unsere nächste und hoffentlich vorletzte Begegnung am Dienstagabend wie vereinbart in der ‚Nowoezesna‘ statt“, äußerte der Ober weiter und fuhr fort: „Was du alles mitbringen solltest, weißt du genau. Dann bis Dienstag.“

Sie verabschiedeten sich. Georg suchte sein Zimmer auf, obwohl er noch nicht müde war. Der Mensch, ein wandelndes Wesen, das sich stets verändern kann und auch sollte, überlegte der Geheimagent, indem er das Fenster öffnete.

Ein frischer, kühler Windhauch streifte sein Gesicht, er schaute über die Stadt. Aus der Ferne war der unangenehme Ton der Sirene eines Rettungswagens zu hören. Auch das gehört zu unserem Leben, dachte Georg, innerlich der Schöpfung zugetan. Der Himmel war klar und mit Sternen besät.

Der Sternenhimmel, der so klar,
Will uns die Zukunft weisen,
Erinnert uns, wie’s damals war,
Und auch, wohin wir reisen.
Der Große Wagen und der Bär,
Die Venus und die andern,
Sie zeigen uns, wie gut es wär’,

Dem Lichte nach zu wandern.
Doch zu erkennen dieses Licht
Bedarf der höheren Proben,
Ganz ohne Hilfe geht es nicht,
Die Weisung kommt von oben.

# Kapitel 19 – Wie lange noch?

Seitdem Susanne ihren Brief geschrieben und auf den Weg geschickt hatte, musste sie täglich daran denken. Vielleicht sollte sie diese Nachricht doch nicht so deutlich und an manchen Stellen auch etwas herzlos geschrieben haben, dann war sie wieder froh, ihre Erwartung so deutlich zu Papier gebracht zu haben. Nun war es fast vier Wochen her und immer noch keine Antwort. Die lange Zeit des Wartens und Hoffens hatte sie in ihrem Denken abgestumpft und erhärtet. Aber dann kehrte die Erinnerung zurück an vergangene Zeiten, die oftmals unglaublich und in ihrem Erleben doch so unvergesslich schön waren. Die Aussprache und die Stimme von Georg, die unverkennbare Betonung jeder Situation, verbunden mit innerlichem Mitfühlen und Mitdenken mit den Protagonisten, alles das zusammengenommen war Georg, war er. Und diese Erlebnisse und Erfahrung konnte und wollte Susanne bewusst nicht vergessen.

Als er sie in Moskau so selbstsicher und zielbewusst durch das Gewühl unzähliger Menschen und Fahrzeuge kutschierte und dabei Einzelheiten dieser rund neun Millionen Einwohner zählenden Stadt erklärte, als wäre er der Reiseführer und sie eine wohlhabende Touristin, andererseits es so vertraulich äußerte, als würde er sie schon lange kennen oder als wäre sie seine Schwester. Danach die Begegnungen, die man an einer Hand abzählen konnte, die aber jede für sich ein Erlebnis waren. Er war kein Mann, der sie mit Blumen bedachte, und schon gar nicht einer, der ihr kniend die Liebe versprach, er war ein Mensch. Und diesen Menschen wollte Susanne so ungern verlieren, denn jede Unterhaltung mit ihm erzeugte Mut und Kraft zum Leben und Wirken. Und vieles mehr, jede Begegnung ließ sie in diesem Menschen stets neue Dinge erkennen und diese für wahr annehmen. Und ein Mensch mit solchen Eigenschaften konnte und durfte einfach nicht schlecht sein.

Träume und Phantasie, Vorstellungen und Erlebnisse, alles das ist unser Leben. Warum sollte es denn nicht möglich sein, auf diesen Fundamenten unsere Zukunft zu planen und aufzubauen? Der Grundstein, gelegt in der Vergangenheit, ist das beste Fundament für das Mauerwerk unserer Zukunft, pflegte Großmutter zu sagen. Und diese Weisheit scheint die wahre zu sein, überlegte Susanne auf ihrem Spaziergang am Lietzensee. Hier, der Natur so nah, tat es gut, diese Empfindung wahrzunehmen. Der Grundstein ihrer Freundschaft mit Georg wurde auf dem Bahnsteig einer Weltstadt gelegt, zu einem Zeitpunkt, als sie jung und unerfahren allein unter Millionen Menschen dastand und nicht wusste, wo sie was zu essen bekam und wo sie die nächste Nacht verbringen würde. Da stand er plötzlich vor ihr, fuhr sie in ein Hotel, in dem sie essen und schlafen konnte, und ein ganz neuer Lebensabschnitt hatte begonnen.

Doch der abgeschlossene Abschnitt hatte in ihrem Denken und Verhalten Spuren hinterlassen, was ihr im Einfügen in das neue Leben Mühe machte. Aber der Schutzengel hatte sie nie verlassen und ihr aus jeder Lage immer wieder hinausgeholfen, indem sie vielen Menschen begegnete, die ihr und ihrem Schicksal zugetan waren und weiterhin sein würden. Und einer von diesen vielen war er. Trotz seiner Tätigkeit, die einer sozialen Betrachtung absolut fern stand, war er das Werkzeug ihres Schutzengels. So gesehen haben wir alle die Möglichkeit, Gutes zu tun, egal wo uns das Schicksal hin- oder abstellt, überlegte die Spaziergängerin. Insofern sollte es einem Geistlichen bedeutend leichter fallen, anderen zu helfen und entgegenzukommen, als einem Beamten oder Angestellten, der angehalten wird, dem Staate zu dienen, und unter Berücksichtigung der Dienstvorschriften nur selten die Bedürfnisse einzelner Personen beachten kann.

Doch alle diese Überlegungen brachten Susanne nicht bedeutend weiter, sie halfen ihr aber, vieles zu verstehen und anders zu sehen, als es auf den ersten Blick erschien. Im Zusammenhang mit ihrem Wechsel nach München wäre es für die Zukunft auch günstig im Zusammensein mit Georg. Hier in Berlin würde sich ihr Bruder als derjenige sehen, der Georg hier im Westen den Weg weisen müsste, was wohl nicht immer angebracht wäre. So würde sie sich schon wünschen, alle Hindernisse nur zu zweien gemeinsam aus dem Wege zu räumen. Denn das verband und hielt auch. Maria und Benjamin hatte Susanne heute nach längerer Zeit besucht. Sie hatte es mit Wolfgang in letzter Zeit nicht leicht. Durch sein Berufsleben und Aufsteigen in der Krankenhaushierarchie wurde das Familienleben zunehmend schwieriger. Nach und nach schien ihr Bruder seinen Ursprung zu vergessen und das Geld gewann in seinem Denken und Handeln an Bedeutung, was wiederum in seinem Innern keinen Platz für andere so wichtige Dinge ließ. Somit hatte es ihre Schwägerin, die krampfhaft versuchte, in ihrem kleinen Kosmos das Wahre und Gute zu erhalten, zunehmend schwerer. Aber auch hier war es Susanne bewusst, sich aus diesen familiären Querelen rauszuhalten. Mutter und Schwester im Osten ging es gut und dort schien es auch so zu bleiben. Die Ansprüche und Versuchungen waren bei denen bedeutend niedriger angesetzt als hier, so drohte zumindest von dieser Seite keine Gefahr der Unzufriedenheit. Nun, als sie auf die Uhr schaute, trat die junge Frau den Rückweg an, denn heute Abend wollte sie noch ein älteres Ehepaar besuchen, die sie zu einer Feier eingeladen hatten.

Es war ein kleiner Kreis, der sich dort eingefunden hatte, der Ruhe und Sorglosigkeit verbreitete. Als Susanne dem Gastgeber ihre Zukunftspläne mit München schilderte und ihn gleichzeitig um seine Meinung dazu fragte, antwortete dieser: „Dazu will ich Ihnen eine kurze Geschichte erzählen. Vor vielen hundert Jahren, als weder Eisenbahn noch Kraftfahrzeuge auf unserer Erde ihr Unwesen trieben, kam ein alter Hamburger auf den Gedanken, sein Land zu verlassen und sein Glück jenseits der Alpen zu suchen. Nach wochenlanger Wanderung hatte er kurz vor den Bergen an einer Schlucht zur Nacht Unterschlupf bei einem Eremiten gefunden. Während der Unterhaltung am offenen Feuer fragte der Wanderer seinen Gastgeber, wie die Menschen jenseits der Alpen seien. Worauf der Eremit fragend antwortete: ‚Und wie waren die Menschen in Hamburg?‘ – ‚Dort sind die Menschen schlecht und nicht hilfsbereit‘, antwortete der Hamburger. Worauf wiederum der Alte sagte: ‚Da hast du großes Pech, denn im Süden sind sie genauso.‘ Monate später machte ein anderer Gast beim Eremiten Rast. Dieser Gast zog vom Süden in den Norden und stellte die Frage, wie denn die Menschen im Norden seien. Der Eremit fragte den Gast, wie es denn im Süden gewesen sei, und hat die Antwort erhalten, es seien dort liebenswürdige Völker. Darauf habe er dem Wanderer geantwortet, er habe großes Glück, denn dort im Norden wären sie genauso lieb.“

„Das beruhigt mich, denn in Berlin gibt es auch viele liebe Leute“, leitete Susanne dieses Thema dem Ende zu.

Als die Schauspielerin wieder in ihrer Wohnung war, hatte es soeben Mitternacht geschlagen und die Zeit rückte unaufhaltsam weiter. So vergingen denn auch die nächsten Wochen, ohne dass Susanne von ihrem Verlobten etwas erfuhr. Und dann eines Tages die Nachricht: „Bitte warte, es wird nicht mehr allzu lange dauern.“ Es war ein Umschlag ohne Postwertzeichen, also auch diesmal durch einen Zubringer. Das Brieflein mit dieser unschätzbaren Nachricht bestand aus einem Kärtchen, links oben verziert mit einer Sonne, die ihre Strahlen über die weiße Oberfläche sandte. Mit dieser Nachricht in der Hand stand die Empfängerin etwas ratlos da, als wüsste sie nicht, ob sie lachen oder weinen sollte. „Er kommt“, sprach sie zu sich selbst und am liebsten würde sie jetzt die Fenster ihrer Wohnung öffnen und in die Großstadt hineinrufen: „Er kommt!“

Nicht allzu lange – ja, wie lange denn noch? Anschließend musste Susanne über sich selber lachen. Endlich, nach Minuten dieser Verworrenheit fühlte sie ihr Ich, das so still und ruhig in ihr wohnte und sich nur selten zu erkennen gab. In ihrem Korbsessel ruhend überlegte die Glückliche. Über drei Jahre hat sie auf diese Mitteilung gewartet, heute war sie hier. Es war die Ankündigung einer Änderung ihres täglichen Daseins. Vor ihr standen nun Tage des Wartens, der Ungeduld und Neugierde, der Hoffnung und des Bangens, und hoffentlich nicht allzu lange, wie Georg schrieb. Überlegungen und Planungen über ihre gemeinsame Zukunft anzustellen, wäre jetzt verfrüht, denn von nun an würde auch ihr Verlobter dazugehören. Ob er es wagen würde, nach Westberlin zu kommen, oder würde er eine andere Stadt aufsuchen? Wie dem auch sei, wenn er diesen gewagten und risikoreichen Schritt in den Westen bewältigte, hatte er für ein gemeinsames Leben mit ihr schon am Anfang viel Mut und Selbstbewusstsein bewiesen. Diese Gedanken füllten Susanne mit Hoffnung und Zuversicht für die Zukunft.

Mutter mit ihrem Partner hatte sie zum Weihnachtsfest in das Masurenland eingeladen. Sie fuhren für zwei Wochen nach Sensburg in ein neues Hotel. „Unsere Heimat ist im Winter genauso schön wie im Sommer", sagte Mutter. „Im Winter über den See spazieren und im Wald durch den Schnee stampfen. Nach so vielen Jahren sich selbst das Bäumchen aus der Johannisburger Heide holen. Diese Träume sollen noch einmal Wirklichkeit werden." Und für solche Unternehmen war auch Herr Falter zu haben. Doch nun winkte Susanne gern ab, denn vielleicht war Georg schon hier. Und voller Erwartung, was der nächste Tag wohl für Neuheiten oder Überraschungen bringen würde, verbrachte die junge Frau auch die nächsten zehn Tage.

In der Politik änderte sich nichts, im Gegenteil, der Osten baute die Grenzanlagen aus und verstärkte die Posten. Immer wieder setzten junge Menschen ihr Leben aufs Spiel, um in die Freiheit zu gelangen. Hoffentlich gelang es auch Georg. Mit diesen Gedanken beschäftigte sich Susanne mehr als einmal täglich.

Und eines Nachmittags klingelte es an der Tür. Ohne zu überlegen rannte sie die Treppe hinunter zur Haustür. Sie öffnete und schaute ganz verdutzt, denn vor ihr stand Herr Falter. Susanne bat den Gast in ihre Wohnung, der ihr mit den Worten: „Ein Brief von Georg", diesen überreichte und dabei weiter erzählte: „Charlotte hatte mich gebeten, diesen dir abzugeben. Ihr ist er durch einen Vertrauten gebracht worden. Wenn ich mich in deinem Zimmer umschauen darf, könntest du den Brief lesen, um mir auf dem Rückweg etwas mitzugeben, denn deine Mutter und Schwester warten ungeduldig auf meine Rückkehr."

„Gute Idee", bestätigte Susanne, während sie den Umschlag öffnete und den Inhalt mit ihren Augen überflog. Von Zeit zu Zeit schaute Herr Falter zu ihr hinüber und stellte dabei fest, dass es eine gute Nachricht zu sein schien.

Diese Vermutung bestätigte die Empfängerin, als sie den Brief zur Seite legte und äußerte: „Ganz herzlichen Dank für diesen für mich so wichtigen Brief. Spätestens Weihnachten will er bei mir sein."

Bei Kaffee und Gebäck unterhielten sich Gast und Gastgeberin noch eine Stunde. So erfuhr Susanne alle Neuigkeiten über Mutter und Schwester und der Überbringer fuhr mit einer guten Nachricht für alle nach Ostberlin zurück.

Nachdem sie sich verabschiedet hatten, las sie den langen Brief noch einmal in Ruhe durch, wobei sie einige Sätze überflog und andere langsam und bewusst überlegte und verinnerlichte. So stand da denn unter anderem: „Normalerweise würde ich dir das alles, was ich hier schreibe, lieber persönlich schildern, doch beim Vorhaben meiner Art ist nie ganz sicher, ob ich die Gelegenheit haben werde, dies zu tun. Und so solltest du schon erfahren, worauf du so lange Zeit geduldig gewartet hast. Wenn ich in der Vergangenheit nichts von mir hören ließ, dann hatte es seinen Grund, den ich vielleicht oftmals zu ernst nehme, doch bietet mir diese Beachtung ein Maximum an Sicherheit, in meiner Tätigkeit zu überleben und weiterzukommen. Jetzt, wo ich mich endgültig entschieden habe, mein Leben zu ändern, um den weiteren Weg mit dir gemeinsam zu beschreiten, fühle ich mich dieser Sache nicht verpflichtet und werde von jetzt an unser gemeinsames Ziel verfolgen. Es war auch für mich eine lange und schwere Zeit. Die Zeit einer harten Durchhalteprobe in Bezug auf unsere Beziehung.

In dieser Zeit habe ich nicht selten an die Familien in unserer Heimat denken müssen. An die Frauen, die allein oder mit Kindern jahrelang auf die Rückkehr ihrer Ehemänner gewartet haben. Die Zahl der aus der Gefangenschaft Zurückgekehrten hätte man, aus deinem und meinem Heimatdorf zusammengenommen, an einer Hand abzählen können. Einige waren und blieben für immer verschollen und viele von diesen Männern sind in den Westen gegangen. Sie fanden dort eine Bleibe, Arbeit und nicht selten eine Partnerin.

Nach jahrelangem Bemühen sind Frau und Kinder zu Vater und Ehemann in den Westen ausgereist. Und hier gab es nicht immer ein herzliches Wiedersehen. Und so bin ich ganz froh, mich entschieden und überwunden zu haben, meinem Leben eine andere Richtung zu weisen. Wie ich mich auf unser Wiedersehen freue, kann ich unmöglich in Buchstaben ausdrücken. So bleibe ich bei der bekannten Feststellung unseres großen Goethe, der da schreibt: Schweigen drückt das aus, was Worte nicht sagen können. Einzelheiten meines Vorhabens kann ich dir hier nicht beschreiben. Ich hoffe doch, dass ich dir das alles mündlich werde erzählen können. Und sollte ich auf der Strecke bleiben, so solltest zumindest du dein Leben so gestalten, dass es lebenswert für Geist und Körper ist. Denn sollte es nicht sein, dass wir zusammenkommen – doch daran denke ich erst gar nicht. Genau in sieben Tagen, ab heute, hoffe ich mich nach überstandener Reise bei dir telefonisch melden zu können."

Als Susanne auf die Uhr schaute, war es bereits nach vier Uhr nachmittags. Es war immer noch der alte Wecker, der sie über Jahre hinweg auf tausenden Kilometern begleitet hatte und sie auch heute wieder vorantrieb. Er war ihr Lebensbegleiter, obgleich er auf sie keine Rücksicht nahm, ob sie traurig oder heiter gestimmt war. Er trieb sie und die Zeit unaufhaltsam weiter. In einer halben Stunde würde sie ihre Wohnung verlassen, um auf der Bühne im Schauspielhaus ihre Rolle zu spielen und zu singen. Denn es war mit ihrem Auftritt wie mit allen übrigen Künsten. Was sie tat, versetzte das Publikum in die Stimmung, in der sie selber war. Eine freie Stimmung machte auch das Publikum frei und ihre Beklommenheit konnte auch die Zuschauer nicht heiter stimmen.

Und da sie heute allen Grund hatte, fröhlich zu sein, auch ohne die Maske des Theaters aufzusetzen, war es auch für die Zuschauer ein Gewinn. Und wie vermutet war es auch abgelaufen. Es war ein schöner, unterhaltsamer Abend, auch nach der Vorstellung im Theater-Café. In ihrer Wohnung dachte die Schauspielerin noch lange Zeit über ihr Leben und ihre Erlebnisse nach, und als sie zu Bett ging, war bereits ein neuer Tag angebrochen. „Nur noch sechs Tage“, sprach sie zu sich selbst und schlief ein.

# Kapitel 20 – Ein Lebensabschnitt geht zu Ende

Ein Dienstag in der Adventszeit. Für Georg war dieser Dienstag ein Tag von außergewöhnlicher Bedeutung. Das Treffen mit dem Ober und dem Unbekannten vom Passbüro hatten sie für sieben Uhr nachmittags vereinbart. Die vereinbarte Geldsumme trug Georg bei sich, um sie wie verabredet am richtigen Platz im richtigen Moment an den richtigen Herrn zu überreichen.

Ein Tisch neben der Garderobenecke am letzten Fenster rechts vom Eingang war vom Ober auch reserviert worden. Es war alles genau geplant und vereinbart worden. Seit drei Uhr nachmittags wehte ein eiskalter Wind aus dem Norden und versuchte die Stadt in eine Schneedecke zu hüllen. Die Gesprächsteilnehmer für den genannten Tisch fanden sich einzeln ein und um halb acht war die Dreierrunde komplett. Das Licht im Raum war gedämpft, genauso die Musik der Viermannkapelle, die trotz der Dämmerung und halblauten Klängen versuchte, die Aufmerksamkeit der Gäste und besonders der tanzenden Gesellschaft auf sich zu ziehen.

Als Georg die tanzenden Paare beobachtete, vergaß er für einen Moment die Gegenwart. In Gedanken sah er sich mit seiner Verlobten auf der kleinen Parkettfläche im Kreise drehen. Die Kapelle spielte das Lied vom „Silbernen Mond über dem Kongo". Dabei schwang der Gitarrist sein Instrument bei jedem Refrain in die Höhe, um es geschickt wieder aufzufangen und weiterzuspielen. Auch die Silberstraße über dem Inulzer See fiel ihm bei diesem Lied ein. Denn wie lang und hell mochte wohl die Silberstraße auf diesem 4.320 Kilometer langen Kongostrom sein? Und am Stromende der Atlantik. Hier gibt es kein Ende dieser riesigen Silberstraße. Als er die Gitarre des Künstlers zum zweiten Mal in der Höhe blinzeln sah, erwachte Georg aus seinem Traum und zuckte fast zusammen, als der Musiker sein Spielzeug in letzter Sekunde vor dem Aufprall doch noch in den Händen hielt.

Sie saßen gerade fünf Minuten am Tisch und es hatte sich noch keine Unterhaltung entwickelt. Als Georg merkte, dass der Gitarrenkünstler auch von seinen Tischpartnern nicht unbemerkt blieb, bewunderten sie beim nächsten Stück gemeinsam das Können dieses Herrn. Während der Kellner den Gästen nach Brauch und Sitte zum Wodka Gurkenhäppchen, Wurst und Käse servierte, lenkte der Ober das Gespräch behutsam dem Thema zu. In dem scheinbar Unbekannten erkannte Georg den Herrn, den er bereits mehrmals in ähnlichen Lokalen gesichtet hatte. Doch das sollte ihn nicht stören, ihm seine Sache anzuvertrauen. Die Lage von Georg ausnutzend, versuchte der Beamte, von ihm viel Persönliches zu erfahren.

Als dann die Stromsicherung für einen Moment heraussprang, schob er dem Unbekannten das vereinbarte Geld über den Tisch. Als das Licht wieder da war, bedankte sich der Ober mit einem nickenden Lächeln bei dem Kellner, da es mit dem Stromausfall so gut geklappt hatte.

Gegen neun Uhr war der Saal fast voll. Die Zahl der Tische, an denen ähnliche Geschäfte abgewickelt wurden, würde wohl keiner jemals erfahren. Gesprochen wurde halblaut, denn wer wollte es wissen, wie viele Nachrichtenträger unter den Gästen anwesend waren? Und die künstlerische Begabung des Gitarristen hatte auch ihre Bedeutung. Mit seinen Kabinettstücken verstand er es meisterhaft, die Aufmerksamkeit aller Anwesenden so zu fesseln, dass kaum einer auf den Gedanken kam, den Gast am Nachbartisch zu beobachten.

Diese Aufführungen schienen dem dritten Mann am Tische bekannt zu sein. Unbekümmert und kaum nach vorne schauend schilderte er Georg, wie das Ganze vor sich gehen sollte. Aufmerksam nahm der Agent aus Ostdeutschland sämtliche Anweisungen und Ratschläge an. Von Zeit zu Zeit erhob sich der Ober von seinem Platz, um mit einer Dame aus der Nachbarschaft eine Runde auf dem Parkettboden zu drehen. Letztendlich war Georg mit dem Unbekannten vom Passbüro so verblieben, dass er in acht Tagen den Pass beim Ministerium in Warschau ausgehändigt bekäme.

Kurz vor Mitternacht verließen die ersten Gäste das Lokal, die Kapelle machte immer öfter und immer längere Pausen. Und da alle Geschäfte erledigt zu sein schienen, musste auch der Musikus seine Gitarre nicht mehr hochwerfen. Das Licht im Saale war heller geworden. Als die drei sich aufmachten, das Lokal zu verlassen, war es gerade Mitternacht. Sie verabschiedeten sich noch im Hause und Georg fuhr gemeinsam mit dem Ober ins „Novotel". Nur mühsam kämpfte sich das Taxi durch den Neuschnee mit Schneeverwehungen bis zu einem Meter Höhe. Aber eine Stunde später waren sie doch am Ziel angelangt. Da der Ober ab jetzt für zehn Tage hier wohnte, bedurfte es keiner besonderen Abmachung für das nächste Treffen.

Die nächsten drei Tage verliefen ganz im Zeichen seiner Diensttätigkeit. Den Ober bekam Georg an diesen Tagen kaum zu Gesicht, denn auch dieser war mit seinen Sachen beschäftigt. Sosehr Georg auch versuchte, die innere Ruhe zu wahren, es gelang ihm nur schwer, nicht an sein Vorhaben zu denken. Trotzdem musste er nach außen ruhig und gelassen wirken und seine Berichte an die Zentrale mussten auch stimmen. Der Ober hatte kurzfristig und unverhofft Ostberlin besuchen müssen. Vertrauensvoll gab Georg ihm einen Brief an seine Verlobte mit, welchen er Charlotte zustellen sollte und mittlerweile auch hatte. Neugierig auf seine zukünftige Bleibe, unterhielt sich der ostdeutsche Agent mit einigen Heimatbesuchern aus dem Westen, bei denen er Ahnung und Einschätzungsvermögen vermutete. Für seine Dienststelle konnte er aus diesen Gesprächen kaum etwas verwenden, für sein Privatleben schien ihm einiges doch nutzbar zu sein.

Als er in Warschau seinen polnischen Reisepass vom Ministerium abholte, besorgte sich Georg auch gleich sein Flugticket vom Warschauer Flughafen Okencie nach Frankfurt am Main. Freudestrahlend begegnete er seinem Freund abends im „Novotel" und berichtete ihm auch, dass er übermorgen ab Warschau fliegen könne. Wie lange davor vereinbart, brachte der Ober ihn mit dem Pkw nach Warschau.

„Schade", antwortete der Ober auf Georgs Mitteilung und fuhr fort: „Mit wem werde ich nun Streitgespräche und andere Unterhaltungen führen? So wollen wir noch die letzten Tage, besser gesagt Stunden, ausgiebig nutzen und heute Abend damit fortführen. Um 21 Uhr müsste ich meine Gesellschaft bedient haben, danach hoffe ich, dich hier anzutreffen."

„Abgemacht", antwortete Georg und zog sich in sein Zimmer zurück, wo er noch einiges an Schreibkram zu erledigen hatte.

Der Parkplatz vor dem Hotel füllte sich mittlerweile, trotz des nicht gerade einladenden Wetters trafen täglich Busse mit Reisegesellschaften aus ganz Europa ein. Man würde annehmen, dass die Unruhen unter der Bevölkerung Touristen von diesem Lande abschreckten oder zurückhielten, doch das Gegenteil war der Fall. Aufgrund dieser Tatsache entstanden in größeren Städten neue Hotels, die, wie dieses in Allenstein, von schwedischen Unternehmen errichtet wurden und auch alle den Namen „Novotel" trugen.

„Damit versuchte Polen im Fremdenverkehr und Tourismus den anderen Ostblockstaaten nicht nur gleichwertig zu sein, sondern diese auch zu überholen, und wie Sie es selbst sehen, geht es damit voran", erklärte ein Reiseleiter mit heiserer Stimme seinen Gästen vor dem Hoteleingang. Solche und ähnliche Erklärungen der Reiseleiter an die Touristen füllten Raum und Zeit, aber nicht die Herzen der Heimwehtouristen, überlegte Georg, während er ins Freie trat, um noch eine halbe Stunde die recht kühle und klare frische Luft zu genießen.

Als er seinen Schritt noch einmal überlegte, überkam ihn ein seltsames Gefühl einer zeitweiligen Ratlosigkeit. Woher dieses Empfinden wuchs, war ihm unverständlich. Er zog aus der Brusttasche seines Mantels den Pass, der ihn in den Westen bringen sollte. An diesem Dokument war nun wirklich nichts auszusetzen. Sein Foto, der Name Georg Schmalbaum, deutlich gedruckt. Die Geburtsurkunde hatte er vom Standesamt ohne große Schwierigkeiten ausgehändigt bekommen.

Dass er seit Jahren in Ostdeutschland lebte, konnte man hier nicht wissen. Somit war auch die Ausstellung des Passes relativ einfach, selbstverständlich auf die gewählte Art.

„Ob der Ober vermutet oder sogar weiß, dass ich ein Doppelagent bin?", fragte sich Georg selber, denn alle Einzelheiten über seine Tätigkeit wollte er ihm doch nicht anvertrauen. Dass auch der Ober dieses von sich nicht getan hatte, darüber war sich Georg sicher. Als er im Hause den vereinbarten Platz aufsuchte, wartete hier bereits sein Freund auf ihn. Mit den Worten: „Man könnte annehmen, du bist mehr beschäftigt als ich", empfing der Ober seinen Freund.

„Gedanklich bin ich das auch", antwortete Georg, indem er sich zur Feier des Tages eine Vierziger ansteckte. Von seinem Freund beobachtet schaute Georg den Rauchringen seiner Zigarre nach, atmete tief ein und wieder aus.

„Ja, mein Lieber, zu gut lernte ich dich kennen, um jetzt deinen Entschluss zu verstehen", fing der Ober nach einer Weile das Gespräch an und fuhr fort: „*Denken und Tun, Tun und Denken*, schreibt Goethe in *Wilhelm Meisters Wanderjahre*, du tust jetzt beides, und dazu meine Bewunderung und Gratulation. Denn wie muss ein Mann seine Auserwählte lieben, wenn er ihr Monate, ja sogar Jahre entsagen kann, sich in dieser Zeit in Schweigen hüllt, um dann alles, einschließlich sein Leben, für sie aufs Spiel zu setzen. Es muss doch eine abgöttische Zuneigung sein, von der Liebe ganz zu schweigen, einem weiblichen Wesen dieses zu offenbaren."

„Nicht nur die Zuneigung ist abgöttisch, diese Frau selbst ist für mich göttlich", antwortete Georg dem Ober und äußerte weiter: „Schon als Jugendlicher habe ich mir eine Frau vorgestellt und gewünscht, die wie sie ist. Dieses sollte sich nicht unbedingt auf das Äußerliche beziehen, innerlich rein, das war mein Traum und Wunsch. Und Susanne ist beides, innerlich und nach außen. Je näher die Zeit heranrückt, umso mehr Tugenden fallen mir an ihr ein."

„Ob ich wohl jemals eine Frau werde so lieben können?", fragte der Ober sich und seinen Freund.

„Wenn du um dieses Können bemüht bist und in diese Richtung strebst, sollte es wohl auch dir vergönnt sein", erhielt er zur Anwort.

„Ich warte ab, was deine Zukunft bringt", scherzte der Ober und sagte weiter: „Doch egal, was deine Zukunft auch bringen wird, den ersten bedeutenden Schritt hast du getan. Mit dem Streben und Wünschen sieht es in meiner Person schon anders aus als bei dir. Du weißt, woher deine Wurzeln stammen, und besitzt somit ein festes Fundament. Wenn deine aufgestellten Mauern sich im Leben als brüchig erweisen, kannst du auf diesem Fundament immer wieder neu bauen. Meinen

Geburtsort, den man mir im Heim in meine Urkunde eingetragen hat, habe ich noch nicht kennen gelernt und habe auch nicht vor, ihn kennen zu lernen, denn damit verbindet mich weder der Name des Ortes noch die Erde dieser Gegend. Angeblich hatte man bei meinen Eltern im Warschauer Ghetto keine Unterlagen gefunden, was mir unglaublich scheint, aber da diese Tatsache nur eine unter vielen Lügen im Zusammenhang mit dem Aufstand und Tod der vielen Menschen bleibt, habe ich es schon lange aufgegeben, danach zu fragen. Doch darüber wollen wir uns ja wohl nicht unterhalten, es sollte nur dir gegenüber eine Erklärung zu meinen Wurzeln sein", sagte der Ober zu seinem Freund.

„Hier stimme ich dir gern zu", begann Georg und sagte weiter: „Nur werden diese so wichtigen Faktoren zu wenig berücksichtigt. Wenn ich hier an meine Heimat denke, die Millionen Menschen, die ohne den geringsten Widerstand ihre Wurzeln verlassen haben oder mussten, frage ich mich immer wieder, warum das alles so und nicht anders geschah. Heute besuchen diese Vertriebenen ihre Geburtsstätten, Orte, wo sie als Kinder aufgewachsen sind und gelebt haben. Sie freuen sich, hier zu sein, um das alles noch einmal zu sehen, wo sie viel Leid, aber auch Freude erleben durften. Wo sie erleben durften, was sie nirgendwo zu äußern wagten und konnten", erzählte Georg dem Ober und fuhr fort: „Es ist nur traurig, dass die Aufteilung von so wenigen Leuten verstanden und angenommen wird. Noch zu oft begegnet man polnischen Bürgern, die doch ernsthaft behaupten, sie hätten ihr Land zurückgewonnen, und andererseits wieder Deutschen, die genauso stur behaupten, es wäre ihr Land. Dabei wird hier wie dort vergessen, dass weder Deutsche noch Polen zur Zeit der Aufteilung bestimmen konnten, was sie haben möchten und könnten. Die zwei Großmächte hatten, haben und werden auch in Zukunft das Sagen über uns haben. China allein kann sich für oder gegen einen oder den anderen stellen. Wir können und müssen mit dem zufrieden sein, was uns erlaubt wird und wo wir auch hingestellt werden. Sobald ich im Westen festen Boden unter den Füßen habe, werde ich immer wieder hierher kommen und mich dieser prachtvollen Natur erfreuen. Denn letztendlich ist uns alles nur geliehen", beendete Georg vorläufig seine Feststellung und Erfahrung und stellte dem Ober noch eine Frage, indem er äußerte: „Glaubst du eigentlich an ein höheres Wesen, das wir Gott nennen?"

„Ja", antwortete der Gefragte und äußerte: „Nur ist mein Gott nicht angelesen oder einstudiert. Mein Glaube ist die Erfahrung, es ist eine Überzeugung, ohne die Bibel oder sonstige Schriften im großen Stil gelesen zu haben, es rührt aus tiefem Leid und Schmerz her, den ich erlitten und durchlebt habe. Und diesen Glauben lasse ich mir auch nicht ausreden und schon gar nicht nehmen. Dieses Wissen und diese Empfindung kann ich auch nicht wiedergeben oder einer dritten Person deutlich machen, denn es ist meine Erfahrung und meine Überzeugung, was sich insgesamt zu einem festen Glauben bildet.

Und weil es so ist, wie ich es soeben geschildert habe, fühle ich mich an keine bestimmte Religion gebunden. Ich finde das Gute in vielen Gotteshäusern und am nächsten in der Natur, wie hier in deiner Heimat zwischen Seen, Wiesen, Feldern und Wäldern. Und dieses ist auch meine Zuversicht und lässt mich hoffen. Bevor ich dich kennen lernte, begegnete ich eines Abends an der Bar einem sowjetischen Forstmann. Er war hier unweit von Sensburg in einem kleinen Dorf, wo er in den Jahren von 1942 bis Kriegsende einem Bauernhof zugeteilt war. 15 Jahre zählte er damals, wie er mir erzählte. Anfangs war er angeblich so ausgehungert und seelisch kaputt, dass ihm egal war, wie man ihn behandelte. Erst auf diesem Bauernhof durfte er erfahren, dass auch er berechtigt ist, wie ein Mensch behandelt zu werden. Er wäre auch nach Kriegsende hier geblieben, nur ging es leider nicht. Er hatte eine Gelegenheit genutzt, um hier nach dieser Bauernfamilie zu sehen, und war enttäuscht, diese nicht mehr hier angetroffen zu haben. Dieser Mann besaß einen starken Glauben und wir unterhielten uns bis in die Nacht hinein. Schade, dass er so schnell wieder wegmusste.

Aber dann kamst du und ich fand in dir einen Menschen, dem ich vertrauen kann. Und wenn du weg bist, kommen andere Menschen, unter denen auch wieder einige sind, die das Leben lebenswert nennen und mir Gesellschaft leisten. Solche Begegnungen und Menschen vergisst man nicht. Andere, die es leider in der Mehrzahl gibt, die alles negativ sehen und uns damit oftmals beeinflussen, sollte und muss man sogar schnell vergessen, denn sie ziehen uns sonst zu sehr in die Tiefe. Durch dich lernte ich auch ein wenig das Masurenland zu lieben, denn schließlich ist doch das Schöne dieses Bodens da, um viele Menschenherzen zu erfreuen. Seitdem du hier bist und mir bei jedem Treffen die Natur vor Augen stellst, fühle ich mich dieser verbunden und sehe sie mit anderen Augen.

Und langsam bilde ich mir ein, dass vielleicht auch ich im Ermland oder Masurenland geboren bin, was letztendlich nicht ganz ausgeschlossen ist. Ob wir beide uns auf diesem Planeten Erde noch einmal begegnen, ist fraglich, und wenn, dann hat uns das Schicksal so geführt. Schön wäre es, doch wir wollen auch unser Schicksal nicht zu sehr mit unseren Wünschen in Anspruch nehmen. Durch dich habe ich gelernt, vieles anders zu sehen. Ich habe gelernt, die Natur zu schätzen und zu bewundern, und werde ab jetzt auch die Heimatbesucher ganz anders verstehen und sie mit anderen Augen sehen. So freue ich mich jetzt schon darauf, eine Person, Familie oder Gruppe aus dem Westen als Reiseleiter durch Ostpreußen zu begleiten. Merkwürdig, dass man plötzlich Dinge entdeckt, die immer schon da waren, an denen wir täglich vorbeigehen und sie nicht gesehen haben.

Du musst leider diese Gegend verlassen, um dem Ruf deines Herzens zu folgen, zu einer Frau fahren, die in ihrem Wesen diese schöne Natur verkörpert, mit der du in Zukunft auch diese Gegend, so hoffe ich, erleben wirst. Dass ich dir dieses von Herzen wünsche, brauche ich wohl nicht zu betonen. Ob ich selbst dieses Land irgendwann verlassen werde, ist heute noch ungewiss. Es sei denn, ich sollte genau wie du das Land gegen eine Schönheit tauschen, doch das ist noch mehr ungewiss. An Beschäftigung sollte es mir hier wohl nicht mangeln, denn es kommen jedes Jahr mehr Busse mit Touristen hierher. Und wenn ich ehrlich sein soll, macht mir diese Tätigkeit auch Spaß, ich muss nur dafür sorgen, dass ich keinem Menschen schade. Bei uns sagt man: Der Wolf sollte satt werden, aber auch das Schaf muss am Leben bleiben."

Sie winkten den Kellner herbei, der sich lächelnd mit den Worten näherte: „Man sieht es Ihnen an, dass Sie heute einen Grund zum Feiern haben."

„Das haben wir gewiss", entgegnete Georg, indem er die nächste Runde bestellte. Es trat eine Schweigeminute ein, sie beobachteten die anderen Tische, an denen sich die Plätze nach und nach füllten. Plötzlich wurde Georgs Gesicht ernst, er stieß seinen Gesprächspartner an und flüsterte ihm zu: „Schau dich um, wer links an der Bar sitzt."

Sekunden später drehte sich der Ober unauffällig um und sein Blick blieb an einem Gast mit auffällig roten Haaren haften. Lächelnd wandte er sich zu Georg mit den Worten: „Auch er hat sich wieder eingefunden, als würde er unser Vorhaben ahnen. Dass wir hier sitzen, hat er längst gesehen, so hat es auch wenig Sinn, unser Verhalten jetzt zu ändern. Trotzdem können Überraschungen dieser Art doch sehr hemmend und unangenehm werden. Und da wir das nun wissen und freie Hand zum Handeln haben, wollen wir nun vorsichtig sein und unsere Augen offen halten", bemerkte der Ober, erhob sich von seinem Platz und verließ für kurze Zeit den Raum. Als er wieder da war, wusste er zu berichten, dass der genannte Herr gar nicht im hiesigen Hause untergebracht war. Angeblich hatte er hier eine Verabredung mit einem Freund, konnte er an der Rezeption erfahren.

„Hoffentlich bin ich nicht gemeint mit dieser Verabredung", scherzte Georg, seine Heiterkeit nicht unterbrechend. „Das wäre nicht ganz aus der Luft gegriffen, mein Lieber, und darum habe ich dir für heute und morgen das Zimmer 37 reservieren lassen. Wenn wir uns in den nächsten fünf Minuten nicht bemerkbar machen, werden deine Sachen in dieses Zimmer umgeräumt", erwiderte der Ober.

„Ich danke dir", sagte Georg, indem er den Ober ernsthaft anschaute, und äußerte weiter: „In diesem Zusammenhang muss ich dir sagen, dass ich mich Anfang der Sechzigerjahre in Moskau in einige Dinge hineinmanövriert habe. Es waren anfangs für mich keine Nachrichten von Bedeutung, die ich den Sowjets über andere Ostblockstaaten lieferte. Doch leider haben die an meiner Person festgehalten und wollten immer mehr wissen. In den letzten zwei Jahren versuchte ich mich auszuklinken. So wäre es durchaus möglich, dass die Sowjets unserem Oberst in Ostberlin meine Doppelagententätigkeit verraten haben und ich jetzt beschattet werde. In diesem Zusammenhang habe ich eine Bitte an dich. Sollte mir irgendetwas zustoßen, in meinem Fahrzeug im Beifahrersitz von unten habe ich eine Kunststoffhülle mit Unterlagen. Wenn du diese einsiehst, sollte es dir nicht schwer fallen, die dort genannten Personen zu benachrichtigen und andere damit verbundene Tätigkeiten auszuführen. Andernfalls vernichte bitte diese Papiere, nachdem du mich am Flughafen abgesetzt hast."

„Diesen Gefallen will ich dir gern tun, in der Hoffnung, dass ich dich übermorgen in Warschau in die Lüfte steigen sehe. Zwei Tage später bin ich wieder in Warschau", erzählte der Ober weiter: „Eine deutsche Familie aus der Nähe von Ortelsburg hat mich gebeten, sie nach Warschau zum Danziger Bahnhof zu bringen. Denen habe ich zur Ausreise verholfen und dabei interessante Dinge erfahren. Der etwa 30-jährige Landwirt besitzt bis heute noch eine Schusswaffe aus dem Zweiten Weltkrieg. Gemeinsam mit seinem Nachbarn wildern sie zu bestimmten Winterzeiten. Eine dieser Zeiten ist die Silvesternacht. Dann wird bei einem der Vertrauten gefeiert. Zu dieser Feier werden Förster, Oberförster und Hilfsförster mit Familien eingeladen, damit der andere Nachbar die Nacht dazu nutzt, um die beiden Haushalte mit Fleisch zu besorgen. Erstaunlich, wie viele Jahre diese Zusammenarbeit funktioniert. Diese Waffe ist immer demjenigen Deutschen überlassen worden, der am nächsten vertraut war und der im Dorfe zurückblieb. Dieser ist nun der Letzte, so wird das Gewehr vergraben."

„So eine Dorfgemeinschaft ist nun wirklich zu bewundern", bestätigte Georg des Obers Schilderung.

Inzwischen war auch der Mann von der Theke verschwunden. Inwieweit dieser sein heutiges Vorhaben verwirklichen konnte, blieb zunächst ungeklärt. Bald verließen auch die beiden letzten Gäste den Raum, sie traten noch einmal vor das Hotel. Es schneite in dicken weichen Flocken so dicht, dass man von der Treppe aus die parkenden Fahrzeuge nur schwer entdecken konnte.

Still ruhten die Landschaft und die schlafende Stadt. Als die beiden sich eine gute Nacht wünschten, war es die zweite Stunde des neuen Tages, der nun für Georg in diesem Lande zunächst der letzte sein sollte. Es war hier eine recht lange und angenehme Zeit, vonseiten seiner Tätigkeit betrachtet. Wie gut, dass jeder Abschied eine Begrüßung herbeizwingt und eine Begrüßung irgendwann einen Abschied erzwingt.

Zum ersten Mal fiel Georg ein Vers auf, den vermutlich einer der Touristen im Flur mit grünem Stift an die Wand gemalt hatte:

Keine Uhr mit ihren Zeigern
Dreht die Zeit für uns zurück,
Und wir können nicht verweigern
Unser Schicksal, unser Glück.

Und wie auch, sprach er zu sich selbst, indem er das Zimmer 37 aufsuchte. Bald darauf gingen auch in diesem Zimmer die Lampen aus. Etwas unwohl war es Georg zumute, noch den vorletzten Tag aus seinem gewohnten Zimmer flüchten zu müssen. Doch dann fielen ihm die Augen zu.

Es war heller Tag, als er erwachte. Vom kurzen Schlaf noch etwas benommen, schaute Georg durch das Fenster in die schneebedeckte Landschaft mit den parkenden Fahrzeugen vor dem Hause. Die Angestellten des Hotels räumten mit Besen und Schneeschiebern den Schnee von Gehwegen, Parkplätzen und Treppen. Und dann stutzte der Agent: Der Platz, wo noch heute Nacht sein Pkw geparkt hatte, war frei. Er glaubte es kaum und doch war es die Wirklichkeit. Doch was für jeden anderen Besitzer jetzt eine Tragödie wäre, war für Georg nur eine zusätzliche Nebenerscheinung, die ihn wohl an seinem Vorhaben hindern sollte, es aber kaum würde. Obwohl der Wert des gestohlenen Fahrzeuges den Preis eines Einfamiliengebäudes zu dieser Zeit bei weitem überstieg, konnte er diesen Verlust jetzt gut verkraften. Er hatte vor, es dem Ober zu hinterlassen.

Nachdem er sich frisch gemacht hatte, meldete er auf dem Wege zum Frühstücksraum den Verlust seines Pkws der Rezeption. Jetzt galt es besonders, Ruhe zu bewahren und kein Aufsehen zu erregen. Denn das könnte das Ziel des Diebes sein, die Polizei und viele andere Personen auf ihn zu lenken, was er auf jeden Fall vermeiden musste. Beim Frühstück schilderte er dem Ober den Vorfall.

„Dass mit dem Diebstahl ein bestimmtes Ziel verfolgt wird, liegt auf der Hand, denn es stehen noch andere, wertvollere Fahrzeuge auf dem Platz, die dort immer noch stehen“, sagte der Ober, nachdem er Georgs Meldung zur Kenntnis genommen hatte, und er erzählte weiter: „Und ehe man sich umwendet, sind unsere Wünsche und Zustände ganz anderer Art, als wir es vorausdachten. So werden wir gezwungen sein, morgen mit dem Taxi nach Warschau zu fahren, denn mit meiner Klapperkiste ist mir diese wichtige Fahrt zu unsicher.“

„Das ist richtig“, bestätigte Georg diese Feststellung, indem er dann weiter sagte: „Trotz allem bin ich froh, alle meine Unterlagen aus dem Auto ins Zimmer geholt zu haben.“

Wie lange davor geplant, hatte sich der Ober für diesen Tag keine Besonderheiten vorgenommen. Die Dame an der Rezeption hatte den Diebstahl der Miliz telefonisch angezeigt und den Hinweis erhalten, dass der Besitzer am nächsten Tag persönlich vorbeikommen sollte, um die Anzeige zu konkretisieren. Und so blieb dieses Geschehen von den übrigen Hotelgästen unbemerkt.

Sein Hab und Gut in einem Koffer und einer Reisetasche untergebracht, konnte die Reise in eine andere Welt beginnen. Wenngleich diese Welt, im gleichen deutschen Lande, den Flüchtling weniger interessierte und bei dieser Flucht ausschließlich seine eigene, persönliche Welt für diesen Wechsel ausschlaggebend war. Es war das innere Streben nach einer neuen Geburt, mit neuem Denken, Fühlen und Handeln, worin er in seiner Verlobten eine unschätzbare Hilfe und Unterstützung sah. Und dann, nach Jahren gemeinsamer Anstrengung, die Früchte dieser Arbeit fühlend, hier die alten Wirkungsstätten besuchen, die Heimat wieder spüren, um sagen zu können: Das war doch hier, das war damals. All das gemeinsam mühsam Erstrebte auch gemeinsam hier zu erleben, wozu auch die Bootsfahrt zur Verlobungsinsel gehörte. So in Träumen versunken nickte Georg für eine Stunde in seinem Hotelzimmer ein.

Das Taxi hatte der Ober für fünf Uhr früh bestellt. Der Abflug vom Flughafen Okencie erfolgte um die Mittagszeit. Es war alles vorbereitet für den großen Sprung in den Westen. Sämtliche Unterlagen, die seine Tätigkeit betrafen, waren von Georg sorgfältig eingepackt worden und wurden nach seinem Abflug vom Ober an den Oberst nach Ostberlin geschickt. Susanne würde er nach seiner Ankunft in Frankfurt benachrichtigen. Außer dem Ober wusste kein anderer über seine Abreise. Es musste auch nicht gefrühstückt werden. Einen Zweitschlüssel für die Eingangstür hatte der Ober sowieso. Obgleich sie geplant hatten, sich heute Abend im großen Raum nicht zu zeigen, saßen die beiden noch einmal hier, um keinen Verdacht zu erwecken, dass sich ab morgen was ändern sollte.

So plauderten sie noch einmal hier und mal dort, auch mit Touristen, um sich dann etwas früher als gewohnt zu verabschieden. Von Schlafen war für Georg in dieser Nacht keine Spur. Die Stunden wurden immer länger, und als es dann endlich um vier Uhr klingelte, sprang er erleichtert aus dem Bett. Auch der Taxifahrer schien wenig Ruhe gefunden zu haben, denn bereits 20 Minuten vor fünf stand er vor dem Eingang. Als der Ober kurz vor fünf Uhr bei Georg erschien, machte er einen aufgeregten Eindruck und mahnte seinen Freund zur Beeilung. Erst später, als sie mit dem Taxi kurz vor Osterode waren, äußerte der Ober: „Die Tür von deinem ehemaligen Zimmer stand soeben weit offen. Es schien dich jemand zu suchen, um dir zu ungewöhnlicher Zeit einen Besuch abzustatten."

Es war eine klare Nacht und die Natur schien es mit dem Ausreißer gut zu meinen. Unter solchen Empfindungen und Gedanken fühlte Georg abermals in seinem Leben, dass der Mensch nicht selten schwere Momente durchlebt, durch die er hindurchmusste. Als ihn der Blick des Mondes traf, der hier und dort zwischen den hohen Bäumen des hohen, dunklen Waldes durchschaute, um sich danach hinter dunklen Wolken in Finsternis zu hüllen, war es für Georg wie eine Stärkung, die ihm diese Region für Entfernung und Zeit mitgeben wollte und die er in sich spürend dankbar annahm.

Einige Kilometer hinter Osterode in Richtung Warschau hielt das Taxi für einige Minuten. Georg stieg aus, rundum herrschte eine himmlische Ruhe. Nur aus weiter Ferne war das regelmäßige Klopfen eines Spechtes zu hören. Er schaute nach oben mit den Worten: „Auf Wiedersehen, wer weiß, ob wir uns wiedersehen." Schweigend stieg er ins Fahrzeug. Der Fahrer schaltete den Gang ein und es ging weiter.

Einige Minuten später unterbrach der Ober das Schweigen mit den Worten: „Du bist mir mehr als ein Bruder. In dir sehe ich den wahren Freund. Hier ist mir bewusst geworden, dass die wahren Menschen in jedem Volke, in jeder Politik und in jeder Religion zu finden sind. Und hier sehe ich mein Denken bestätigt, sich keinen Verbänden oder Gruppierungen anzuschließen. Dann nämlich schwindet unser Individuum, unser Selbstbewusstsein und Handeln. Und das möchte ich doch für mich behalten und nur dann äußern, wenn ich einem Menschen begegne, wie du es bist."

„Deine Äußerung scheint mir ein gutes Omen für meinen Neuanfang im Westen", entgegnete Georg.

Als ein Rudel Wildschweine die Fahrbahn überquerte, konnte der Fahrer nur mit Mühe das Fahrzeug zum Halten bringen. Leider war beim Zusammenstoß mit dem Keiler der linke Kotflügel stark beschädigt worden. Eine halbe Stunde später fuhr das Taxi mit nur einem Kotflügel weiter. In der nächsten Stadt wechselten die Reisenden das Taxi und es ging, etwas aufgeregt, weiter. Gegen elf Uhr war das Flughafengebäude in Sicht und eine Viertelstunde später fuhr das Taxi leer zurück. Der Ober fuhr erst nachmittags mit der Bahn nach Allenstein zurück.

Als Georg sein Gepäck abgegeben hatte und mit dem Ober noch das Restaurant besuchte, atmete er tief Luft holend auf. „Es ist so, als will mich irgendetwas hier zurückhalten", bemerkte Georg beim Kaffee.

„Das scheint mir auch so“, bestätigte der Ober, „nur ist es fraglich, ob es das Gute oder das Böse ist. Es könnte doch möglich sein, dass hier am Flughafen irgendein Unbekannter aus unserer Branche auf das Taxi mit dem Allensteiner Kennzeichen wartet. Durch den Unfall wird er bis abends warten und du bist dann lange im Westen, während dieser eine hier immer noch wartet.“

Als die Passagiere für den Flug nach Frankfurt am Main aufgefordert wurden, die Reise anzutreten, schien zwischen den Freunden alles besprochen zu sein. Voller Hoffnung, sich irgendwann im Leben wiederzusehen, umarmten sich die Freunde zum Abschied. Die Worte, die sie dabei wechselten, konnten Außenstehende nicht verstehen, weder im Deuten der ausgesprochenen Worte noch im Empfinden dieser Worte. Vor der Zollsperre drehte sich Georg noch einmal um, dabei versuchte er zu lächeln, was ihm nur mühsam gelang. Der Ober winkte und erwiderte mit der Rechten diesen letzten Gruß.

Danach verschwanden die Passagiere hinter der Sperre. Schweigend und nachdenklich stand der Ober und wartete, bis der Silbervogel mit den Fluggästen sich in die Lüfte hob. Der Himmel war klar und ein schmaler Kondensstreifen hinterließ die Spur einer Straße hinter sich. Regungslos schaute der Ober dem Flugzeug nach, bis es in der Weite der Atmosphäre unseres Universums ganz verschwunden war. Die Kondensspur wurde immer breiter, bis sie ganz in den Lüften verflogen war. Auch das war eine Silberstraße besonderer Art, dachte der Ober, während er das Flughafengebäude verließ.

Es war sieben Uhr früh, als Susanne von ihrem alten Wecker geweckt wurde. Doch diesmal war dieses Wecken nur ein Symbol. Sie konnte auch so kaum ein Auge zumachen. In Windeseile war die junge Frau reisefähig. Ihr Flug ab Tegel nach Frankfurt ging um 9.30 Uhr. Der gestrige Anruf von Georg aus Frankfurt war wohl das aufregendste Erlebnis in ihrem Leben. Bevor sie ihre Wohnung verließ, schaute sie noch einmal auf den Wecker mit den Worten: „Du bleibst auch weiterhin mein Begleiter.“